연서 戀書

（戀書）

달과소

연서(戀書)

첫판 1쇄 발행 | 2008년 8월 4일

지은이 | 한호택
펴낸이 | 문종현
펴낸곳 | 도서출판 달과소
영업책임 | 배승원

출판등록 | 2004년 1월 13일 제2004-6호
주소 | 우)121-840 서울시 마포구 서교동 247-17 신한빌딩302호
전화 | 0502-123-8889
팩스 | 0502-123-8890
이메일 | chonnom@dalgaso.co.kr

디자인 | 디자인수
찍은곳 | 신우문화인쇄

ISBN 978-89-91223-24-0 03810

가격 | 10,000원

21세기 들어 전 세계적으로 대중문화영역에서 팩션(faction) 바람이 거세다. 우리나라도 마찬가지여서 팩션은 어마어마한 위세를 떨치고 있다. 팩션은 팩트(fact)와 픽션(fiction)을 합성한 말이다. 역사적 사실이나 실존인물의 이야기에 작가의 상상력을 덧붙여 새로운 사실을 재창조하는 문화예술 장르를 가리키는데, 의당 소설 장르에서 비롯되고 발전되어 왔다.

팩션의 승승장구는 비교적 역사적 사실이 상세히 남아있는 고려·조선시대와 근세사의 다양한 이면을 탐구하는데 일조했다. 하지만 그보다는 역사적 사실이 빈약한 상고시대의 광활하고 격렬하고 다정했던 다양한 영웅과 문화를 되살려냈다는데 그 의의를 찾을 수 있을 것이다. 팩션은 팩트의 역사성과 픽션의 오락성을 함께 구현할 때 비로소 역사적 사건을 토대로 상상력을 결합하여 새로운 시각으로 역사를 재해석한다는 목표에 근접하게 된다.

우선 재미있어야 된다는 얘기다.

한호택의 《연서戀書》를 한 문장으로 정리하자면, 오락성을 충실하게 갖춘 팩션이다. 재미가 탁월하여 술술 읽힌다. 그렇다면 재미로 무장한 이 소설이 다루고 있는 역사적 사실은 무엇인가? 골격은 그 유명한 4구체 향가 〈서동요薯童謠〉와 백제 무왕의 등극이다. 그리고 《삼국사기》《삼국유사》《일본서기》 등의 기록이 바탕이 된다. 독자들은 몇 년 전 드라마 〈서동요〉를 떠올릴지도 모른다.

그러나 한호택의 〈서동요〉는 좁은 삼한 땅을 벗어나 일본 땅까지 아우르는 거대한 상상력을 펼쳐 보인다. 〈善花公主主隱 선화공주님은 / 他密只嫁良置古 남몰래 짝 지어두고 / 薯童房乙 서동방을 / 夜矣卯乙抱遣去如 밤에 몰래 안고 간다〉라는 노래를, 한 왕자와 한 공주의 로맨스에서 벗어나, 당시 숨가쁘게 요동치던 백제와 일본과 신라의 역사를 재조명하고, 그 시대를 살았던 다양한 삶들을 기리는 차원으로 극대화하고 있는 것이다.

《연서》는 크게 3부로 나눌 수 있다. 전반부는 장(서동)의 성장과 영웅수련, 중반부는 장의 일본시절과 사랑, 후반부는 장의 영웅전쟁과 사랑의 완성으로 되어 있다.

전반부는 영웅의 통과의례(시련과 수련) 서사다. 장은 사랑에 눈 뜨나 이루어질 수 없는 사랑으로 끝난다. 위덕왕의 서자였다는 출생의 비밀을 알게 되고, 스승 왕평을 만나 영웅이 되기 위한 수련과정을 거친다. 형제와도 같은 용맹한 벗들도 만난다. 여러 팩션들이 공통적으로 영웅의 통과의례 과정으로 사용하는 장사수업, 무공수련 등은 평범하다 할 수 있겠지만, 도예수업과 그림공부는 이채롭다. 어떤 독자들은 나중에 영웅과 공주의 사랑이야기보다, 도예와 그림을 통해 세계의 이치를 터득해가는 과정에 더 매혹될지도 모르겠다. 전반부는 곱씹을 만한 문장들이 빼곡하다는 점에서도 빛난다. 잠언과 경구라고 해도 좋을 깨달음의 문장들은 지금 시대를 살아가는데도 귀감이 될 만하다. 대중들이 알기 쉽게 풀어쓴 경제서를 다수 출간하여 주목 받은 바 있는 작가의 전력과 저력을 느낄 수 있는 문장들이기도 하겠다.

중반부는 영웅의 사랑과 의지, 각성의 파노라마다. 이야기는 소서노의 검을 찾기 위해 건너간 일본 땅에서 펼쳐진다. 일본의 정치상황은 논외로 치고도, 세 개의 격렬한 의지가 갈등한다. 왜의 군사력을 빌려 자국의 권력을 교체하려는 왕평의 호전적인 의지, 사랑과 원한을 고행의 조각으로 승화하려는 아좌태자의 예술적인 의지, 그리고 두 의지 사이에서 의식의 성장을 거치며 두 의지를 모두 포용하는 대각선 해결을 꿈꾸는 장의 상생적 의지, 그리고 본격적으로 장과 선화공주의 로맨스가 펼쳐진다. 혈육이자 고귀한 정신적 벗이었던 아좌태자와 크나큰 스승이었던 왕평의 죽음으로 완결되는 상상력은 장에게 능동적으로 운명을 개척해 나갈 위대한 영웅이 될 것을 촉구한다.

후반부의 이야기는 장이 영웅의 운명을 받아들이고, 또한 사랑까지 끝내 포기하지 않으며 쟁취하는 영웅의 위대한 행진곡이다.

그런데 이 영웅의 투쟁과 사랑이야기가 진정으로 꿈꾸는 것은 오락이 아니라 인식이라는 느낌을 지울 수 없다. 작가의 문장을 빌려 정리해 보건데, 혹 이런 주제가 아닐는지.

알면 알수록 세상에는 다양한 사람들이 많았다. 다양한 사람들, 모래알처럼 수많은 다양한 생각들. (소설은) 그런 것을 배우게 하려는데 있는지도 몰랐다. … 화합하면서 싸우고 미워하면서 사랑하는 사이가 있었다. 한 사람이 문제를 풀다 쓰러지면 다른 사람이 달라붙었고 그 사람이 쓰러지면 또 다른 사람이 달라붙었다. 해결책은 늘 내 생각과 상대의 생각을 가로지르는 사선에 있다.

소설가 김 종광

연서

여 자

　　해가 져도 져도 부여의 밤은 어두워지지 않았
다. 장의 집은 궁 남쪽 습지에 있었다. 여름이면 수십 리를 이어
연꽃이 피었다. 해가 지면 꽃처럼 화사한 꽃등이 피어올랐다. 전
쟁이 길어질수록 술집은 더 호황을 누렸다. 사람들은 술 속에서
장생불사의 신선을 꿈꿨다. 꽃등을 켠 여자들이 하룻밤이라도 신
선이 되고 싶어하는 사람들을 유혹했다. 장에게는 아버지가 없었
다. 사람들이 물으면 어머니는 웃으며 습지에 살고 있는 용이 아
버지라고 했다. '용이 아니라 장어겠지.' 비아냥거리는 소리도 들
렸다. 태풍이라도 오려는지 바람이 사나워지며 연못에 물결이 일
었다. 물결은 날아오르려는 용이 꿈틀대는 듯했다. 장은 아버지가
그립지 않았다. 아버지가 누구든 자신은 용의 자식이었다. 언젠가
이 작은 습지를 벗어나 드넓은 천지를 마음껏 날아다니리라….

소나기가 지나며 굵은 빗줄기를 뿌렸다. 허겁지겁 대문을 나와 꽃등을 거두는 기녀들의 움직임이 부산스러웠다. 어른이 되면 집과 연못을 더 넓혀 백 리 밖까지 꺼지지 않는 꽃등을 켜고 천 명의 기녀들과 놀리라…. 고인 빗물이 쏟아질 때마다 어둠 속 연잎이 흔들리며 수줍게 웃었다. 왕이 산다는 궁궐이 있는 북쪽을 바라보던 장은 어머니가 운영하는 술집으로 들어갔다.

"왔다갔다 보름 정도 걸릴 텐데 혼자 지낼 수 있겠니? 밥은 꽃님이가 챙겨주기로 했다."

등잔불 밑에서 짐을 싸며 수련이 말했다. 북방에 있는 웅진성은솔 집안 회갑연에 음식부터 풍류까지 도맡아달라는 청이 들어왔다. 권세 있는 집안에다 부여에 올 때마다 찾아오는 단골이라 거절할 수 없었다. 음식을 하는 사람들까지 모두 웅진에 가야 했다. 꽃님과 나이 든 사람만 남아 술집을 지켰다.

어머니가 떠난 동안 꽃님이 식사를 챙겨 아침저녁으로 드나들었다. 친구들과 놀다 밤늦게 돌아와도 기다리다 불을 지폈다. 그냥 가라 해도 국을 데워 밥을 차렸다. 장이 먹는 모습을 잔잔한 웃음으로 지켜보았다.

"뭘, 그렇게 보니?"

"그냥…"

쑥스런 기분에 말을 던져도 꽃님은 미소를 지우지 않았다. 기름등잔 불빛을 받은 둥근 그림자가 벽에 가득 찼다. 꽃님은 배롱나무 꽃처럼 화사한 분홍색 옷을 좋아했다. 배롱나무는 가지를 긁으면 잎을 움츠려 간즈름나무라고도 불렀다. 장은 배롱나무 미끈한 가지에 달빛이 쏟아지는 모양이 좋았다.

"오늘 공부는 했니? 어머니가 공부 열심히 하나 지켜보라고 했다."

꽃님은 가끔 어머니 흉내를 냈다. 장은 심술이 났다.

"너는 남자가 좋니?"

뜬금없는 질문에 물끄러미 장의 얼굴을 바라보던 꽃님이 발끈해서 일어섰다. 꽃님이 처음 술자리에 앉은 것을 놀리는 말이었다.

"그래, 좋다. 하늘만큼 땅만큼 좋다."

꽃님이 가고 난 자리에 창포 향기가 남아 은은하게 떠돌았다. 장은 창문을 열고 자리에 누웠다. 둥근달이 구름에 가려 보였다 사라졌다 했다. 어찌 보면 달은 눈, 코, 입, 사람 얼굴을 닮았다. 밤새도록 창포 향기가 코끝을 간질였다. 잠에서 깨어나 주위를 둘러보니 꽃님이 없었다. 늦잠을 자고 일어나도 머리맡에 앉아 있다 '잠꾸러기 밥 먹어' 하며 웃던 꽃님이었다. 머리맡에 예쁜 보자기를 덮은 상을 차려두었다. 꿈결에 바스락거리는 소리가 들려 산토끼라도 내려왔나 했더니 꽃님이 말없이 다녀간 모양이다. 아무래도 단단히 삐쳤다.

슬그머니 걱정이 된 장은 산과 들에서 들꽃을 꺾었다. 벌개미

취, 쑥부쟁이, 석산, 감국, 산국…. 눈에 띄는 대로 예쁜 꽃을 꺾어 꽃잎이 상하지 않도록 갈무리했다. 꽃님은 이름처럼 꽃을 좋아했다. 화가 나 있다가도 꽃을 내밀면 아이처럼 웃었다. 꽃님이 올 시간이 되자 장은 책을 펴고 공부하는 시늉을 했다. 집에 와서도 꽃님은 방문을 열지 않았다. 부엌에서 달그락거리는 소리가 났다. 상을 차려 들여오던 꽃님이 공부하는 장을 보자 입이 벙글어지다 다시 새침한 표정을 지었다.

"밥 먹어. 나, 간다."

장이 나가려는 꽃님의 손을 잡았다. 책상 아래 숨겨둔 꽃을 꺼내 한아름 안겨주자 놀란 눈으로 쳐다보다 활짝 웃었다.

"울다가 웃으면 어디에 털 난다."

밥을 먹는 동안 꽃님이 옆에 앉아 이리저리 꽃들을 살펴보고 향기를 맡았다. 실없이 웃다 눈물이 핑 돌기도 했다. 장은 꽃을 보며 울고 웃는 여자를 이해할 수 없었다. 식사를 마치자 꽃님이 숭늉을 가져왔다.

"꽃이 그렇게 좋니?"

"너는 여자를 아니?"

무슨 말인가 싶어 장은 멀뚱멀뚱 꽃님을 쳐다봤다. 꽃님도 시선을 피하지 않았다. 눈빛 속에 불빛 같고 오기 같은 게 타고 있었다. 꽃님이 장의 두 볼을 잡아 얼굴을 가까이 끌었다. 꽃님의 얼굴이, 그보다 먼저 창포 향기가 밀려들었다. 입술이 포개질 때 장은 꽃잎을 느꼈다. 붉고 노랗고 푸른 꽃들이 들판 가득 피어올랐다.

자신의 행동에 놀라 일어선 꽃님이 도망치듯 문을 밀고 나갔다. 달빛에 사라지는 뒷모습이 꿈결같이 아련했다.

어려서부터 술 취한 남자들과 유녀들을 보며 자랐지만, 장은 어른 남자들이 왜 술집에 와서 여자를 찾는지 몰랐다. 여자와 처음 입술을 맞대고 장은 비로소 이유를 알 듯했다. 꽃님과는 누이처럼 함께 자랐다. 어려서는 꽃님이 장을 업었다. 꽃님이 왜 그랬을까? 장은 잠을 이루지 못했다. 분홍빛 입술의 부드럽고 촉촉한 감촉이 머릿속을 맴돌았다. 숨결을 따라 스며드는 향기가 꽃보다 달콤했다. 구름에 가렸다 나타났다 다시 사라지는 달을 보며 장은 밤새 뒤척였다.

선잠에 들었다 깨어나니 꽃님이 머리맡에 앉아 있었다.
"밥 먹어."
꽃님이 장의 눈을 피하며 말했다.
"알지? 어제 일은 장난…."
장의 입술이 꽃님의 입술을 찾았다. 장은 밤새 머리를 맴돌던 것이 무엇인가 확인하고 싶었다. 꽃님이 머리를 흔들어 장의 입술을 피했다. 나이는 어렸지만 힘은 장이 더 셌다. 얼굴을 못 움직이게 하고 입을 맞췄다.
"이러면 안 돼. 너는 큰일을 할 사람이야."
빗방울을 모으다 한꺼번에 물을 쏟는 연잎처럼 꽃님이 고개를 저으며 가슴을 밀쳤다. 상이 뒤집어지며 밥과 국이 바닥에 쏟아졌다. 놀란 꽃님이 장을 일으켜 앉히려 했지만 장은 바닥에 누운 채 꽃님을 쳐다봤다. 갓난아기 때부터 자장가보다 어머니의 울음소리보다 더 자주 들은 그 말이 꽃님의 입에서 나왔다.

"내가 누군데?"

손으로 입을 가리며 꽃님이 시선을 피했다.

"내가 누군데?"

악에 받친 목소리를 듣고도 꽃님은 고개를 들지 않았다.

"나도 잘 몰라…. 어머니께서 그러셨어. 너는 큰일을 할 사람이라고…."

뜨거운 기운이 느껴지며 된장 냄새가 진동했다. 장은 일어나 옷을 벗고 우물로 가 머리부터 물을 끼얹었다. 푸른 하늘에 고추잠자리 몇 마리가 날아다녔다. 하늘은 언제나 말이 없었다. 장이 돌아서자 기다리던 꽃님이 새 옷을 건넸다.

"밥 먹고 산에 가자. 꽃이 좋더라."

장은 들꽃 속에 꽃님의 다리를 베고 누웠다. 푸른 하늘에 흰 구름이 둥실 떠갔다. 세상에는 알 수 없는 게 많았다. 하늘의 깊이, 구름이 흘러가는 곳, 자신이 태어난 이유…. 그런 생각을 하면 나락으로 빠져드는 듯 어지럼증이 느껴졌다. 한 가지라도 분명한 것이, 마음을 묶어둘 곳이 있었으면 좋겠다. 장은 누운 채 꽃님의 눈을 바라봤다. 꽃님도 장을 보고 있었다.

"너, 내 색시 해라."

대답 대신 꽃님이 장의 볼에 입을 맞췄다. 고개를 드는 눈에 물기가 어렸다.

　어머니가 돌아오자 꽃님은 모습을 보이지 않았다. 장은 친구들과 놀지 않고 서당에도 가지 않고 술집 주위를 어슬렁거렸다. 눈에 띌까 두려워 먼발치서만 지켜보았다. 꽃님이 장을 피했다. 말을 붙이려 해도 틈을 주지 않았다. 기회를 노리던 장은 시장에 갔다 돌아오는 꽃님의 손을 잡아끌었다.

　"왜 나를 피하는 거야?"

　꽃님은 고개를 숙인 채 말하지 않았다.

　"어머니에게 말씀드릴래. 너를 색시 삼겠다고."

　꽃님의 어깨가 흔들렸다. 고개를 드는 꽃님의 눈에 눈물이 흘렀다. 여자는 눈물이 많았다. 눈물을 보니 가슴이 창에라도 찔린 듯 싸하게 아려왔다. 전에도 꽃님의 눈물을 봤지만 이런 기분은 처음이었다.

　"장아, 우리는 그럴 수 없어. 너는 어리고…."

　"내가 클 때까지 기다리면 되잖아."

　"또 너는 큰일을 할…."

　장의 사나워지는 눈빛을 본 꽃님이 말을 바꿨다.

　"너는 여자 따위에 마음 두면 안 돼. 너 요새 서당에도 안 가지? 자꾸 그러면 나 멀리 도망간다."

　장은 가슴이 철렁했다. 어머니 말이 맞았다. 여자들은 보지 않아도 보니 여자 앞에서는 행실을 조심하라고 했다. 못 본 척했어도 꽃님은 장을 보고 있었다.

생각하는 사이 꽃님이 벌써 저만큼 걸어가고 있었다. 장이 뒤따르려 했지만 술집 앞에 어머니가 나와 있었다. 장은 수풀 속으로 몸을 숨겼다.

그 뒤로도 장은 서당에 가지 않았다. 친구들과 어울리지도 않았다. 아침밥을 먹는 둥 마는 둥 술집이 보이는 언덕에 올랐다. 탱자나무 뒤에 숨어 꽃님이 물 긷는 모습이며 빨래를 너는 모습을 지켜보다 어두워지면 산을 내려왔다. 가을빛에 탄 얼굴이 빛바랜 창호지처럼 핼쑥해지고 몸이 겨울나무처럼 말라 갔다. 그런 마음을 아는지 모르는지 어머니는 말이 없었다. 어머니가 사실을 안다 해도 꽃님을 포기할 수 없었다. 그녀는 세상에 나온 장이 처음으로 갖고 싶은 것이었다.

"너도 벌써 어른이 됐구나."

그날도 탱자나무 뒤에 앉아 있는데 목소리가 들렸다. 돌아보니 어머니였다. 놀랐지만 장은 침착하려 애쓰며 어머니에게서 시선을 돌렸다. 꽃님이 마당가에 앉아 전을 부치는 모습이 보였다.

"꽃님이 시집간다. 좋은 집이다. 꽃님이도 허락했다."

머릿속이 아득해지며 하얗게 비워져 갔다. 말을 하려 했지만 침이 바싹바싹 마르고 목소리가 나오지 않았다. 장은 어머니 무릎을 잡고 눈물만 흘렸다.

"오늘 밤 초야를 치르고 내일 웅진성으로 떠난다. 내게도 딸 같은 아이다. 남자답게 행복을 빌어 주렴."

"어머니, 꽃님이 보내지 마세요."

어머니가 부드러운 손으로 장의 머리를 쓰다듬었다.

"너는 할 일이 많은 사람이다. 여자한테 마음을 빼앗겨서는 안 된다."

"만약 꽃님이가 떠나면 저는 아무 일도 하지 않을 거예요."

기척을 느꼈는지 꽃님이 일어서서 이쪽을 쳐다보다 얼굴을 가리고 부엌으로 들어가는 모습이 보였다.

"그래도 할 수 없다. 꽃님이는 오늘 시집간다."

말을 마친 어머니는 겨울바람처럼 싸늘하게 돌아서서 언덕을 내려갔다. 장은 탱자나무 뒤를 떠나지 않았다. 마당에서 큰 솥 가득 물을 끓여 부엌으로 들이는 어머니 모습이 보였다. 여자가 목욕을 할 때 어머니는 물을 끓였다. 해가 지자 꽃님의 방에 붉은 홍시 같은 불빛이 번졌다. 어머니와 함께 악기와 음식상을 든 기녀 몇이 꽃님의 방으로 들어갔다. 그 뒤를 비단옷을 차려 입은 남자가 따랐다. 악기 소리와 혼인 축하 노래가 들렸다. 왁자한 웃음소리도 들렸다. 어머니와 기녀들이 꽃님의 방을 나오고 불이 꺼졌다.

장은 별 하나 없는 하늘을 보며 맹세했다. 아무 일도 하지 않겠다고. 다시는 여자를 사랑하지도 않겠다고….

늦가을 햇살이 따가웠다. 장과 친구들은 갈대밭 뒤에 숨어 강을 지켜보았다. 강 건너 마들 아이들이 나무를 갈대줄기로 엮어 만든 뗏목을 타고 사비강을 건너오고 있었다. 물살 때문에 예상했던 곳보다 조금씩 아래로 흘렀다. 장 일행도 뗏목을 따라 살금살금 움직였다. 행여 갈대라도 건드릴까 돌아보았지만 모두 숨소리도 내지 않고 뒤를 따랐다. 장은 친구들에게 빙그레 웃어보였다. 친구들도 들고 있던 막대기를 들어 용기를 북돋았다. 마들 아이들은 키가 크고 심성이 사나웠다. 걷기도 전에 말타기를 배웠고 철들자마자 부모를 따라 싸움터를 돌아다녔다. 전쟁터에서 기병들의 말을 돌보며 자라 행동에 거침이 없었다.

싸움은 마들 아이들 때문에 시작됐다. 마를 키우는 산밭에 몰려와 캐려고 둔 산마를 뿌리째 뽑아갔다. 마를 팔던 아이들이 대장인 장에게 몰려왔다. 장은 마들 아이들이 산마를 숨긴 곳을 정탐해 두었다가 야음을 틈타 급습해 되찾아왔다. 장은 마들 아이들이 다시 오리라 예상했다. 인근에서 가장 싸움을 잘한다는 그들의 명예에 상처를 입힌 것이다. 장은 아이들을 산밭에 모아두고 강 건너를 살피도록 망을 세웠다. 점심 무렵이 지나 두 대의 뗏목에 나눠 탄 마들 아이들이 몰려왔다. 쇠붙이가 햇빛에 반사되어 반짝였다.

"다칠 수도 있고 죽을 수도 있다. 겁나는 사람은 집에 돌아가도 좋다."

아무도 달아나지 않았다. 장은 아이들을 세 무리로 나눠 앞선 뗏목을 현이 공격하게 했다.

"사정을 둬서는 안 된다. 거친 놈들이다."

현이 잘 알고 있다는 듯 고개를 끄덕였다. 장이 두 번째 무리를 이끌었다. 세 번째 무리는 명이 맡았다. 장은 자신이 맡은 아이들을 돌아보며 다짐했다.

"알지? 절대 현이 돌아서기 전에 먼저 돌아서면 안 돼. 만약 그런 놈이 나오면….'

장은 바람소리가 나도록 봉을 휘두르고 눈빛을 살폈다. 장의 무리가 먼저 달아나면 현의 무리는 고립된다. 마들 아이들은 거칠기 때문에 예측이 어려웠다. 기습으로 싸움이 끝날 수 있지만 예상보다 저항이 거셀 수도 있었다. 그때를 대비해 따로 세 번째 무리를 준비시켰다.

꽃님이 떠나고 장은 둔감해졌다. 아름다운 꽃도 불붙는 듯한 단풍도 푸른 하늘도 장의 마음을 끌지 못했다. 막막한 가슴 위로 아련한 느낌이 안개처럼 맴돌았다. 장은 모처럼 심장을 뛰게 만드는 이 싸움이 즐거웠다. 이기든 지든 상관없었다. 다치거나 죽어도 괜찮다고 생각했다. 꽃님이 떠난 후 장은 집에 돌아가지 않았다. 친구들과 산밭에 나무줄기와 풀잎으로 만든 움집을 짓고 살았다.

강기슭에 뗏목이 닿으려 하자 현의 무리가 돌을 던지며 공격했다. 마들 아이들은 뗏목에서 내리지도 못한 채 몽둥이찜질을 당했다. 장의 무리는 뒤에 도착하는 뗏목을 향해 돌진했다. 먼저 강가에 닿은 아이들이 당하는 것을 본 마들 아이들이 서둘러 뗏목에서 내렸다. 쏟아지는 돌멩이를 두려워하지 않고 짐승처럼 소리를 지르며 달려왔다. 대장인 듯한 아이의 기세가 사나웠다. 무거운 힘이 실린 봉이 앞서 달려간 장의 머리를 향해 날아왔다. 빙글 돌며 피한 장이 상대의 무릎 뒤쪽을 때리고 연이어 뒷목을 가격했다. 장정도 쓰러졌을 타격이지만 놈의 봉이 굴하지 않고 장의 허리를 향했다. 장은 봉을 내려막았다. 두 봉이 부딪히자 손아귀에 찌릿한 아픔이 느껴졌다. 복수심에 불타는 눈빛을 마주한 장은 빙긋 웃었다.

수련은 위사군의 군관들에게 부탁해 장이 어려서부터 정통무술을 익히게 했다. 비 오듯 쏟아지는 봉도 장을 맞추지 못했다. 장은 이리저리 피하다 빈틈이 보이면 생각난 듯 급소를 질렀다. 그럴 때마다 상대는 불 맞은 멧돼지처럼 날뛰었다. 혼전 중에 현의 무리가 밀리듯 달아났다. 현을 따라 장의 무리도 뒤돌아서 달렸다. 승리에 도취한 마들 아이들이 앞뒤 살피지 않고 쫓아왔다. 장이 갈대숲을 벗어나자 숨겨둔 그물이 올라가며 마들 무리를 덮쳤다. 그 위로 소나기 같은 매가 쏟아졌다.

친구들이 줄로 묶은 마들 아이들을 장 앞에 무릎 꿇렸다. 장이 대장 앞에 섰다.

상대가 수치심에 고개를 숙였다. 장이 묶인 줄을 풀고 손을 내밀었다.

"나는 장이다. 우리 친구하자. 아니면 더 싸우든지."

장의 얼굴을 물끄러미 올려다보던 마을 대장이 장이 내민 손을 잡았다.

"내 이름은 범이야."

지켜보던 아이들이 함성을 질렀다.

사냥한 노루와 산마로 잔치를 벌였다. 강 건너 갔다 온 마을 아이들이 말고기를 가져와 구웠다. 움집 옆에 담가두었던 술을 모두 꺼냈다. 언제 싸웠느냐는 듯 장의 무리와 마을 아이들이 어깨동무를 하고 춤을 추었다. 범과 함께 술을 마시던 장은 슬그머니 불빛을 떠났다. 달빛 비치는 산길은 아름다웠다. 어둠에 묻혀 비슷한 색이 된 꽃과 풀과 나뭇잎 사이를 바람이 지나갔다. 보이지 않아도 흘러가는 것이 있다. 슬픔이 눈가를 스쳐 지날 때 장은 별 총총한 하늘을 바라봤다.

어머니 수련

장날, 장은 산을 내려왔다. 오랜만에 본 저잣거리는 활기차고 생동감이 넘쳤다. 꽃님과 함께 장을 보던 때를 회상하며 장은 거리를 걸었다. 꽃님은 손이 컸다. 많이 샀고 깎지 않았다. 장은 그런 꽃님을 좋아했다. 꽃님과 걸음을 쉬던 부침개 집 앞에 사람들이 몰려들었다. 누더기를 걸쳐 입은 중이 설법을 하고 있었다. 어머니 집 기녀라도 마주칠까 봐 서둘러 지나치는 장의 귓가에 중의 말이 닿았다.

"남자는 여자를 쫓고 여자는 남자를 쫓아. 그렇게 애를 끓이고 만났으면 잘 살아야지. 여편네는 바가지를 긁고 남정네는 주먹다짐을 하고 그렇게들 살아."

듣던 사람들이 와르르 웃었다.

"그게 다 욕심 때문이야. 색욕, 애욕만 욕심이 아냐. 자기 뜻대로 하려는 게 더 나쁜 거야. 나라님도 마음대로 못하는 것이 사람 마음이야. 남편이라고, 아내라고 자기 뜻대로 하려 해서는 안 되지."

'옳소!' 하며 웃는 사람이 있는가 하면 '장가도 못 간 중이 부부생활을 어떻게 알아?' 하며 빈정대는 사람도 있었다. 젊은 중은 아랑곳하지 않고 설법을 계속했다.

"마음은 마음으로 끄는 거고 마음으로 잡는 거야. 자기 욕심을 내세우기 전에 먼저 상대방 마음을 헤아려야 해."

꽃님의 마음? 꽃님의 마음은 어땠을까. 장은 한 번도 꽃님의 마음을 헤아려보지 않았다. 어머니의 마음도 헤아리지 못했다. 생각에 잠겨 있는 장의 소매를 누군가 잡아끌었다.

"도련님, 집에 가세요. 어머니가 아프세요."

어머니와 일하는 기녀였다. 하늘이 아득해지는 것 같았다. 숨이 턱에 차도록 달려갔지만 어머니는 보이지 않았다. 불기운 없는 방이 어둡고 싸늘한 냉기를 풍겼다. 개지 않고 몸만 빠져 나온 이불이 덩그렇게 놓여 있었다. 부엌에도 어머니는 없었다. 불씨 한점 없는 아궁이 위로 먼지가 엷게 내려앉아 있었다. 술집으로 달려가려는데 뒤란에서 인기척 소리가 들렸다. 울밑에서 꽃씨를 갈무리하는 어머니 모습이 보였다. 안타깝던 마음과는 달리 장은 어머니에게 뛰어가지 못했다. 저물어 가는 하늘 아래 하얀 옷을 입고 꽃씨를 담는 모습이 아득히 멀리 느껴졌다.

"들어가라. 엄마가 금방 밥 해 갈게."

우두커니 서 있는 장을 본 어머니가 일어서며 말했다. 몽둥이 찜질을 예상했던 장은 쓸쓸히 웃는 모습에 더 마음이 아팠다. 얼굴이 눈에 띄게 수척해져 있었다. 어머니와 아들은 말없이 밥을 삼켰다.

"지금부터 하는 말은 누구에게도 말해서는 안 된다. 우리 두 사람의 목숨이 달린 이야기다."

상을 물린 수련이 장 앞에 앉았다. 어두워진 방에서 들려오는 목소리가 낯선 사람 같았다.

"꽃님이에게서 네가 아버지를 찾는다는 말을 들었다. 떠나며 소원이니 네게 아버지를 알려주라고 했다. 꽃님이 말이 아니더라도 네가 크면 이야기하려 했다. 너는 씨 없는 자식이 아니다."

어둠 속에서 수련의 어깨가 가만히 흔들렸다.

수련은 산기슭 농가에서 자랐다. 평야지대라 쌀이 많이 나왔지만 도적들이 들끓었다. 몰락해가는 가야의 백성들이 백제와 신라, 왜의 틈바구니에서 도적이 됐다. 도적들에게 부모를 잃고 고아가 된 수련을 미륵사의 주지인 지광이 거둬 길렀다. 지광은 수련처럼 전란에 부모를 잃은 아이들을 모아 돌봤다. 텁석부리에 누더기 옷을 걸친 지광은 형식에 얽매이지 않는 사람이었다. 고아를 돌보는 것이 자신의 불법이라 했고, 아이들에게는 씩씩하게 자라는 것이 용맹정진이라 가르쳤다. 수련은 열일곱 살까지 미륵사에서 지광과 아이들을 돌보며 살았다.

어느 날 새벽 수련이 개울가에서 빨래하는데 퉁소 소리가 들렸다. 못 듣던 소리라 손을 멈추고 귀를 기울였다. 시끄럽던 새 소리와 간간이 들리던 짐승들 울음소리도 그쳤다. 조용해진 숲 속을 탁한 듯 슬픈 듯 퉁소 소리가 안개 뒤에서 나무를 휘감아 돌며 다가왔다. 이슬에 젖은 나뭇잎 밟는 발자국 소리가 가까워지자 수련은 저도 모르게 숨을 멈췄다. 수련이 앉아 있는 개울가에서 잠시 퉁소 소리가 잦아들었다. 옷자락 끄는 듯한 발자국 소리가 멀어지더니 저쪽 산기슭에서 다시 퉁소 소리가 울렸다. 아직 남은 하얀 달을 향해 붉은 해가 산 위로 오르고 있었다.

다음날 수련은 몇 개 되지도 않는 빨래거리를 들고 개울을 찾았다. 귀 기울여도 퉁소 소리는 들리지 않았다. 실망한 수련은 둥근 돌 위를 졸졸졸 흐르는 물줄기만 바라보았다. 멀리서 퉁소 소리가 들리는 듯해 귀를 쫑긋 세워 보았지만 짝을 찾는 새 소리였다. 둥근 해가 빙그레 웃는 얼굴을 하고 하늘로 올라갔다. 시름없이 빨랫감을 들고 일어서던 수련은 갑자기 등 뒤에서 들려오는 퉁소 소리에 놀라 털썩 주저앉았다. 퉁소 소리가 그치며 다급하게 물을 차는 발자국 소리가 들렸다.

"놀랐소? 미안하오."

눈앞에 다가온 하얀 손을 수련은 잡지 못했다. 얼굴이 홍시처럼 붉게 익어 물에 젖어드는 가죽신만 바라보았다. 차가운 물에 정신을 차린 수련은 얼굴을 가리고 절을 향해 뛰었다. 뛰다 생각하니 빨래를 놓고 왔다. 용기를 내 돌아서니 그 남자가 손에 빨래를 들고 웃고 있었다. 무슨 바보짓이람. 옷을 받아들고 산을 오르는 수련의 눈에 눈물이 찔끔 흘렀다.

다음날부터 수련은 빨래하러 가지 않았다. 새벽마다 계곡에서 퉁소 소리가 들려왔다. 수련은 퉁소 소리를 들으며 산허리를 흐르는 구름만 바라봤다. 빨래가 쌓여 갔다.

"누나, 빨래 안 가?"

전쟁놀이를 했는지 흙 범벅이 된 옷을 입고 있는 일곱 살 송이가 물었다. 얼굴에도 땟국물이 흘렀다. 고아들이지만 여염집 자식들보다 깨끗하게 키우고 싶었다. 내가 뭐에 혼을 빼앗기고 있담. 수련은 빨래거리를 챙겨 송이의 손을 잡고 계곡으로 내려갔다. 퉁소를 불고 있던 남자가 반가운 눈빛을 했지만 고개를 숙여 못 본 척 지나쳤다. 송이를 씻기고 빨래를 하는 동안에도 남자는 퉁소를 불었다. 나뭇가지가 흔들리며 물소리가 화답하는 것 같았다. 안 들렸으면 좋겠어. 저 소리. 수련은 화난 표정으로 송이 손을 꼭 쥔 채 산을 올라왔다.

퉁소 소리가 그치지 않았다. 그러던 어느 날 달솔이라는 사람이 지광을 찾아왔다. 남루한 절간에 높은 사람이 찾아온 것은 처음이라 수련은 당황했다. 고민하다 스님이 마시는 국화차와 아이들에게 만들어주던 유과를 튀겨 가져갔다.

"안 됩니다. 어린아이에게….."

스님의 호통소리에 놀라 수련은 들고 가던 다과상을 떨어트릴 뻔했다. 스님이 화를 내는 것을 한 번도 본 적이 없다. 허겁지겁 일어선 달솔이 무릎을 꿇으며 나가려는 스님의 발을 잡았다.

"나라를 위한 일입니다. 제발…."

문밖에 선 수련과 눈빛이 마주친 스님의 눈빛이 불을 뿜고 있었다. 겁에 질린 수련은 뒤돌아서 달아났다.

달솔이 돌아간 뒤에도 하루 종일 수련은 스님의 얼굴을 쳐다보지 못했다. 죄라도 지은 양 마음이 조마조마했다. 달솔이 가져온 음식을 배불리 먹은 아이들은 초저녁부터 깊은 잠에 빠졌다. 오지 않는 잠을 청하고 있는데 문밖에서 스님의 목소리가 들렸다.

"수련아, 술 있으면 가지고 와라."

하루 종일 스님은 곡기를 입에 대지 않았다. 반가운 마음에 수련은 국화주와 음식을 차려 스님의 방으로 가져갔다.

"네 나이가 올해 몇이지?"

음식은 손도 대지 않고 술만 마시던 스님이 물었다.

"열… 일곱입니다…."

목소리가 떨려 나왔다. 저도 모르게 얼굴이 붉어졌다. 스님이 술잔을 비웠다.

"나라를 위한 일이라면 하겠느냐?"

다시 스님의 물음이 떨어진 순간이었다. 수련의 머릿속으로 도적들 손에 목숨을 잃은 부모님 얼굴이 스쳐 지나갔다.

"하겠습니다."

"어떤 일이라도?"

"하겠습니다."

"알았다. 가서 자거라."
문지방을 나서는 수련의 귀에 스님의 긴 한숨소리가 들렸다.

아이들을 다른 절에 보내고 수련은 맑은 물에 목욕을 했다. 달솔의 집에서 온 여자들이 수련을 치장했다. 난생 처음 입는 화사한 옷에 화장을 하고 수련은 남자를 기다렸다. 여자들이 남자를 맞는 방법을 가르쳤다. 두려웠지만 나라를 위한 일이라 생각하며 마음을 굳게 먹었다. 새벽이슬 떨어지는 나무 밑에 서 있던 남자를 떠올렸다. 중년이었지만 수려한 얼굴이었다.

밤 깊어 술 취한 남자 목소리가 들렸다. 호탕한 달솔의 웃음소리가 뒤를 따랐다. 달솔의 부축에 이끌린 남자가 수련의 방으로 들어왔다. 남자가 자리에 눕자 달솔이 눈짓을 하고 방을 나갔다. 눈을 감던 남자가 수련을 보더니 의아한 표정을 지으며 수련에게 물었다.

"너는 누구냐?"

수련은 대답을 하지 못했다. 먹구름 가득한 하늘에 번개가 치듯 알 수 없는 망설임이 사내의 눈 속을 몇 번 스치고 지나갔다. 다급하게 뻗쳐 올라온 남자의 손이 수련을 이불 위로 끌었다. 수련이 쓰러지자 찢겨지듯 옷이 벗겨졌다. 벌거벗은 수련의 몸 위로 남자가 올라왔다. 아픔을 느낄 겨를도 없었다. 수차례 불꽃같은 순간이 지나자 남자는 긴 잠에 빠졌다. 아랫배에 통증이 느껴졌다. 알 수 없는 슬픔이 눈물로 흘러내렸다.

"어떤 놈이냐?"

선잠에 들었던 수련은 벼락 치듯 들려오는 남자의 호통소리에 놀라 잠이 깼다. 문틈으로 보니 긴 칼을 들고 서 있는 남자가 보였다. 언제 왔는지 모를 달솔과 병사들이 그 앞에서 싸리나무 떨듯 떨고 있었다.

"어떤 놈이 저 아이를 내 방에 들였느냐?"

대답이 없자 남자가 칼을 휘둘렀고 앞에 선 병사 하나의 목이 꺾이며 비명도 없이 쓰러졌다. 피 묻은 칼끝이 달솔을 향했다.

"나라를 위해서는 제 목숨도 아깝지 않습니다."

달솔이 고개를 들고 남자 앞에 섰다. 들고 있는 칼이 부들부들 떨렸다. 남자가 뒤돌아서 수련의 방을 향했다. 수련은 서둘러 옷 매무새를 가다듬고 무릎 꿇었다. 벌컥 문이 열렸다.

"너로 인해 맹세가 깨졌다. 다시 내 앞에 나타나면 너도 죽이리라."

말을 마친 남자가 힘을 다해 칼을 휘둘렀다. 날카로운 소리와 함께 부러진 칼이 수련의 앞에 박혔다. 남자는 칼자루를 버리고 절을 내려갔다. 달솔과 시신을 수습한 병사들이 그 뒤를 따랐다. 긴장이 풀리며 수련은 혼절했다.

눈을 뜨니 지광스님 얼굴이 보였다. 안도감에 수련은 미소 지었다.

"고생했다. 일어설 수 있겠느냐?"

몸에 힘이 모이지 않았다. 억지로 자리에 앉자 어지럼증이 느

꺼졌다.

"힘들더라도 기운을 차려라. 빨리 여기를 떠나야 한다."

굳은 표정의 스님 얼굴이 이상했지만 수련은 더 묻지 않았다.
허겁지겁 옷을 챙겨 입고 스님을 따랐다. 문밖에 나서니 깜깜한
어둠뿐이었다. 절 문을 나서는데 눈물이 흘렀다. 수련이 머뭇머뭇
뒤돌아보며 걸었다. 대웅전과 요사채뿐인 작은 절이지만 아이들
과 웃음을 모으며 십 년 세월을 쌓은 절이었다. 달마저 구름에 가
려 별빛이 내려앉은 절은 희미한 윤곽으로만 보였다. 절에서 화염
이 솟았다. 멈춰 선 수련의 손을 스님이 잡아끌었다.

"뒤돌아보지 마라. 앞만 봐라. 한 가지만 생각해라. 살아야 한
다."

그 뒤로 수련은 스님을 따라 산 속을 헤매 다녔다. 소백산, 계
룡산, 태백산 어느 산을 가든 자객은 따라왔다. 스님과 살며 한 번
도 싸우는 것을 보지 못했는데 스님은 무술의 달인이었다. 자객들
은 스님을 이기지 못했다. 달아나는 동안 꽃이 비치지 않더니 수
련의 배가 불러왔다. 사냥꾼이 만들어놓은 움집에서 스님은 수련
에게 헤어져야 한다고 했다. 눈 쌓인 산에서 싸우다 자객 두 명이
절벽에서 떨어져 죽은 날이었다. '업보로다' 외던 스님의 눈에 눈
물이 맺혔다.

"더 이상 살계를 범할 수 없다. 점점 배가 불러올 테니 너도 더

달아날 수 없다. 여기서 헤어져야겠다. 중과 여자가 같이 다니니 행색이 눈에 띄는 것 같다."

수련은 나오려는 눈물을 참았다.

"뱃속에 있는 아이는 귀한 피를 받았다. 그 아이를 위해서라도 너는 꼭 살아남아야 한다."

말을 마친 지광이 가슴에서 무명으로 감싼 물건을 꺼냈다. 남자가 버리고 간 칼자루였다.

"잘 보관해라. 언젠가 아이의 핏줄을 증명해줄 것이다."

어머니 수련의 어깨는 더 이상 흔들리지 않았다. 이야기를 듣는 동안 흔들림이 장에게로 넘어갔다. 수련이 불을 켜고 깊이 간직해두었던 칼자루를 꺼냈다.

"소중히 간직해라. 네 아버지 물건이다."

장은 칼자루를 보지 않았다.

"오늘부터 제게는 어머니밖에 없습니다. 아버지는 없습니다."

눈물이 그치지 않았다.

"눈물을 그쳐라. 사내가 나약해서는 안 된다."

서슬 푸른 호통이 장의 머리에 꽂혔다.

"어미는 네 아비를 찾고 싶다. 왜 그래야 했는지도 알고 싶다."

이야기가 흐르는 사이 기름이 다한 불이 꺼졌다. 흔한 여자의 세월도 없이 어미가 된 수련의 눈에 푸른 불꽃이 어른거렸다. 푸른 불꽃이 적막한 어둠을 가르고 있었다. 깜깜해지고 나서야 장은 비로소 그 불꽃을 보았다. 소리를 본다는 관세음처럼 푸른 불꽃 속에 어머니의 지나온 세월이 보였다.

　잠에서 깨니 수련이 없었다. 문안을 드리려 방문을 여니 싸늘한 냉기가 감돌았다. 이부자리의 흔적도 없이 방 가운데 부러진 칼이 놓여 있었다. 칼을 치우자 수련의 편지가 보였다.
　'지광스님을 찾아 스님께 배워라. 스님이 허락하기 전에는 어미를 만날 수 없다. 어미 걱정은 마라. 네가 장성했으니 어미는 다시 아이들을 돌보며 너를 기다리겠다.'
　눈앞이 깜깜해지며 머릿속으로 노란 불꽃이 지나갔다. 장은 한 번도 수련이 자신을 떠나리라는 생각을 해본 적이 없다. 혹시나 하는 마음에 달려간 부엌에도 수련의 모습은 보이지 않았다. 장의 방 아궁이에 불을 지핀 흔적이 있었다. 솥 속에 덩그러니 남은 밥 한 공기를 보자 수련이 떠난 것이 현실로 다가왔다. 수련은 허언을 하는 사람이 아니었다. 하지만 장은 수련이 떠난 것을 받아들일 수 없었다. 믿을 수 없었다.

　문밖은 온통 눈 천지였다. 밤새 세상이 하얗게 변해 있었다. 마루에 주저앉아 감나무에 매달려 흔들리는 까치밥을 보던 장은 신발을 꿰신고 술집으로 갔다. 수련을 도와 일을 하던 봉선이 찾아올 줄 알았다는 듯 장을 맞았다. 봉선이 준비해둔 돈궤를 장에게 내밀었다.

"어머니가 내게 이 집을 팔았다. 선금은 드렸고 남은 돈을 네게 주라 했다. 이 돈을 가져가라."

참으려 했지만 울컥 눈물이 솟았다. 처연한 표정으로 지켜보던 봉선이 떨리는 목소리로 말했다.

"장아, 술집을 했지만 네 어머니는 훌륭한 분이시다. 어머니가 이런 결정을 했다면 이유가 있을 것이다. 마음이 아프겠지만 남자답게 어머니 말씀을 따라라."

장은 눈물을 닦았다. 동정받고 싶지 않았다. 장은 돈궤를 메고 술집을 나왔다. 집으로 돌아온 장은 수련이 마지막으로 해놓은 밥을 다 먹었다. 눈이 왔으니 토끼 사냥하기 좋은 날이다. 장은 아이들을 모았다.

흰 옷을 입은 아이들이 눈 위의 흰 토끼를 쫓아 이리 뛰고 저리 달렸다. 차가운 바람 속에서도 분노는 쉬 가시지 않았다. 분노로 가득한 장의 눈에 아이들에게 몰린 토끼 한 마리가 바람처럼 뛰어 들어왔다. 막대기가 바람을 갈랐다. 머리가 깨진 토끼가 사지를 바르작거리다 피를 뿌렸다. 붉은 피가 흰 눈 위로 꽃처럼 번졌다.

꽃 피는 계절에는 수련과 꽃님이 있었지만 꽃이 진 이 겨울에 그의 곁에는 아무도 없었다. 눈이 쌓여가는 산을 바라보던 장은 반월산 정상으로 터벅터벅 걸어 올라갔다. 그렇게 장은 아이들을, 사비를 떠났다.

오르던 힘으로 산을 내려온 장은 곰나루에서 정박하고 있는 배에 올랐다. 가야 할 곳이 있어 배를 탄 것이 아니었다. 더 갈 곳이 없어 배에 올랐다. 강물처럼 한없이 흘러 세상 끝까지 가고 싶었다. 배가 떠나려 할 때 허겁지겁 달려온 중이 배에 올랐다. 장터에서 엉터리 설법을 늘어놓던 중이었다. 배에 오른 중이 장 옆으로 다가왔다. 장이 쳐다보자 싱긋 웃었다.

"시주는 어디까지 가시오."

장의 사나운 눈빛을 보고도 중은 고개를 돌리지 않았다.

"이 배는 기벌포를 거쳐 중국까지 가오. 아시오? 중국의 요서 지방에서 산동반도까지 모두 백제 땅이었다는 사실을."

피하려는 장의 어깨를 중이 잡았다. 귀찮은 마음에 장은 수박 기술로 중의 옆구리를 찔렀다. 내지른 팔꿈치에 느낌이 오지 않았다. 어떻게 움직였는지 빙그르르 회전한 중의 얼굴이 장의 얼굴 앞에 있었다. 화가 난 장이 주먹으로 중의 얼굴을 내질렀다. 장의 팔이 꺾이며 뱃전에 처박힌 얼굴이 차가운 강물을 향했다.

"지금은 빼앗겨 남의 땅이 되었지만 그 땅은 우리 선조들의 땅이오. 그 땅을 되찾고 싶으면 시주는 기벌포에서 내려야 하오."

우습게 본 중은 무술의 달인이었다. 장을 제압하면서도 숨결 하나 변하지 않았다.

"놔라."

가라앉은 장의 목소리를 듣자 중이 꺾었던 팔을 풀었다.

"그 땅이 누구 땅이든 나랑 무슨 상관이냐."

망설이는 표정이 중의 눈을 스쳐 지나갔다. 바람에 깃발이 떨어질듯 다급하게 펄럭거렸다.

"나는 말할 수 없지만 지광스님이 말해줄 것이오."

알고 보니 지광이 보낸 중이었다.

"지광이든 누구든 관심 없다."

"강제로라도 내리게 하겠소."

채 말을 끝맺기도 전에 장의 무릎이 중의 사타구니를 파고들었지만 뱃전을 차고 뛰어오른 중은 어느 틈에 장의 뒤에 가 있었다. 날래기가 한 마리 새 같았다. 수차례의 공격이 모두 무위로 그치고 오히려 헛손질에 지친 장이 숨을 헐떡였다. 몰려든 사람들이 장과 중의 싸움을 구경하고 있었다. 격투 중에 배가 기벌포에 닿았다. 장은 남은 힘을 다해 돛대를 붙잡고 늘어졌다.

"나는 죽어도 내리지 않겠다."

사람들의 웃음소리가 들렸다. 수치심이 밀물처럼 몰려왔다. 마른하늘에 번개가 번쩍이고 어둠이 몰려오는가 싶더니 웃음소리와 물결소리가 잦아들었다.

출생의 비밀

　　눈을 뜨자 어룽거리는 호롱불빛 속을 나방이 날고 있었다. 사람의 얼굴을 발견한 장은 일어나 앉았다. 흰 수염 가득한 남자가 웃음 띤 얼굴로 장을 바라보고 있었다. 지광이었다.

　"배고프지. 밥 먹어라."

　"왜, 저를 이리 데려오셨습니까?"

　"어머니가 부탁했다."

　묘하게도 지광의 얼굴은 수련과 닮아 있었다. 차가운 듯 뜨거운 듯 깊이를 알 수 없는 눈빛, 수련도 그런 눈을 가졌다. 콧등이 시큰해지는 것을 감추려 장은 밥을 우겨넣었다. 욱신거리는 머릿속으로 상념이 나방처럼 날아다녔다. 말도 없이 수련이 떠났을 때 장은 수련을 원망했고 수련의 뜻대로 하지 않겠다고 결심했다. 지직거리며 불에 탄 나방 하나가 바닥에 떨어졌다. 물을 마신 장은 상을 물렸다.

"왜, 저를 이리 데려오셨습니까?"

같은 질문을 되풀이하는 장을 보며 지광이 흐뭇한 미소를 지었다.

"수련이 잘 키웠구나. 네 핏줄에 대해 말해주라 했다."

"말씀해주십시오."

첫날밤을 치룬 여자에게 칼을 들이댄 남자 이야기였다. 처음 수련에게서 이야기를 들었을 때 장은 그 남자를 죽이고 싶었다.

"중이 되기 전에 나는 혈성을 지키던 무장이었다."

고구려의 침략으로 시작된 혈성 전투는 사력을 다했지만 막아내지 못했다. 백제의 반격이 재개되었으나 연모가 이끈 군대는 오곡벌판의 싸움에서 다시 패퇴하였다. 패전의 결과로 백제는 대륙 백제의 근거지를 상실했다. 고국에 돌아와 지광은 힘겨웠던 무인의 옷을 벗었다. 중이 되어 전란으로 고아가 된 아이들을 돌보며 살았다.

"원수처럼 싸우지만 고구려와 백제는 같은 조상에서 나온 한 민족이다."

대륙 백제를 잃은 백제의 위기감은 컸다. 성왕은 도읍을 사비로 옮기고 국호를 남부여로 바꾸는 등 체제를 정비했다. 세월이 흘러도 고구려에 대한 성왕의 복수심은 사그라지지 않았다. 어렵게 가야, 신라와의 동맹을 성사시켜 함께 고구려를 공격했다. 백제, 가야, 신라 연합군은 평양까지 밀고 올라갔지만 신라의 배반으로 백제는 한강 이북의 땅을 빼앗기고 오히려 성왕의 딸마저 진흥왕의 소비로 내주는 굴욕을 감수해야 했다. 다시금 성왕의 복수심은 신라를 향했다.

온갖 역경에도 성왕은 굴하지 않았다. 아들 창이 있었기 때문이다. 태자를 위한 고난이라 생각하면 어떤 굴욕도 견딜 수 있었다. 창 또한 그런 아버지의 뜻을 알고 있었다. 일찍부터 군대를 지휘한 창은 전쟁에 반대하는 귀족들을 억누르고 직접 신라와의 일전을 준비했다. 파병을 요청했던 왜에서 군사를 보내오자 가야와 연합해 신라로 쳐들어갔다. 첫 목표는 한강 하류지역에 위치한 관산성이었다. 이번 전쟁에는 부자가 함께 출전했다. 국운을 건 전투였다. 노도와 같이 밀려오는 백제군을 신라군은 막지 못했다. 우덕과 탐지를 패퇴시키고 창은 단숨에 관산성을 탈환했다.

다급해진 전세를 수습하려 신라는 귀화한 가야 왕 구형의 아들 김무력을 보냈다. 김무력은 백제와 연합한 가야군 내부에 간첩을 심었다. 승전을 축하하러 성왕이 근위병 오십 명만을 이끌고 관산성으로 출발한다는 정보가 정탐에 걸렸다. 신라 삼년산군 장수 도도가 구천에 매복하고 있다 성왕을 급습했다. 포로로 잡힌 성왕은 목을 잃었다. 신라 조정은 군신회의를 하는 도당의 계단 밑에 성왕의 머리를 묻고 오르내리며 짓밟았다.

성왕의 죽음에 사기를 잃은 백제군은 파죽지세로 내몰렸다. 설상가상 전쟁에 반대하던 귀족들마저 반란의 기미를 보였다. 조정을 수습한 것은 창의 부인과 외척 세력이었다. 죽지 못하고 살아 돌아온 창의 슬픔은 컸다. 아버지 성왕의 죽음을 자신의 탓이라 생각한 창은 세상을 떠나 중이 되려 했다. 태자비와 신하들이 그런 창을 만류했고 삼 년 동안 왕의 자리는 비어 있었다. 성왕이 죽은 지 삼 년이 지나 산에서 돌아온 창이 왕위를 계승했다. 왕위에 오른 후에도 창은 마음을 잡지 못했다. 성왕이 죽은 계절이 돌아오면 광증이 발작해 왕위를 비우고 바람처럼 떠돌아다녔다. 마음을 잡게 하려고 귀족들이 주청해 젊은 왕비를 새로 들였지만 잠자리를 같이하지 않는다는 소문이 떠돌았다.

"네 아버지는 백제의 왕이다."

왕을 세상으로 돌려보낸 수련에게 돌아온 것은 죽음의 그림자였다. 젊은 나이에 독수공방하는 왕비를 안타까워하던 왕비의 숙부 달솔은 왕이 스스로 세운 맹약을 깨게 하려 수련을 이용했고, 맹약을 깨게 한 후에는 죽이려 했다.

눈 쌓인 태백산 움집에 세 명의 자객이 찾아왔다. 지광은 그중 한 명의 목숨을 남겼다.

"우리를 죽였다고 해라. 그리하면 우리는 아무도 모르게 숨어 살겠다."

자객은 지광이 잘라준 수련의 머리채를 갖고 산을 내려갔다. 눈이 그치듯 추격이 멎었다.

"세상은 수련이 죽은 것으로 알고 있다. 당연히 네가 태어난 것도 모른다."

"제가 어찌해야 하겠습니까?"

"그것은 네가 생각해야 할 몫이다."

"어머니가 왜 저를 이리로 보냈습니까?"

"네가 어찌해야 할지 생각하라고 보냈다. 이제 너는 어른이다."

지광이 돌아가고 난 후 장은 자리에서 일어났다. 문밖은 깜깜한 어둠이었다. 눈썹 같은 초승달이 하늘에 걸려 있었다. 어두운 밤하늘을 바라보던 장은 무심코 허공으로 손을 휘저었다. 손아귀에 바람 한줌 잡히지 않았다. 달을 향해 주먹을 내뻗었다. 여전히 달은 하늘 멀리 있었다. 아버지가 그러했다.

겨울이 가고 봄이 왔다. 얼어붙은 물이 녹아 흘러내리는 시냇가에 아낙들이 삼삼오오 모여 나물을 뜯었다. 웃음소리를 따라 이 나무 저 나무로 노랗고 붉은 꽃이 피었다. 막대기를 든 아이들이 이리저리 몰려다니며 전쟁놀이를 했다. 추운 겨울을 지내도 봄이 오면 다시 풀이 자라고 꽃이 피고 아이들이 뛰어놀았다. 장은 지광의 절을 떠나지 않았다. 눈을 뜨면 산에 올라 절벽 바위에 누워 하늘을 올려다봤다. 수련과 꽃님, 그리운 얼굴들이 흰 구름으로 흘러갔다. 아버지라는 사람의 모습은 떠오르지 않았다. 어두워지면 내려와 잤다. 낮이건 밤이건 하늘은 막막했다.

지광은 장을 내버려두었다. 밥 때가 되어도 내려오지 않는 장을 찾아 지명이 주먹밥을 챙겨 산에 올라오고는 했다. 지명은 절 일을 하며 낮에는 무술공부를 하고 밤에는 글공부를 했다. 장과 나이가 같았다.

"명아, 네 부모는 누구냐?"

밥을 먹던 장이 물었다.

"모른다. 비렁뱅이로 떠돌던 것을 지광스님이 데려다 키웠다."

지명에 비하면 자신은 운이 좋은지도 모른다.

"너는 무엇이 되고 싶냐?"

"나는 장군이 될 거다. 장군이 되어 백성을 지키고 잃은 땅을 되찾고 싶다."

어머니 수련도 나라를 위하는 꿈을 꿨다. 여린 몸을 던졌지만 돌아온 것은 죽음의 칼날이었다. 장은 백제를 위해 살고 싶지 않았다. 어머니와 자신을 죽이려고 하는 나라였다. 지금이라도 어머니가 돌아오면 왜든 고구려든 신라든 딴 나라로 가서 살면 된다. 하지만 어머니가 그것을 원하지 않을 것이다. 원했다면 모습을 감추면서까지 자신을 이리로 보냈을 리 없다. 어머니 수련을 생각하면 장은 가슴이 미어졌다. 어머니를 위해서라면 무엇이든 할 수 있었다. 장은 산을 내려왔다.

봄비 속에 지광이 밭을 갈고 있었다. 나무 위 참새 새끼가 시끄럽게 울었다. 새끼들을 먹이기 위해 어미는 빗속을 날았다. 하늘을 향해 종종거리는 노란 부리에 모이를 넣자마자 다시 빗속으로 몸을 던졌다. 우두커니 서 있는 장을 보고도 지광은 밭 갈기에 몰두했다. 참새는 계속 몸을 날렸다. 날 때마다 더 멀리 날아갔다 돌아왔다. 지켜보고 있는 장의 눈에도 지친 모습이 역력했다. 손에 쥐면 주르륵 잿빛 물이 흘러내릴 것 같았다. 어미가 지쳐갈수록 새끼들은 더 시끄럽게 울었다. 밭일을 끝낸 지광이 곡괭이를 들고 요사채로 향했다.

"어머니가 원하는 것이 무엇입니까?"

장이 뒤를 따르며 물었다.

"네가 힘을 갖기를 바란다."

"어떻게 해야 힘을 가질 수 있습니까?"

장의 물음에 답하지 않고 지광은 우물로 갔다. 손발을 다 씻은 지광이 장을 불렀다.

"따라오너라."

지광이 갈무리해 두었던 보따리를 꺼냈다. 보따리를 풀자 낯익은 물건이 보였다. 아버지란 사람이 버리고 간 반쪽짜리 검이었다. 검과 함께 책들이 있었다. 눈 여겨 살폈지만 어머니 수련의 흔적은 찾을 수 없었다. 지광이 책 한 권을 장에게 내밀었다. 〈백제기〉라고 적혀 있었다.

"열매 맺고 싶으면 뿌리부터 알아야 한다. 이 책을 읽고 생각이 일어나면 다시 오너라."

백제의 시조 온조왕은 아버지가 주몽이다. 주몽은 북부여로부터 난을 피해 달아났다. 졸본부여에 이르러 왕의 딸인 소서노와 결혼해 비류와 온조 두 아들을 낳았다. 주몽이 북부여에서 낳았던 전처소생 유리가 찾아와 태자에 오르자 소서노는 비류와 온조를 데리고 망명길에 올랐다. 한산에 도착한 이들은 하남 위례성에 도읍하고 국호를 백제라 했다. 온조를 하남 위례성에 남겨두고 소서노는 영토를 넓히기 위해 장남인 비류와 함께 미추홀로 나아갔다. 그동안 한산에 남은 온조는 아버지 주몽의 동명왕 묘를 세우고 스스로를 왕으로 선포했다. 낙랑과의 전쟁에 지친 비류가 돌아오려 하자 온조는 이를 허락하지 않았다. 온조의 처사에 분개한 소서노는 갑옷을 입고 늙은 장군들과 함께 온조를 치지만 오히려 전투 중에 목숨을 잃게 된다. 죽기 전 소서노는 온조에게 유언을 남겼다.

"너는 아버지 주몽을 꼭 빼닮았다. 용맹하고 교활하고…. 죽이고 싶도록 미웠지만 사랑할 수밖에 없는 사람이었다. 갑옷 속에서도 나는 네 아버지를 그리워했다. 비처럼 쏟아지는 화살에 몸을 던져 혼이라도 네 아버지에게 가고 싶었다. 이제 그 소원이 이루어졌다."

온조는 피눈물을 흘렸다. 죽이고자 죽인 것이 아니었다. 장남인 유리에게 왕위가 돌아가는 것을 보고 장남인 비류를 견제한 것뿐이었다.

"고향 땅에, 네 아버지 곁에 남고 싶었지만 너희들을 위해서 나는 고향과 남편을 버렸다. 소원이 있다. 결혼 선물로 네 아버지에게 칼을 받았다. 뒤늦게 알았지만 유리의 어머니에게도 칼을 주었더구나."

희대의 여걸 소서노가 마지막 웃음을 머금었다. 온조는 복받치는 오열을 눌렀다.

"그 칼을 가진 자는 누구든 죽이지 마라. 약속하겠느냐?"

"약속하겠습니다."

"나는 그 칼을 비류에게 주었다."

그 말을 끝으로 전장을 누비던 소서노의 혼은 그리워하던 남편의 품으로 날아갔다. 소서노의 유언에 따라 온조는 비류를 살리고자 했지만 어머니의 죽음을 안 비류는 스스로 목숨을 끊었다. 온조는 동명성왕 묘 옆에 두 사람을 묻었다. 그날 백성들은 수많은 전쟁에서 그들을 승리로 이끈 용맹한 왕의 눈물을 보았다. 온조는 칼을 들어 만백성에게 선포했다.

"이 칼을 가진 자는 죽이지 못한다. 이 칼을 가진 자를 죽인 자는 왕이라도 죽여도 좋다."

소서노의 칼은 이후 대대로 왕이 되지 않은 형제에게 전해졌다. 골육상쟁을 막기 위해서였다.

세 자루의 칼이 있다. 주몽이 유리에게 준 칼, 소서노가 비류에게 준 칼, 그리고 현 왕이 어머니 수련에게 남긴 칼. 지금 자신과 어머니를 살릴 수 있는 칼은 소서노의 칼이었다. 뒤란에서 소쩍새가 울었다. 울음소리가 어미 새가 새끼를 찾는 듯 다급하게 들렸다. 삼경이 지났지만 장은 계속 책장을 넘겼다. 다루왕, 기루왕, 개루왕, 초고왕, 구수왕, 사반왕, 고이왕…. 새벽닭이 울고 날이 밝았다. 장은 쉬지 않고 책장을 넘겼다. 책계왕, 분서왕, 비류왕, 계왕, 근초고왕… 온조왕 이후 어디에서도 소서노 칼의 자취는 찾을 수 없었다. 장은 책을 들고 핏발 선 눈으로 지광을 찾았다.

"소서노의 칼은 어디 있습니까?"

다급한 장의 질문에 아랑곳하지 않고 지광은 씨뿌리기에 열중했다.

"어디 있습니까?"

장이 지광의 앞을 막아섰다.

"비켜라. 지금은 씨를 뿌릴 시기다. 시기에 맞는 일을 하지 못하는 인간은 시기를 자기 것으로 할 수 없다."

지광의 위엄 있는 얼굴을 본 장은 하릴없이 물러섰다. 어제처럼 참새 새끼들이 시끄럽게 울었다. 새 울음소리를 들으면 수련이 자신을 찾아, 자신이 수련을 찾아 울고 있는 것 같아 장은 미칠 것 같았다. 소리를 따라 심장의 고동이 빨라졌다.

"따라 오너라"

장은 씨뿌리기를 끝낸 지광을 따라 우물가로 향했다.

"무엇을 배웠느냐?"

"소서노의 칼은 어디 있습니까?"

"무엇을 배웠느냐?"

장은 심호흡을 했다. 침착하려 애썼다. 칼자루는 지광이 쥐고 있다. 지금은 그의 비위를 맞춰야 하는 시기였다.

"장남만이 왕이 되는 것은 아닙니다. 차남도, 서자도 왕이 될 수 있습니다. 저도 왕자니까 왕이 될 수 있습니다."

사나운 장의 대꾸에 잠시 흔들리던 지광의 눈빛이 불을 뿜듯 장을 쏘아보았다.

"잘 배웠다. 다른 것은 무엇을 배웠느냐?"

"소서노의 칼은 어디 있습니까?"

"답해라. 다른 것은 무엇을 배웠느냐?"

지광의 호통에 노기가 실렸다. 장은 급한 마음을 한풀 꺾었다. 장은 지광이 원하는 것을 알고 있었다.

"왕족 간에는 우애가 있어야 합니다. 나라가 흔들릴 수 있기 때문입니다."

지광이 소리 없는 한숨을 토해냈다.

"너의 총명이 지나치다."

"소서노의 칼은 어디 있습니까?"

"어디 있겠느냐?"

장은 잠시 생각을 가다듬었다.

"왕의 역사에는 없습니다. 왕족의 역사에 있으리라 생각합니다."

대답을 들은 지광이 말없이 산을 올려다보았다. 장은 반대편

들을 내려다보았다. 아지랑이가 이글이글 피어오르고 있었다. 생
각을 마친 지광이 십여 권의 책을 장 앞에 꺼내놓았다. 장자, 제자
백가열전, 한비자, 사기, 손자병법, 금강경….

"맞다. 그리고 그 책 또한 내가 갖고 있다. 그 책을 넘겨주기 위
한 세 가지 조건이 있다."

"…."

"첫째, 이 책들을 읽고 내가 묻는 질문에 답할 수 있어야 한다.
하겠느냐?"

"그냥, 가르쳐주시면 안 됩니까?"

"아이에게 불을 맡길 수는 없다."

"하겠습니다. 다음 조건은 무엇입니까?"

"무예를 익혀 지명에게 이겨야 한다. 하겠느냐?"

"하겠습니다. 마지막은 무엇입니까?"

"이후 다시는 '왕자'라는 말을 꺼내지 마라. 너뿐만 아니라 네
어미의 목숨이 달려 있다."

"잘못했습니다. 다시는 꺼내지 않겠습니다."

"책을 가지고 가거라."

지명은 산사태로 허물어져 내린 돌밭에서 무술 연습을 했다.
비가 오나 눈이 오나 하루도 수련을 거르지 않았다. 뙤약볕이 벗
은 몸을 시뻘겋게 달구면 구리 같은 땀이 흘러내렸다. 장은 사흘
동안 숲 속에 숨어 지명을 살폈다. 배에서의 한 차례 격투 때도 느

겼지만 지명은 가볍고 빨랐다. 돌 부스러기가 부서져 내리는 산기슭을 그는 평지처럼 내달렸다. 지명이 좋아하는 무기는 검이었다. 장이 익숙한 무기는 봉이었고 그 점은 다행이었다. 봉의 거리로 발을 견제할 수 있었다. 지명이 탁발을 나가면 장은 지명이 수련하던 돌밭으로 나가 머릿속으로 지명의 몸동작을 떠올리며 봉을 휘둘렀다. 나흘째 되던 날, 장은 봉을 들고 지명 앞에 나섰다.

"한번 겨뤄보자."

"스님이 사정을 두지 말라 그랬다."

장은 수긍의 표시로 고개를 끄덕이자마자 벼락같은 호통을 지르며 봉을 찔러갔다. 손의 빠르기로 발의 빠르기를 제어할 속셈이었다. 갑작스런 공격에도 지명은 당황하지 않았다. 허리를 움직여 봉을 피하다가 가볍게 검으로 봉을 걷어냈다. 몇 번의 검과 봉의 부딪힘 속에서 장은 지명의 손아귀 힘이 만만치 않다는 것을 느꼈다. 찌르는 사이 둘의 몸이 점점 가까워졌다. 봉을 고쳐 잡으려 했지만 지명의 응수가 빨라 그럴 틈이 없었다. 지명의 검이 장의 목에 닿았다.

"졌다. 다시 한번 하자."

장은 봉을 고쳐 잡고 휘두르기로 공격해 들어갔다. 봉과 목검이 부딪히자 박달나무로 만든 악기 박을 칠 때처럼 빠르고 경쾌한 소리가 났다. 소나기처럼 뿌려지는 봉이 지명의 좌우를 막았다. 발길이 막혀도 지명은 당황하지 않았다. 가볍게 봉을 응수하다 검으로 목을 찔렀다. 장은 움찔움찔 뒤로 물러섰다. 뒷걸음질치던 장이 미끄러지자 지명이 검을 거뒀다. 지명이 봐주는 기색을 보일수록 장은 오기가 치솟았다. 이글이글 내리쬐는 햇볕 속에 사물들이 모습을 감췄다. 오직 지명의 몸과 그를 따라 움직이는 검만 보였다. 장은 사력을 다해 지명을 밀어붙였다. 땀이 비 오듯 뿌려지고 뜨거운 숨이 목구멍을 태울 듯 턱턱 숨통을 막았다. 싸움에 임해 장은 처음으로 두려움을 느꼈다. 평소 바보같이 둥글게만 보이던 지명의 눈빛이 차갑고 무겁게 다가왔다. 두려움을 물리치려 장은 더 세차게 봉을 휘둘렀다. 다독이듯 검이 몇 번 팔과 허벅지를 때렸지만 장은 물러서지 않았다. 검은 해 같은 지명의 얼굴이 눈 가까이 다가왔다. 장은 내심 미소를 지었다. 장은 남은 힘을 다해 검은 해를 내리쳤다. 타오르던 해가 산산이 부서졌다. 불덩이처럼 날리며 꺼져가는 빛 꼬리를 망연히 바라보다 장은 정신을 놓았다. 두 번째 패배였다.

눈을 뜨자 지명의 얼굴이, 그 뒤로 붉은 해가 보였다.

"괜찮나?"

지명이 걱정스런 표정으로 물었다.

"한 번 더하자."

"오늘은 그만하자."

"이길 때까지 하겠다."

"지금 실력으로는 나를 이길 수 없다."

장이 자리에서 벌떡 일어섰다. 정통으로 검을 맞은 이마에 통증이 몰려왔다.

"이번에는 맨몸으로 하자."

"시합이라도 나는 봐주지 않는다."

망설이는 지명의 얼굴을 향해 장이 주먹을 날렸다. 가벼운 몸놀림으로 장의 주먹을 피한 지명이 장의 다리를 걸어 굴렸다. 장은 돌바닥을 구르다 다시 일어나 지명을 향해 몸을 날렸다. 지명이 슬쩍 피하며 날고 있는 장의 배를 걷어찼다. 한동안 장은 숨을 쉴 수가 없었다. 다가와 등을 두드리는 지명을 장이 안아 쓰러트렸다. 뒤엉킨 채로 둘은 돌바닥을 굴렀다. 언덕 아래에서 장의 몸이 위에 있었다. 주먹을 날리려 했지만 이미 지명에게 두 팔이 잡혀 있었다. 땀과 피가 흘러내려 눈앞을 가로막았다. 장은 있는 힘을 다해 지명의 얼굴을 이마로 내리 찧었다. 지명이 얼굴을 피했고 돌바닥을 내리찧은 장은 혼절했다. 세 번째 패배였다.

눈이 부셔 눈을 떴다. 온몸이 물먹은 솜처럼 무거웠다. 아프고 쑤시지 않은 곳이 없었다. 창문을 여니 해가 중천이었다. 장은 비척비척 우물가로 걸어가 머리에서부터 찬물을 부었다. 이마에 묶인 헝겊을 풀어 던졌다. 봉을 들고 장은 지명을 찾아 나섰다. 헝겊한 끝이 맨몸에 붙어 돌밭까지 쫓아왔다.

"겨루자."

"참아라."

장의 봉이 찔러 들어가자 지명은 허리를 틀어 피했다. 장의 공격을 지명은 가벼운 몸동작으로 피하기만 했다. 검도 부딪히지 않았고 그것이 장을 더 화나게 했다.

"덤벼라."

말이 채 끝나기도 전에 지명의 발이 장의 배를 질렀고 장은 돌밭을 굴렀다. 일어선 장이 짐승처럼 소리를 지르며 지명에게 달려들었다. 지명은 동요하지 않았다. 장의 공격은 지명의 옷자락도 스치지 못했다. 형체가 없는 공기나 물과 싸우는 것 같았다. 공격하던 장이 제풀에 무너져 내렸다. 움직임이 둔해진 장을 바라보던 지명이 옷을 챙겨들고 언덕을 내려갔다.

"탁발 간다."

지명의 모습이 사라지자 장은 돌밭에 쓰러졌다. 눈부신 햇빛이 눈을 찔렀다. 장은 눈만 동그랗게 뜨고 해를 보았다. 지광이 지명을 이기라 했을 때 장은 이길 수 있으리라 생각했었다. 져본 적이 없는 장에게 패배는 커다란 충격이었다. 지명이 넘지 못할 절벽처럼 커다랗게 다가왔다. 검던 해가 푸르게 변했다. 푸른 해 속에 수련의 모습이, 물봉선화 같은 꽃님이 있었다. 장은 그들과 하늘만큼 멀리 떨어져 있었다. 빛 때문인지 슬픔 때문인지 눈물이 흘러내렸다. 갑자기 쏟아진 물벼락에 놀라 장은 정신을 차렸다. 물 항아리를 든 지광이 서 있었다. 장은 몸을 수습했다.

"무엇을 배웠느냐?"

"…."

"무엇을 배웠느냐?"

"마음대로 되지 않는 것이 있다는 것을 배웠습니다."

"잘 배웠다. 마음을 다스리지 못하면 몸이 아프다. 군자가 감정을 다스리지 못하면 백성이 죽는다."

지광이 남은 물을 장에게 끼얹었다.

"너는 할아버지 성왕 폐하를 닮았다. 그분도 물러서지 않으셨다. 내려가자."

장이 걸음을 옮기려는 지광 앞에 무릎을 꿇었다.

"지명을 이길 방법을 가르쳐주십시오."

무릎 꿇은 장을 미소로 바라보던 지광이 들고 있던 항아리를 바위에 던졌다. 날카로운 소리와 함께 조각들이 사방으로 튀었다.

"조각들을 모아 원래대로 항아리를 만들어 와라."

그 말을 남기고 지광은 산을 내려갔다. 장은 무거운 몸을 일으켜 돌 부스러기 속에 숨은 항아리 조각을 찾았다. 조각 하나하나를 모으며 눈물을 말렸다. 어쨌거나 장은 수련을 사랑했다.

샅샅이 뒤졌지만 조각들을 다 찾았는지 알 수 없었다. 손톱만하게 잘게 잘려나간 부스러기도 있었다. 장은 모은 조각들을 나무 그늘로 옮겼다. 일단 형체를 알 수 있는 부분부터 붙여나갔다. 접착제가 필요했다. 장은 소나무를 찾아 송진을 긁었다. 허기가 져 숲에 떨어진 열매들을 눈에 띄는 대로 주어먹었다. 일곱 덩이로 커다랗게 틀이 잡혔지만 네 개의 덩어리에 빈 부분이 있었다. 날이 어두웠다.

장은 옷을 걸치고 시장에 내려가 해초와 물고기 부레와 돼지 뼈를 구했다. 송진으로 맞춰 놓았지만 튼튼하게 붙이려면 접착제를 만들어야 했다. 아무리 튼튼하게 붙여도 원래 모습은 돌아오지 않을 것이다. 허기가 졌다. 장은 길거리 좌판에 앉아 국밥을 시켰다. 왜 항아리를 깨고 다시 붙여오라 했을까? 알 수 없었다. 장은 알 수 없는 것은 생각하지 않기로 했다. 물만 새지 않으면 된다. 물 항아리니까 물을 담을 수 있으면 된다. 국물까지 다 마신 장은 접착제 재료를 구해 다녔다.

들창이 밝자마자 장은 돌밭으로 나갔다. 나무와 삭정이를 모아 불을 지펴 어젯밤 시장에서 가져온 것들을 넣고 끓였다. 접착제 만드는 방법은 마들 아이들에게 배웠다. 물건이 부족한 그들은 보잘것없고 오래된 물건도 소홀히 하지 않았다. 물고기와 돼지 뼈가 녹는 구수한 냄새를 맡자 친구들이 떠올랐다. 풀잎에 맺혀 있던 이슬이 마르는 것을 지켜보던 장은 돌밭으로 나가 모자란 조각을 찾았다. 몇 조각은 끝내 찾을 수 없었다. 구멍이 남아 물이 샜다. 지명이 나와 수련하는 모습이 보였지만 장은 항아리를 붙이는 일에 몰두했다. 돌을 갈아 모자란 부분과 비슷한 모양을 만들어 끼워 넣은 후 틈새에 접착제를 부었다. 산 아래로 내려갔던 지명이 감자를 삶아 왔다.

"너한테도 이런 일을 시켰냐?"

지명이 싱긋 웃으며 고개를 저었다.

"나한테는 산사태를 막으라 했다."

지명이 고개 짓을 하는 산등성이를 보자 계단처럼 올라가며 석축이 쌓여 있었다. 석축마다 풀만한 어린 나무들이 바람에 흔들렸다.

"탁발 다녀오면 석축을 쌓는다. 나무들이 많이 자랐었는데 지난 번 홍수에 다 쓸려가 다시 쌓고 있다."

지명의 말을 들은 장이 웃었다. 감자를 놓고 흰 구름을 보던 장이 지명에게 물었다.

"명아 너는 부모님이 보고 싶지 않니?"

답을 하지 않고 장의 얼굴을 살피던 지명이 장이 바라보는 하늘을 보았다.

"어렸을 때는 보고 싶었다. 그런데 스님 말을 듣고 곰곰이 생각하니 지금은 보고 싶지 않다."

"스님이 뭐라 그랬는데?"

"부모님에게서 태어나기 전 내 모습을 생각해 보라 그랬다."

부모에게서 태어나기 전의 모습? 눈을 감고 생각해 봤지만 아무 모습도 떠오르지 않았다.

"부모에게 태어나기 전 네 모습이 어떤데?"

"구름 같다. 비 같다. 강물 같고 바다 같다."

"어찌해서 태어나기 전의 모습이 그러냐?"

"그건 나도 모른다. 자꾸 생각하다 보니 그렇게 됐다."

수줍게 웃는 지명을 보며 장은 지난 날 장터에서 설법하던 지명의 모습을 떠올렸다.

"너 지난 번 우리 동네에서 부부 관계가 어떻고 하며 설법했지? 그것은 어디서 배웠냐?"

장의 물음에 지명의 얼굴이 홍시처럼 붉었다.

"시장에서 탁발하는 스님들을 보며 배웠다. 그냥 나무아미타불만 외면 잘 안 주거든…."

탁발 간다며 도망치듯 지명이 산을 내려갔다.

한번 깨진 항아리는 원래대로 되지 않았다. 아무리 세밀하게 붙여도 물이 샜다. 조그만 틈새로 새어나오던 물은 물줄기로 뿜어져 나오며 이윽고 항아리를 부쉈다. 장은 지명이 산사태로 무너진 산을 수습하듯 다시 항아리를 붙여나갔다. 접착력을 높이기 위해 수소문해서 여러 가지 물건을 실험해 보았다. 밤에도 관솔불을 켜놓고 일을 했다. 짐승처럼 야위어가는 장을 안쓰럽게 지켜보던 지명이 밤에 올라와 석축을 쌓았다. 밤의 산은 조용했다. 바람이 억새를 밀고 가면 쓰러지는 억새가 물결 소리를 냈다. 가끔 늑대가 울었고 구름이 달을 가리면 한줄기 비가 쏟아졌다. 먼 곳에서 바위를 나르는 지명의 모습을 보며 장은 위안을 느꼈다. 싸우고 울고 웃는 사이 둘 사이에는 억새처럼 질긴 우정이 자랐다.

접착제를 칠한 무명을 항아리에 두르고서야 더 이상 물이 새지 않았다. 장은 항아리를 이고 산을 내려왔다. 뜰 앞 배롱나무에 꽃이 활짝 피어 있었다. 분홍 구름처럼 화사한 꽃과 야윈 손 같이 미끈한 가지가 수련을 떠오르게 했다. 수련도 분홍빛을 좋아했다. 장롱 깊이 분홍 치마저고리를 곱게 간직해 두고 일 년 중 이틀만 꺼내 입었다. 하루는 장의 생일날이었다. 나머지 하루를 묻는 장에게 수련은 웃기만 할 뿐 대답하지 않았다. 노을 구름같이 아련하게 웃는 수련의 모습은 슬펐다. 장은 배롱나무에서 고개를 돌렸다.

"무엇을 배웠느냐?"

항아리를 내려놓는 장에게 지광이 물었다.

"급소가 있습니다. 그곳이 뚫리면 부서집니다."

"다른 것을 말해 봐라."

"한 곳이라도 구멍이 뚫리면 항아리 전체를 쓸 수 없습니다."

고개를 저은 지광이 장의 다음 대답을 기다렸다. 장은 생각했다.

"통으로 보면 항아리 하나지만 여러 가지 조각들로 이루어져 있습니다."

"그래서?"

"각 부분들이 제 역할을 해야 합니다."

대답을 들은 지광이 책을 장 앞에 펼쳤다. 책은 검술, 창술, 곤술, 권술 등 온갖 무예를 다루고 있었다.

"많은 무예가 있다. 무엇을 배우겠느냐?"

장은 잠시 눈을 감았다. 장의 몸은 지명의 목검에도 발에도 주먹에도 맞았다.

"모두 배우겠습니다."

장의 대답을 들은 지광이 미소를 지었다.

"그런 다음 어떻게 하겠느냐?"

대답을 망설이고 있는 장을 보던 지광이 항아리를 번쩍 들어 뜰 앞 바위에 던졌다. 무명을 감은 항아리가 둔탁한 소리를 내며 부서졌다.

"새 항아리를 만들어 와라."

장은 큰 절을 하고 책을 들고 법당을 나왔다.

단 련

　　지광이 일러준 도기 공방은 산을 일곱 개 넘
자 나타났다. 산언덕을 따라 땅굴 같은 뺄불통가마가 뻗어 있었
다. 초여름 햇볕이 바늘같이 따가웠고 세를 뻗치는 가시덩굴이 맹
수처럼 사나웠다. 장은 햇볕에 타 너덜거리는 어깻죽지 허물을 뜯
어 풀숲에 던졌다. 이곳까지 장은 팔과 다리에 모래주머니를 차고
왔다. 통 속에 말린 흙을 풀어넣던 사내가 장을 보았다. 벌거벗다
시피 한 사내의 살색은 흙보다도 검었다. 도공을 찾자 손가락으로
뒤편 움집을 가리켰다. 장은 움집으로 들어갔다. 낫같이 생긴 칼
로 흙을 저미는 사내와 떡매로 흙을 두드리는 사내를 지나자 물레
를 돌리고 있는 도공이 보였다. 큰 절을 올려도 도공은 쳐다보지
않았다. 그의 손 안에서 돌아가던 흙덩이가 마술처럼 꽃병이 되었
다. 실로 밑동을 자르고 꽃병을 옮긴 도공이 비로소 장을 보았다.

장은 지광이 써준 글을 내밀었다.

"이리와라."

장을 불러 세운 도공이 흙덩이 하나를 물레 위에 올려놓았다. 흙덩이 가운데에 엄지손가락으로 구멍을 낸 장인이 물레를 돌리자 구멍이 넓어졌다. 한 손으로는 구멍을 다듬으며 다른 손으로 흙을 끌어올려 두께를 보충했다. 손가락이 네 개 들어가자 흙덩이가 그릇이 되었다. 손끝으로 아가리를 다듬어 마무리한 도공이 물레 위에 새 흙덩이를 올려놓고 일어섰다.

"솜씨를 보자."

장은 물레 앞에 앉았다. 팔을 감고 있는 모래주머니를 보고도 도공은 무심했다. 물레가 돌아가자 흙덩이는 곧 무너져 내렸다. 무너진 흙덩이를 치운 도공이 다시 흙덩이를 올려놓았다. 장의 손을 잡고 중심을 잡는 방법을 가르쳐주었다. 이번에는 제법 그릇 모양이 갖춰지다가 우그러졌다. 도공이 새 흙덩이를 올려놓았다. 장의 손이 돌아가는 흙덩이를 바쁘게 쫓아갔다. 그릇의 형상이 생기는가 싶더니 또 망가졌다. 도공이 말했다.

"흙덩이를 쫓지 마라. 지나간 것에 마음 두지 마라. 오고 있는 것에 마음 두지 마라. 지금 손가락이 닿고 있는 곳에만 마음을 두어라."

다시 물레가 돌았다. 장은 손가락이 물레를 따라 돌지 않게 하려고 애썼다. 흙덩이가 무심했고 물레가 무심했고 마침내 장이 무심하게 되었다. 투박한 모양이지만 그릇이 완성됐다.

"손이 무디지는 않다. 네가 다뤄야 할 흙의 성질을 알아야 한다. 밖에 나가 수비질부터 배워라."

장은 큰 절을 하고 밖으로 나왔다.

"수비질을 배우랍니다."

흙탕물에서 불순물을 건져내던 사내도 장의 말에 대꾸하지 않았다. 그런 사내를 보며 장은 손가락이 닿고 있는 곳에만 집중하라는 도공의 말을 떠올렸다. 시합에서 장은 지명의 검에 맞았던 일을 잊지 못했다. 화를 내며 달려들었지만 화는 싸움에 도움이 되지 않았다. 움직임을 예측했지만 지명의 움직임은 예측과 달랐다. 검을 기다리고 있을 때 발길질이 날아들었다. 방어에 급급해 장의 몸은 물레를 따라 도는 손처럼 바쁘게 움직여야 했다.

수비질을 마친 사내가 지게를 지고 일어서며 장에게 다른 지게를 가리켰다. 장은 지게를 지고 사내를 따라나섰다. 벙어리인 양 말이 없는 사내가 마음에 들었다. 산굽이를 돌자 흙을 파낸 흔적이 보였다. 흙은 한 가지 빛깔이 아니었다. 희한하게도 검고 희고 붉고 노란 여러 빛깔의 흙이 있었다. 지게를 내려놓은 수비꾼이 흙을 만져보고 맛보고 냄새를 맡으며 걸었다. 흙이 맛있는 음식이나 향기로운 꽃이라도 되는 양 보였다. 이곳저곳의 흙을 조금씩 모아 섞이지 않도록 담더니 장에게 만져보게 했다. 장도 그를 따라 흙들을 맛보고 냄새 맡았다. 그런 장을 보며 수비꾼이 흐뭇한 미소를 지었다. 흙들은 빛깔만 다르지 않았다. 맛이 다르고 냄새가 다르고 찰진 정도가 달랐다.

"찰흙에 이 흙들을 적당히 배합해야 좋은 항아리가 돼."

지게에 흙을 담아 돌아오는 길에 장은 하늘을 보았다. 하늘 가득 온갖 구름이 떠가고 있었다. 갖가지 모양의 구름이 지명의 다양한 움직임을 떠오르게 했다. 지명의 움직임도 구름처럼 다양했고 끝내 손에 잡히지 않았다. 하늘을 보다 문득 장은 깨우쳤다. 모든 동작은 지명의 한 몸에서 나온다. 그것은 온갖 구름이 푸른 하늘에 있는 것과 같다. 온갖 흙이 모여 하나의 항아리를 만드는 것과도 같았다. 아무리 다양해도 지명의 동작은 몸을 떠날 수 없다. 그것은 구름이 하늘을, 흙이 항아리를 떠날 수 없는 것과 같다. 장은 저도 모르게 지게 작대기를 잡은 두 손에 힘을 주었다. 깨우침은 산천이 부르르 떠는 듯한 희열을 몰고 왔다.

흙의 배합을 배운 장은 수비꾼에게서 생질꾼에게로 넘어갔다. 생질일은 흙을 저며 불순물을 발라내는 깨끼질과 깨끼질을 해 뭉쳐놓은 질덩이를 떡매로 두드려 고르게 하는 일이었다. 생질꾼도 수비꾼처럼 말이 적었다. 그들은 모두 몸으로 말했다. 말을 아껴 생각이 흙 속에 스며들게 했다. 사람의 손을 거치며 흙은 자연의 것에서 조금씩 사람의 것으로 바뀌어 갔다. 모두 몸을 사용하는 일이라 고됐지만 장은 팔과 다리에 감은 모래주머니를 풀지 않았다. 첫 만남 이후 도공은 장에게 말을 걸지 않았다. 물레 위 흙덩이를 바라보듯 지나치며 잠시 살펴볼 뿐이었다. 생질일을 배운 장은 가마불을 때는 불대장에게 넘겨졌다. 물레에서 형상을 갖춘 항아리는 잿물을 칠하고 그늘에서 말린 후 가마 속으로 들어가 칠일 동안 불에 단련된다. 약한 불에서 강한 불로, 조금 약해진 불에서 다시 더 강한 불로, 불의 세기를 견디지 못한 항아리는 녹아내리거나 터지거나 우그러졌다. 터진 항아리를 보면 지명에게 얻어맞던 자신의 모습이 떠올랐다. 가마에 항아리가 들어가면 잠을 자지 못했다. 바람의 세기에 따라 불의 온도를 조절해야 하기 때문이다. 그런 밤이면 가마 불빛에 절에서 가져온 무예 책을 꺼내 읽으며 연습했다. 불대장은 불의 세기를 살피는 한 장을 간섭하지 않았다. 수련을 하는 동안은 나무가 검이었고 달이 월도였고 밤하늘 차가운 별이 화살이었다. 햇빛이 힘이었고 바람이 호흡이었고 구름을 몰고 온 비는 움직임이었다. 가마불 앞에서 장은 불속 항아리처럼 단련됐다. 자신에게 남은 자연의 불순물을 태워 없애 쇠처럼 단단한 무인이 되고자 했다. 수련도, 지광도, 약속도 모두 잊었다. 다 태워버리고 지명을 이기고자 하는 마음만 남겼다.

"장자는 읽었느냐?"

불의 세기를 살피는 장의 옆에 불대장이 앉았다. 무식꾼으로만 생각했던 불대장에게서 장자 이야기가 나오자 장은 놀랐다.

"네, 읽었습니다."

"싸움닭을 조련하는 조련사 이야기가 나온다. 생각나느냐?"

"기억합니다."

"왜 처음에 조련사가 싸움닭을 투계장에 내보내지 않았느냐?"

"다른 닭을 이기려는 기세를 보였기 때문입니다."

"싸움닭이 언제 투계장에 나설 수 있었느냐?"

"조각으로 만든 닭같이 무심해졌을 때입니다."

"이기고 싶거든 이기려는 마음까지 태워버려라."

말을 마친 불대장이 일어나 다른 가마로 가 불의 세기를 살폈다. 장은 불대장의 그림자를 비켜서서 큰 절을 했다.

다음날 장은 항아리를 만드는 물레대장에게 넘겨졌다. 항아리를 만드는 물레는 도공의 물레보다 서너 배 컸다. 백토가루를 뿌려놓은 물레에 흙반죽을 올려놓고 소나무 방망이로 항아리의 밑바닥을 만들던 물레대장이 장을 보자 송곳을 건넸다.

"중심을 찍어봐라."

장이 흙의 가운데로 보이는 곳을 찍었다.

"아니다. 여기다."

물레대장이 장이 찍어놓은 자국 옆에 새 자국을 낸 후 줄자를 돌렸다. 그의 말처럼 장의 자국은 중심을 비껴 있었다. 물레대장이 흙을 이겨 다시 보름달같이 둥근 흙바닥을 만들었다.

"중심을 찍어봐라."

장이 원둘레에서의 거리를 비교해 가며 신중하게 송곳을 눌렀다.

"아니다. 여기다."

물레대장이 다시 장의 옆에 송곳자국을 냈다. 이번에도 장은 틀렸다.

"태림을 쌓아올리면 항아리 넓이가 변한다. 보이는 중심도 잡지 못하면 둥근 항아리를 쌓을 수 없다."

"중심 잡는 법을 가르쳐주십시오."

"물레 위로 올라서라."

장이 올라서자 물레대장이 물레를 돌렸다. 물레 위는 물기와 흙으로 미끈거렸다. 장은 미끄러지지 않으려고 다리에 힘을 주었다.

"중심이 어디 있느냐?"

"…."

"오른발을 들어라."

장이 오른 발을 들었다. 물레 돌아가는 속도가 빨라졌다. 장이 팔을 들어 균형을 취했다.

"중심이 어디 있느냐?"

"제… 안에… 있습니다."

"발뒤꿈치를 들어라."

뒤꿈치를 드는 순간 장은 물레에서 굴러떨어졌다. 장이 수습해 앉자 물레대장이 말했다.

"보이지 않아도 중심이 없는 것은 없다. 움직이는 것의 중심은 변한다. 변해도 중심은 몸 안에 있다. 중심이 몸을 벗어나면 그것이 무엇이든 쓰러진다. 지고 싶지 않거든 중심을 몸 안에 두고, 이기려거든 상대의 중심을 빼앗아라."

물레대장이 물레 위에 둥근 흙반죽을 만들고 장에게 송곳을 건넨다. 장이 가운데로 보이는 곳을 송곳으로 찍었다. 잠시 들여다보던 물레대장도 찍었다. 흙반죽 위에 하나의 자국만 남았다. 새 흙반죽을 만들었다. 둘은 또다시 같은 곳을 찍었다. 세 번 같은 곳을 찍자 물레대장이 너털웃음을 터뜨렸다.

"감각이 무디지는 않다. 그럼 다시 물레 위에 올라가 봐라."

보이지 않는 중심이 장의 몸 안에서 빙글빙글 돌아갔다. 장은 중심을 몸 안에 가뒀다.

"오른발을 들어라."

물레의 속도가 빨라졌다.

"발뒤꿈치를 들어라."

장은 물레의 속도를 잊었다. 오직 중심에 집중했다.

"발을 바꿔라."

발을 바꾸며 중심이 이동했다. 장은 중심이 몸을 떠나지 못하게 했다.

"발뒤꿈치를 들어라."

돌아가던 물레가 서서히 멈췄다. 물레대장이 장의 어깨를 두드렸다.

"내려와라. 중심이 잡혔으니 이제 너희 스님에게 갖다 줄 항아리를 만들자."

장이 보는 앞에서 물레대장이 항아리를 만들었다. 흙반죽으로 밑창을 만들고 둥글게 태림을 쌓아올렸다. 쌓기가 끝나자 오른손으로 수레를 잡고 왼손에 도개를 들고 항아리 벽을 두드렸다. 벽을 사이에 두고 오른손이 두드릴 때 왼손이 받쳤다.

수레질이 끝나자 근개로 흙 표면을 고르게 밀었다. 근개질이 끝나자 아가리를 만들고 물에 적신 소가죽으로 다듬었다. 크고 도구를 사용한다 뿐이지 그릇을 만드는 것과 이치가 다르지 않았다. 항아리를 움 밖으로 옮긴 물레대장이 빈자리를 가리켰다.

"항아리를 만들어라."

장이 텅 빈 물레 앞에 앉았다. 가운데 보이지 않는 중심이 있다. 중심을 기준으로 흙을 쌓아 조금씩 항아리의 몸을 만들어 나갔다.

"중심과 벽 사이 빈 공간에 물이 담긴다. 빈 곳이 없으면 항아리는 쓸모없다. 몸 또한 마찬가지다. 오장육부 속에 겹겹이 빈 곳이 있어서 그곳으로 숨을 쉰다. 비어 있음과 차 있음이 다르지 않고, 움직이고 머무는 것이 다르지 않다."

항아리를 만들고 있는 장의 옆에서 물레대장이 불대장처럼 장자를 이야기했다. 한나절이 지나 겨우 항아리가 완성됐다. 장이 물레대장을 쳐다봤다.

"부숴라."

장이 만들어진 항아리를 부쉈다.

"네 항아리를 만들어라."

장은 수십 일 동안 수백 개의 항아리를 만들었다. 항아리는 쓸모 있음과 쓸모없음처럼 만들어지고 부서졌다. 물레는 차고 비움을 반복했다. 매 번 물레대장은 물었다.

"네 항아리는 어디 있느냐?"

장은 대답하지 못했다. 만들어진 항아리는 다른 항아리를 흉내 낸 것일 뿐 자신의 항아리가 아니었다. 만들고 부숨의 반복 속에서 조금씩 장의 항아리가 만들어져 갔다. 마침내 장이 대답했다.

"여기 있습니다."

모양이 비슷해도 다른 항아리와 차이가 있었다. 장의 생각과 호흡과 힘이 스민 차이였다. 대답을 들은 물레대장이 미소를 지었다.

"터지지 않겠느냐?"

"터지지 않습니다."

"왜 터지지 않느냐?"

"터지는 것을 알고 터지지 않는 것을 알기 때문입니다."

"그늘에 말려라. 가마에 넣어보자."

물레대장의 호탕한 웃음소리가 빈 항아리 속을 맴돌다 허공을 울리며 퍼져나갔다. 항아리가 그늘에서 말라가는 동안에도 장은 무술 연습을 했다. 장은 한순간도 지명을, 지명의 몸동작을 잊지 않았다. 검과 주먹을 휘두르면 지명의 반격하는 모습이 보였다. 수천 번의 가상 대결을 통해 장은 왜 자신이 지명에게 졌는지 깨우쳤다. 이제 지지 않을 것이다. 이길 수 있다는 생각도 들지 않았다. 장은 항아리 태림을 쌓듯 팔다리를 감고 있는 모래주머니 무게를 늘려나갔다.

장의 말처럼 가마에서 항아리는 터지지 않았다. 보름 동안 그늘에 말린 후 칠 일 동안 불에 단련된 항아리는 손톱으로 두드리면 쇠처럼 단단한 소리를 냈다. 장은 완성된 항아리를 들고 도공을 찾았다.

"떠나겠습니다."

장이 큰 절을 할 때 도공이 맞절을 했다.

"옥체 보중하십시오."

도공은 장의 신분을 알고 있었다. 밖으로 나온 장은 수비꾼과 불대장과 물레대장을 찾아 절을 했다. 떠나는 절을 받으면서도 그들은 일에 몰두할 뿐 시선을 돌리지 않았다. 마지막까지 몸으로 가르침을 전하려는 그들에게서 장은 마음을 울리는 고마움을 느꼈다. 물처럼 차가운 듯해도 불처럼 뜨겁고 쇠처럼 단단한 듯해도 흙처럼 부드러운 사람들이었다. 장도 말없이 항아리를 메고 도자기 공방을 떠났다. 언젠가 할 일을 마친 후 다시 찾겠다는 미련이 남았다. 하늘이 푸르게 높아져 있었다. 여름이 될 무렵 떠나온 길을 가을에 돌아가고 있었다. 햇볕에 익어가는 과실들에서 물큰한 향기가 풍겼다.

지광은 밭에 있었다.

"새 항아리를 만들어왔습니다."

언뜻 반가움이 스친 눈빛이 날카로워졌다. 항아리를 살피던 지광이 갑자기 항아리를 번쩍 치켜들고 바위를 향했다.

"내가 다시 이 항아리를 깨뜨리면 어떻게 하겠느냐?"

장은 잠시 침묵했다.

"전에 스님께서 한 가지 질문에 대답하고 지명에게 이기면 책을 넘겨주신다고 하셨습니다. 지금 물음을 그 질문으로 생각해도 되겠습니까?"

침묵 끝에 지광이 대답했다.

"좋다."

"항아리는 깨지지 않습니다. 항아리는 제 마음속에 있습니다."

지광이 항아리를 든 채 장을 노려보았다. 장은 시선을 피하지 않았다. 마침내 지광이 항아리를 내려놓았다.

"대답을 들었으니 항아리를 깨지 않겠다. 잘 만들었다."

이제 지명과의 시합만 남았다. 장은 지명과 대결하던 산기슭을 걸어 올라갔다. 탁발이라도 나갔는지 지명은 보이지 않았다. 장은 접착제를 만들던 풀숲에서 팔과 다리에 감은 모래주머니를 풀었다. 새끼줄을 감은 나무를 몇 번 후려쳐 봤다. 몸이 새털처럼 가벼웠다. 지명과 대결하던 돌밭에 나가 발 움직임을 해봤다. 돌 부스러기가 밀려나며 중심이 이동했다. 장은 중심을 몸 안에 두었다. 움직이며 주먹질과 발길질을 해보았다. 공격 속에 수비가 있었고 수비 속에 공격이 있었다. 연습하고 있을 때 소식을 들은 지명이 뛰어 올라왔다. 둘은 반가움에 아이들처럼 껴안고 좋아했다.

"오늘 시합할 거니?"

지명이 물었다.

"아니, 가볍게 연습만 하자."

시합 전에 몇 가지 확인해야 할 것이 있었다. 장은 가볍게 지명과 부딪혀 보았다. 손발을 섞던 지명이 놀라는 표정을 지었다.

"너 많이 변했다."

다음날 새벽부터 지명은 산에 올라가 연습하기 시작했다. 오후가 되어도 탁발을 나가지 않고 수련에 몰두했다. 장은 지켜보기만 했다. 지켜보다 몇 가지 동작만 되풀이해서 확인했다. 밤에는 지명 대신 산에 올라가 석축을 쌓았다. 예전에 지명이 함께 해주었던 고마움을 갚고 싶었다. 밤에 보는 꽃들은 아름다웠다. 어둠 속에서 꽃들은 어둠과 섞이며 색이 비슷해지지만 각각의 형상이 또렷하게 다가왔다. 빠른 발놀림에 현혹되지 않으리라는 확신이 들었을 때 장은 지명에게 도전했다. 새벽에 시작된 시합은 밤이 되어서 끝났다. 둘은 모든 힘을 소진시켰고 마지막에는 정신만 남아 버티고 버텼다. 지명도 끈질겼지만 마침내 장이 이겼다. 둘은 껴안고 울다 웃다 돌밭에 쓰러졌다.

소서노 검의 행방

　　4대 개루왕이 죽자 왕위는 맏아들 집안에 계승되어 7대 사반왕까지 이어졌다. 사반왕이 폐위되자 왕위는 개루왕의 둘째아들 계통인 고이왕에게서 12대 계왕까지 이어졌다. 계왕이 즉위한지 삼 년 만에 죽자 왕위는 다시 맏아들 계통인 근초고에게 계승됐다. 왕위가 맏아들과 둘째아들 사이를 오가는 동안 장이 찾고 있는 소서노의 검은 시조 온조의 유언대로 왕이 되지 못한 왕족들에게 전해졌다. 소서노의 검은 왕이 되지 못한 계왕의 아들에게 전해졌을 때였다. 계왕의 아들에게는 다시 두 아들이 있었다. 둘째아들인 몽은 신기에 가깝게 활을 잘 쏴 소주몽으로 불렸다. 근초고왕 시절 왜의 침탈이 잦았다. 몽이 왕을 찾아가 말했다.

　　"왜가 바다로 떨어져 있는 것을 믿고 방자하게 날뛰고 있습니다. 제가 군사를 이끌고 가 왜를 평정하겠습니다."

용맹하고 지혜로우나 백제 땅에서 왕이 되지 못할 자신의 처지를 비관하던 몽이었다. 그럴 바에는 신천지를 개척해 새로운 땅의 주인이 되고 싶었다. 근초고왕은 흔쾌히 왜 정벌을 허락했다. 시조 온조의 유언대로 왕위 계승을 사이에 둔 상잔은 없었으나 강성해진 왕족들 간의 알력이 걱정되던 왕이었다. 몽의 제안은 땅도 넓히고 왕족들 간의 알력도 해소할 수 있는 일석이조의 계책이었다.

왜 정벌을 떠나기 전날 밤 소서노의 검은 몽에게 전해진다.

"조상에게 부끄럽지 않은 자손이 되어라. 정들었던 부여를 떠나 신천지를 개척한 할머니 소서노의 용맹한 영혼이 너를 지켜줄 것이다."

몽은 칼을 들고 무릎 꿇어 천지신명께 맹세했다.

"왜를 정벌해 신천지의 왕이 되겠습니다. 만일 뜻을 이루지 못하고 죽게 되면 할머니의 칼만이라도 반드시 백제 땅에 되돌려 놓겠습니다."

몽은 왜를 정벌해 왜의 왕이 되었고 칼은 되돌아오지 않았다. 이후 소서노의 검은 왜 왕가를 잇는 신물이 되었다.

장은 백제왕족사를 덮었다. 칼은 왜에 있었다. 그것도 왜 왕가의 신물이 되어 있었다. 지명을 이겨 지광에게서 책을 받아들었을 때는 뛸 듯이 기뻤으나 책을 읽고 칼의 행방을 알게 되자 절망스런 마음이 들었다. 칼을 찾는 것은 지명을 이기는 일보다 열 배 백배 힘든, 아니 불가능한 일처럼 느껴졌다. 방문을 열었다. 칠흑 같은 밤 장대 같은 비가 쏟아지고 있었다. 장은 도롱이도 걸치지 않고 길을 나섰다. 답답한 마음을 이기려 터벅터벅 걷던 길이 기벌포를 향했다. 장은 언덕에 서서 포구를 내려다보았다. 강에서 피어오른 운무가 비 사이를 뚫고 하늘로 오르고 있었다. 무거워진 구름들이 산과 산 사이를 용트림하며 내려와 다시 강물에 섞였다. 뿌연 빗속에 언뜻 홍시 같은 불빛 몇 개가 비쳤다. 가늘게 눈을 뜨고 보니 정박해 있는 배로 도롱이를 두르고 물건을 나르는 사람들 모습이 보였다. 파도가 배를 흔들면 불빛도 따라 흔들렸다. 장은 흔들리는 불빛을 향해 뛰다시피 걸음을 옮겼다. 배로 다가서는데 칼 찬 무사 하나가 길을 막았다.

"어디 가느냐?"

"저 배 어디로 갑니까?"

"네가 알아 무엇 하게?"

비껴 돌아가는 장의 어깨를 무사의 우악스런 손이 잡았다. 패대기치려는 힘이 느껴지자 장은 가볍게 옆구리를 찌르고 빠져나왔다. 무사가 칼을 뽑았다.

"나랏배다. 나라 일을 방해하는 놈은 그 자리에서 참살할 수 있다."

대거리를 하고 싶은 마음을 장은 눌러 참았다. 대신 머리를 조아렸다.

"급한 마음에 잘못했습니다. 용서해주십시오. 급히 왜로 가고 싶어서…"

위아래로 찬찬히 장을 흩어보던 무사가 칼을 칼집에 넣었다.

"저 배는 수나라로 가는 배다. 무슨 일인지 모르겠지만 왜나 수는 마음대로 갈 수 없다. 나라의 허락을 받은 배, 허락을 받은 사람들만 드나들 수 있다. 정히 가야 한다면 관의 허락을 받아 오거라."

장은 고맙다는 인사를 하고 돌아섰다. 멀찍이 배를 보며 터덜터덜 강변을 걸었다. 관의 허락을 받기는커녕 관에 알려져서는 안 되는 신분이었다. 비가 그치며 날이 밝았다. 강을 가로질러 산허리까지 무지개가 떴다. 짐을 다 실은 배가 무지개 아래로 흘러가고 있었다. 안타깝게 배를 지켜보던 장은 무심코 돌을 집어 물수제비를 떴다. 물위를 튕기던 돌은 얼마가지 못해 물밑으로 가라앉았다. 강의 끝은 끝 간 데 없는 바다였다. 장은 배가 보이지 않을 때까지 강가에 서 있었다. 가물거리던 배가 바다 저편으로 사라지고도 한참동안 자리를 떠나지 못했다.

해가 나온 후에도 비질하듯 몇 번 비가 쏟아졌다. 강변을 흩은 비는 여세를 몰아 바다를 쓸며 나아갔다. 모가지가 꺾인 꽃과 가지가 부러진 이파리들이 산발한 채 비명을 지르며 날아갔다. 장도 날리는 것들에 섞여 검불처럼 날아가고 싶었다. 지명을 이기기 위해 한 올의 힘도 남기지 않고 전심전력을 다했다. 물레가 돌아가던 어느 날은 왕자의 길을 의식했다. 왕자의 길을 가려고도 했다. 사나운 돌개바람 부는 이 강변에서 장은 분명히 느낄 수 있었다. 왕자의 길이 따로 있는 것이 아니었다. 길이면서도 길이 아닌 바다처럼 그 길은 분명한 길이 아니었다. 꺾이더라도 천 번의 인내로 세우고 부러지더라도 만 번의 의지로 일으켜 나아가야 하는 길이었다. 장은 주저앉으려는 몸을 추스렸다. 빗소리에 섞여 은은한 공후 음이 들렸다. 익숙한 음률이었다. 어머니 수련이 기분 좋을 때 장에게 술을 건네며 불러주던 노래였다. 슬픈 음조의 노래였지만 수련은 힘을 넣어 명랑하게 불렀다.

비 오는 새벽
이슬은 어디로 가나

노을 무렵
붉은 꽃은 어디로 가나

먹구름 밤
그믐달은 어디로 가나

눈 내리는 날
백로는 어디로 가나

장은 취한 사람처럼 소리를 따라갔다. 노래는 언덕 위 허름한 주막에서 들려왔다. 거적문을 밀치고 들어서자 온기와 함께 훅하고 비린내가 풍겼다. 비 그치기를 기다리는 뱃사람들과 짐꾼들로 조그만 주막 안이 득시글거렸다. 장은 사람들 시선을 피해 구석에 앉았다. 나이든 소경이 공후를 켜며 노래를 불렀다.

"신나는 소리는 없어? 가뜩이나 날도 궂은데…."

수련과 달리 소경의 노랫소리는 청승맞았다. 지청구를 대건 말건 소경은 노래를 바꾸지 않았다. 장은 독한 막소주를 시켜 사발에 부어 들이켰다. 빈속에 들어간 소주가 바늘처럼 따끔하게 뱃속을 찔렀다. 장은 또래보다 머리 하나가 컸다. 아무도 장을 소년으로 보지 않았다. 장은 연거푸 들이켰다.

"천천히 드쇼. 보아하니 빈속인 것 같은데."

주모가 다가와 은근한 목소리를 놓더니 젓가락으로 조개전 하나를 집어 입술가로 올렸다. 장은 말없이 씹어 삼켰다. 수련은 왜 저 청승맞은 노래를 명랑하게 불렀을까? 중요하지도 않은 의문이 머릿속을 맴돌았다.

"아따, 혼자만 드시지 말고 저도 한잔 주소."

주모가 잔을 내밀었다. 장은 술을 따랐다. 저 소경은 어떻게 여기까지 왔을까? 무엇을 위해 살아왔을까? 노랫소리를 따라왔을까? 몸은 눕고 싶은데 잠시도 머리가 쉬지 않았다. 취기가 오르며 장의 눈이 맹수의 눈처럼 시퍼렇게 타올랐다. 눈빛에 놀란 주모가 슬그머니 자리를 비켰다. 장은 계속 술을 부었다. 수련은 어디 있을까? 검을 찾아야 하나? 눈 내리는 날 백로는 어디로 가나? 알수 없다. 알 수 없다….

장은 마시던 그대로 옆으로 쓰러졌다.

꿈속에서 장은 병사들에게 붙잡혔다. 저항하려 했지만 물먹은 솜처럼 몸에 힘이 들지 않았다. 병사 하나가 장을 무릎 꿇리고 머리채를 치어 목이 드러나게 했다. 칼을 뽑는 금속성의 차가운 소리가 들렸다. 무슨 말인가 하려 했지만 소리가 나오지 않았다. 눈부신 빛이 번쩍이는가 싶더니 장의 목이 떨어졌다. 데구루 돌밭을 구르던 머리가 탱자나무 가시에 박히며 멈췄다. 하릴없이 떨어져 나간 머리를 보며 목 없는 몸이 울었다. 눈물도 나오지 않았다.

장은 소스라쳐 놀라 잠에서 깼다. 손사래를 치며 벌떡 일어섰다. 주막이었다. 거적문을 비집고 쏟아져 들어오는 햇빛을 보며 장은 안도의 한숨을 내쉬었다.

"가위라도 눌렸나 보오. 속이 허해 그런 것이니 요기라도 하고 가요."

주모가 개다리소반에 숭어국과 보리개떡을 가져왔다. 속에서 받지 않았지만 장은 꾸역꾸역 음식을 넣었다.

"이제 보니 나이 어린 청년이네. 참 잘생겼소."

주모를 쳐다보지 않으려 애썼다. 주모를 쳐다보면 어머니 수련이 떠올라 눈물이 쏟아질 것 같았다. 씹는 둥 마는 둥 음식을 다 삼킨 장은 자리에서 일어섰다. 주머니를 털어 음식 값을 후하게 치렀다. 주모가 놀란 토끼눈을 하고 장을 바라봤다.

"너무 많은데…. 다음에 또 와요. 맛있는 거 해 드릴게."

거적문을 밀치자 비수 같은 햇살이 눈을 찔렀다. 언제 비가 왔느냐 싶게 하늘은 구름 한 점 없었다. 상류에서 쏟아져 내리는 물로 개천마다 붉은 흙탕물이 사납게 강을 향해 달려갔다. 강에 다다른 물들은 부딪히고 섞이며 다시 바다를 향했다. 꿈틀대며 푸른 바다를 가로지르며 강물은 먼 바다까지 나아갔다. 마치 강물을 타고 나아간 용이 바다를 박차고 하늘로 날아오르려는 듯 했다. 어머니는 장이 용의 아들이라고 했다. 비 그친 푸른 하늘을 보며 장은 수련을 잠시 잊기로 했다. 소서노의 검을 찾을 때까지는 아무 것도 생각하지 않기로 마음먹었다. 검을 찾으려면 왜로 가야 한다. 바다로 나가야 한다. 어떻게 배를 탈까 골몰하며 걷고 있는 장의 눈에 길바닥을 새카맣게 뒤덮고 꿈틀대는 것들이 눈에 띄었다. 지렁이였다. 범람하는 물을 피하려 지렁이들은 온몸으로 몸을 밀며 나아갔다. 하찮은 미물들도 가야 할 길은 간다. 장은 길을 뒤덮은 지렁이를 밟지 않으려 길을 돌아갔다.

"어디 갔다 왔어? 온 고을을 다 찾아다녔다."

산문을 들어서는데 뒤에서 허겁지겁 지명이 쫓아왔다.

"손님이 왔는데 스님이 널 찾았어."

비린내를 맡은 지명이 얼굴을 찡그렸다.

"시궁창에라도 들어갔다 나왔냐? 옷부터 갈아입어야겠다."

장은 우물가로 가서 발가벗고 머리부터 물을 부었다. 물방울을 받은 수국이 저녁 햇살을 받아 아름답게 빛났다. 수국 송이 송이를 세며 장은 마음속에 남아 이글대는 불꽃 하나하나를 잠재웠다.

낙조가 내려앉으며 어둠이 밀려왔다.

"장이라고 합니다."

"왕평 어른이시다. 은솔로 왜 무역을 담당하고 있다."

왜 무역을 담당하고 있다는 지광의 말에 장의 눈이 번쩍 뜨였다. 왕평은 귀족이 입는 자주색 옷에 가슴까지 내려오는 수염을 기르고 있었다.

"손자는 읽었느냐?"

"네, 읽었습니다."

"무엇을 배웠느냐?"

"지피지기입니다."

대답을 들은 지광이 흐뭇한 미소를 지으며 술잔을 비웠다.

"상대란 무엇이냐?"

이어지는 왕평의 질문에 장은 망설였다. 왕평의 질문은 직접적이었다.

"싸워서 이겨야 할 적입니다."

이번에는 왕평이 미소를 지었다.

"싸우지 않고 이기는 장수를 으뜸으로 친다는 손자의 말에 대해서는 어떻게 생각하느냐?"

장은 침묵했다. 등줄기를 따라 식은땀이 흘러내렸다. 머뭇거리고 있는 동안에도 질문은 계속 됐다.

"너는 무엇이냐?"

왕평의 질문을 듣는 순간 마음속에 돌개바람이 일었다. 자라면서 수없이 되풀이 한 질문이었다. 자신이 왕자라는 사실을 알았어도 질문은 멈춰지지 않았다.

"모르겠습니다."

대답을 들은 왕평이 웃음을 터뜨렸다.

"잘 키우셨지만 벌주는 드려야겠습니다."

왕평이 큰 대접에 술을 가득 채웠다. 지광이 단숨에 비우자 왕평이 다시 술을 채웠다. 지광은 연거푸 세 대접의 술을 마셨다.

"장아, 금강경은 읽었느냐?"

벌주를 마시고도 지광은 웃고 있었다.

"아직 못 읽었습니다…."

장이 고개를 숙였다.

"잘 대답했으니 속상해하지 마라. 이리 와서 왕 어른께 술을 올려라. 내일부터 네가 모셔야 할 스승이시다."

지광과 만난 이후로 그의 따뜻한 목소리를 들은 것은 이번이 처음이었다. 무뚝뚝한 지광에게서 장은 태어나 처음으로 아버지의 정이란 것을 느꼈다. 왜인지는 모르겠지만 아버지의 사랑은 저렇겠구나 하는 생각이 들었다. 장이 술을 따르고 제자의 예를 올렸다.

"이제 나가 있거라."

온 밤 지광의 방에 불이 켜져 있었다. 웃음소리가 그치지 않았다. 지난 가을 묻어둔 국화주 스무 동이를 모두 꺼냈다.

새벽녘 술자리가 끝났다. 왕평의 잠자리를 살피고 나온 지광이 장을 찾았다. 둘은 말없이 하늘만 바라봤다. 달무리가 넓게 퍼졌다. 말하지 않은 이야기들이 물결처럼 번지다 소리 없이 밤하늘로 사라져갔다.

"내가 혈성에서 싸우고 있을 때 아내와 두 아들이 도적떼 손에 죽었다."

풀벌레 소리가 그쳤다.

"나랏일을 그만두고 삼 년 동안 도적들을 찾아 모두 죽였다. 도적에게도 아내와 아이들이 있었다. 의무감에 그 아이들을 거두어 키웠지만 마음은 그 아이들 손에 죽고만 싶었다."

긴 꼬리를 그으며 별똥별이 떨어졌다.

"어느 밤 머리 큰 아이 하나가 칼을 들고 내 머리를 겨누었다. 아이는 칼을 내리치지 못하고 눈물만 흘렸다. 울음소리를 참으며 소매로 눈물만 훔쳐냈다. 그 밤 아이가 소매로 눈물을 훔칠 때마다 내 목이 떨어졌다. 실눈을 뜬 채 나는 나락에 빠졌다. 다음날 아이는 떠났고 다시 오지 않았다."

바람이 나무를 흔들었다. 우수수 낙엽이 떨어졌다.

"장아, 사바세계는 보는 관점에 따라 다르게 보인다. 저 나무처럼 봄의 모습이 다르고 가을의 모습이 다르다. 아래서 볼 때와 위에서 볼 때가 다르다."

하나, 둘 연이어 별똥별이 떨어졌다. 달이 있어도 태양이 오르고 있었다.

"수련이는 이름처럼 맑은 아이였다. 네 어미를 키우며 많은 위안을 받았다. 그래서…."

지광의 표정에 분노가 스치고 지나갔다.

"장아, 어머니를 보고 싶으냐?"

장이 고개를 저었다.

"어머니가 보고 싶으면 스님을 뵈러 오겠습니다."

바람도 없이 소리도 없이 꽃잎에 맺힌 이슬이 떨어졌다.

절을 떠나려니 섭섭했다. 특히 혈육같이 친해진 지명과 헤어지려니 마음이 아팠다. 지명도 같은 마음인지 잡은 손을 놓지 않았다.

"'회자정리 거자필반'이라 했다. 다시 만날 날이 있을 것이다."

지광의 말을 듣고 있던 지명이 장을 잡은 손을 놓고 갑자기 산등성이를 향해 뛰었다. 장은 수련이 남긴 돈 중 은무문 십전만 빼고 모두 절에 남겼다.

"아이들 키우는 데 써주십시오."

보고 있던 왕평이 말했다.

"가지고 있는 돈이 있으면 모두 내려놓아라."

장은 은무문 십전도 돈궤에 넣었다. 떠나려는데 버드나무 가지 하나를 들고 허겁지겁 지명이 달려왔다.

"장아, 수련장에 있는 버드나무야. 너 사는 데 심어."

버드나무는 꺾꽂이가 되기 때문에 가지 하나만 옮겨 심어도 잘 자랐다.

"곧 다시 만날 거야."

지명이 지광의 눈치를 살피며 말했다. 장도 말없이 고개를 끄덕였다. 지광에게 큰 절을 하고 짐을 지고 돌아섰다. 코끝이 싸하게 저려왔다. 한참을 앞만 보며 걷다 뒤돌아보니 왕평이 멀리서 유유자적 걸어오고 있었다. 장은 왕평을 기다렸다.

"관무역이나 사무역이 다르지 않다. 장사의 이치에 대해 궁구한 적이 있느냐?"

"전에 마를 캐 팔아본 적이 있습니다."

대답을 들은 왕평의 입가에 미소가 어렸다.

"장사의 이치가 무엇이라 생각하느냐?"

"서로 원하는 것을 바꾸는 것입니다."

"바꾸면 어떻게 되느냐?"

"서로 원하는 것을 얻게 됩니다."

장의 대답을 듣는 둥 마는 둥 왕평은 바람에 흔들리는 억새를 바라봤다. 억새들은 서로의 몸을 비벼 서걱대는 소리를 냈다.

"서로 더 많은 이익을 얻게 된다. 농사꾼이 장사를 하지 않으면 밥만 먹게 되지만 장사를 하면 과일도 생선도 고기도 먹을 수 있다. 장사를 잘하려면 어떻게 해야 하느냐?"

장은 마를 팔던 때를 더듬어보았다.

"물건을 원하는 사람을 찾아야 합니다."

왕평이 걸음을 멈췄다. 망망한 푸른 하늘에 등 시린 새 한 마리가 계절을 가르며 날아갔다.

"원하는 사람을 찾았는데 같은 물건을 가진 장사꾼이 많았다. 그러면 어떻게 하겠느냐?"

머리에 맴도는 생각이 있었지만 분명한 표현이 떠오르지 않았다. 장은 침묵했다.

"장사는 사람의 마음을 사는 것이다. 왜로 가는 배를 타려면 관에 보증금으로 금무문 십전을 내야 한다. 배는 석 달 후에 떠난다. 그때까지 네 힘으로 돈을 마련하지 못하면 내년 봄을 기약해야 한다."

말을 마친 왕평이 걸음을 빨리해 앞서 걷기 시작했다. 장은 저도 모르게 한숨을 내쉬었다. 금무문 십전이라면 수련이 장에게 남긴 돈 전부만큼 큰돈이었다. 그림자를 보며 걷고 있는 사이 왕평의 그림자가 점점 짧아졌다.

스승 왕펑

           마가 여물 무렵이라 장은 마를 캐 파는 일 부터 시작했다. 친구들과 아는 사람들을 찾아다니던 사비처럼 마는 잘 팔리지 않았다. 무엇보다 평야의 쌀이 모이는 기벌포는 물산이 풍부했다. 사람들이 마 같은 것을 먹으려 하지 않았다. 장은 약재상에 마를 넘겼다. 값도 헐하게 쳐줘 계산해보니 하루 소철정 이전 정도 벌렸다. 이런 식으로 금무문 십전을 모으려면 오 백 일을 모아야 한다. 물산이 돌아가는 것을 살피던 장은 물건을 바꿨다. 추수가 끝난 후라 쌀이 풍부했다. 장은 면포를 가져다 농가를 돌며 쌀과 바꿔 이문을 남겼다. 안면이 트인 약재상에 마를 대주기로 하고 노새를 빌렸다. 면포 외에도 농가에서 필요로 하는 것들은 많았다. 소금, 말린 생선, 농기구, 노리개…. 장은 품목을 넓혀 노새를 끌고 멀리까지 장사를 나갔다. 하루 대철정 일전 꼴로 더 벌었지만 금무문 십전을 모으려면 아직도 요원했다. 약재상에 노새를 묶고 나오는데 사내 셋이 길을 막았다.

"어디서 온 말뼈다구인지 모르겠지만, 우리 허락도 받지 않고 장사를 하고 다닌다며."

행색을 보니 시장 왈짜들이었다. 싱긋거리며 눈치를 살피던 장은 틈을 봐 달아나기 시작했다. 왈짜들이 욕을 하며 뒤를 쫓았다. 장은 계속 쫓아올 수 있도록 일정한 간격을 유지하며 달렸다. 왕평은 장사를 하는 데 몇 가지 단서를 두었다. 그중 하나가 시장에서 싸우지 않는 것이었다. 마을을 벗어난 장은 바닷가 길을 따라 달렸다. 장이 막다른 길로 향하는 것을 본 왈짜들이 신이 나서 쫓아왔다. 오랜만에 마음껏 달리니 가슴속 응어리가 풀리는 듯 시원한 느낌이 들었다. 장은 웃으며 달렸다. 핏빛으로 지는 낙조를 지우려는 듯 파도가 사납게 치솟았다 가라앉았다. 절벽이 앞을 가로막자 장은 뒤돌아서서 왈짜들을 기다렸다. 장을 본 왈짜들이 회심의 미소를 지었다.

"더 달아나 봐라. 쥐새끼 같은 놈."

장은 마주 달려 나가며 급소를 질렀다. 호흡도 가다듬지 못하고 급소를 맞은 왈짜들이 썩은 송판처럼 푹푹 쓰러졌다. 장은 그들이 다시 일어설 때까지 온 길을 막고 바다를 보며 기다렸다. 바람 부는 날의 바다는 호쾌한 맛이 있었다. 몸을 수습한 왈짜 하나가 괴성을 지르며 달려들었다. 장은 명치를 질렀다. 뒤늦게 몸을 수습한 두 놈이 눈빛을 맞추더니 한꺼번에 달려들었다. 장은 가위

차기로 명치와 얼굴을 찼다. 장은 또 기다렸다. 어디나 왈짜들은 근성이 있어 웬만큼 맞아서는 패배를 수긍하지 않았다. 한참을 기다리자 셋이 한꺼번에 달려들었다. 장은 달아나지 못하도록 회전하며 셋의 허벅지를 모질게 걷어찼다. 하나가 쩔룩거리며 달아나려 해 발로 옆구리를 찍어 무릎 꿇렸다. 마침내 셋 모두 장 앞에 머리를 조아렸다.

"잘못했습니다. 살려주십시오."

"너희 소굴로 가자. 달아나려 들면 다리를 부러뜨리겠다."

왈짜들이 쫓아오자 장은 내심 잘됐다고 생각했다. 혼자 버는 것은 한계가 있었다. 그들을 잘 이용하면 더 많은 돈을 벌 수 있을 듯싶었다. 장은 셋을 앞세웠다. 소굴이 가까워졌는지 두 놈이 옆길로 절룩거리며 달아났다. 장은 개의치 않았다. 하나만 팔의 급소를 잡아 앞세웠다. 얼마 가지 않아 무기를 든 십여 명이 앞을 막았다.

"네 놈이 우리 아이들을 팼느냐?"

우두머리인 듯한 자가 앞으로 나서며 호령을 했다. 커다란 덩치에 나무막대에 쇳덩이를 꽂은 철퇴를 들고 있었다. 장은 곁눈으로 전체를 훑었다. 무기를 든 자가 많아 한꺼번에 덤벼들면 장이 불리했다.

"그렇다. 네 놈이 두목이면 덤벼봐라."

장이 우두머리를 자극했다. 우두머리가 괴성과 함께 철퇴를 휘두르며 달려들었다. 철퇴는 파괴력이 강하지만 운용이 자유롭지 않다는 단점이 있다. 장은 품안으로 파고들며 손날로 뒷목을 쳤다. 맨땅에 얼굴을 처박은 사내가 화살 맞은 멧돼지처럼 날뛰었다. 장은 다시 파고들며 주먹으로는 명치를, 무릎으로는 사타구니를 동시에 질렀다. 부하들이 덤비지 못하도록 빨리 끝내야 했다. 아픔을 참지 못한 두목이 땅바닥을 뒹굴며 비명을 질렀다.

"또 덤비는 놈이 있으면 다시는 여자를 품지 못하게 만들겠다."

장이 사나운 눈으로 노려보자 졸개들이 움찔하며 뒤로 물러났다. 눈빛에 질린 졸개 하나가 무릎을 꿇자 우르르 무릎을 꿇었다.

"일으켜라."

졸개들의 부축을 받은 우두머리가 일어났다.

"다시 덤비면 이번에는 죽이겠다."

표정을 살피던 사내가 장 앞에 무릎을 꿇었다.

"술 있으면 한잔하자."

장이 소굴로 보이는 집으로 들어갔다. 장이 평상에 앉자 잠시 후 술상이 나왔다. 장은 막사발에 막소주를 부어 단숨에 들이켰다.

"일어나시오."

장이 그때까지 평상 앞에 무릎 꿇고 있는 우두머리에게 술 사발을 건넸다. 우두머리가 단숨에 술잔을 들이켰다. 졸개들도 일으켜 세운 장이 술을 돌렸다. 때 아닌 술판이 벌어졌다. 장은 사비에서부터 이런 분위기에 익숙했다. 왈짜들의 세계는 단순했다. 강한 자가 우두머리가 되고 작은 호의를 보이면 마음을 열었다. 우두머리 이름이 웅이라 했다. 술판이 무르익을 무렵 장이 웅 앞에 무릎을 꿇었다.

"웅형, 도움을 청할 게 있소."

영문을 몰라 하던 웅이 마주 무릎을 꿇었다. 장은 금무문 십전을 모아야 하는 사정을 간략히 설명했다.

"그 정도 돈이라면 우리 아이들을 풀면 두 달 안에 모을 수 있습니다."

"장사를 해서 모아야 합니다."

웅이 의아한 표정을 지었다.

"사정이 있습니다."

장이 장사 방법을 설명했다.

"물건을 가져다 제가 말하는 물건들로 바꿔오면 됩니다. 거래는 내가 트겠습니다. 대신 금무문 십전이 모일 때까지 이문의 오할은 제가 갖겠습니다. 이후 거래처와 이문은 모두 웅형이 가지시면 됩니다."

"어떤 사정인지 모르겠지만 돕겠습니다. 하지만 장사를 해서 그때까지 금무문 십전이 모일지 모르겠습니다."

생긴 모습과 다르게 웅은 시원시원했다.

"나머지는 제가 알아서 하겠습니다. 혹시 웅형은 다르게 돈을 벌 묘안이 있소?"

"백성들을 상대로 하는 장사는 한계가 있습니다. 많은 돈을 벌려면 귀족들을 상대로 장사를 해야 합니다."

핏빛 초승달을 보며 장은 집으로 돌아왔다. 늦은 시간이지만 돌아오자마자 왕평의 방을 향했다. 툇마루에 여인 하나가 앉아 공후를 켜고 있었다.

"장입니다."

불을 켰는지 껐는지 밤하늘 흰 구름 같이 어렴풋한 빛이 스며 나오는 문을 보며 장이 일렀다.

"들어와라."

왕평은 의관을 정제하고 혼자 술을 마시고 있었다. 호롱불 앞에 국화 한 송이와 억새 한 잎을 두었다. 국화와 억새 그림자가 퍼져나가며 벽과 한지 문을 가득 채웠다. 열어둔 창문으로 들어오는 바람을 따라 꽃 그림자가 어룽거렸다.

"귀족은 어떤 사람들입니까?"

"귀족? 천한 것들이지."

물음에 답하는 왕평의 입가에 자조적인 미소가 어렸다.

"천하다 함은 어떤 뜻입니까?"

"돼지는 천하지 않다. 생긴 모습 그대로 살기 때문이다. 천하다 함은 생긴 모습 그대로 살지 못함을 뜻한다."

"그들은 어떻게 삽니까?"

"술 한잔하겠느냐."

대답이 없자 왕평이 술을 따랐다.

"망상에 사로잡혀 산다. 왕실이니 해탈이니 하는 껍데기를 두르고 산다."

"왕평 어른도 귀족 아니십니까?"

"나 또한 천하다."

왕평을 따라온 후 첫 문답이었다. 왕평의 답을 들으며 장은 그에게서 지광과 비슷한 무게를 느꼈다. 세상 가운데를 약간 비껴선 듯한 칼날 같은 무게였다.

"술을 마셔도 되겠습니까?"

"마시라고 따른 술이다."

장이 술잔을 비우자 왕평이 잔을 채웠다.

"귀족들에게 장사를 하려면 무엇을 팔아야 합니까?"

"망상을 팔면 된다. 요새 유행하는 것들은 부처나 신선이나 방중술이다."

"알겠습니다."

"돈은 좀 모았느냐?"

"몇 푼 되지 않습니다."

"귀족들 상대로 장사를 하려거든 옷부터 말끔하게 차려 입어라. 그들은 옷을 보고 상대를 판단한다."

"옷을 새로 맞춰 입을 만큼 돈도 시간도 많지 않습니다."

가시 돋힌 장의 말을 들은 왕평이 웃음 끝에 말했다.

"하루 소철정 이전을 내면 옷을 빌려주는 곳이 있다. 오늘은 이 술이나 다 비우고 가거라."

잔이 비면 따르며 두 사람은 묵묵히 술을 마셨다. 한 사람이 달을 보면 한 사람은 꽃 그림자를 보고 하나가 불빛에 눈을 두면 하나는 억새 그림자를 보았다.

"그림을 팔아라."

불쑥 왕평이 말했다.

"어떤 사람이 그림을 삽니까?"

"그림 보기를 좋아하는 사람과 걸어두기를 좋아하는 사람이 산다. 돈을 벌고 싶거든 걸어두기를 좋아하는 사람에게 팔아라."

"둘을 어떻게 구별합니까?"

"그림 보기를 좋아하는 사람은 그림을 보고, 걸어두기를 좋아하는 사람은 그림에 대해 말한다."

"제가 그림에 대한 지식이 없는데 그림을 팔 수 있겠습니까?"

"어떤 장사나 기본은 듣는 것이다. 말 잘하는 자들이 말을 하면 너는 묵묵히 들으며 고개를 끄덕이다 그의 지식에 감동한 눈빛으로 우러러보기만 하면 된다."

왕평은 쉽게 말했지만 쉬운 일이 아닐 듯싶었다.

"어떤 그림이 좋은 그림입니까?"

왕평이 문갑을 뒤져 두루마리 두 개를 꺼내 펼쳤다. 하나는 구름 속을 날아가는 선녀 그림이고 하나는 농가의 아낙이 물레를 돌려 실을 잣는 그림이었다. 선녀 그림은 화려했고 아낙 그림은 어두웠다.

"어떤 그림이 좋아 보이느냐?"

"선녀 그림입니다."

왕평이 눈을 들어 그림자를 가리켰다.

"국화 그림자가 좋아 보이느냐, 억새 그림자가 좋아 보이느냐?"

"국화 그림자입니다."

대답을 하는 장을 보는 왕평의 눈빛이 차갑게 내려앉았다.

"그림은 크게 두 종류가 있다. 하나는 생각을 그리고, 하나는 사실을 그린다. 어떤 그림을 좋아하느냐는 각자의 취향에 달려 있다. 요새 사람들은 대부분 생각을 그린 그림을 좋아한다."

"스승님은 어떤 그림을 좋아하십니까?"

"두 그림 중 하나를 말하라면 아낙 그림이 좋지만 나는 그림을 싫어한다."

불빛을 보고 찾아든 나방이 불에 타 떨어졌다. 그림자가 크게 흔들렸다.

"무슨 이유로 그림을 싫어하십니까?"

왕평이 입김을 불어 불을 껐다. 빛과 그림자가 사라지고 사위가 깜깜한 어둠에 잠겼다.

"모두 그림자이기 때문이다. 귀족들이 그림자에 빠져 있는 동안 백성들은 도탄에 빠져 있다. 왜에 있는 아좌는 부처 그림을 잘 그린다. 태자를 가르칠 때 나는 그것이 못마땅했다."

어둠 속에서 들려오는 왕평의 목소리는 어둠보다 무거웠다.

"왕은 하늘의 뜻을 받들어 백성들을 보살피는 자이다. 옛 나라에서는 백성들의 삶이 도탄에 빠지면 왕이 죽음으로써 하늘에 사죄했다. 나라가 커지며 왕 혼자 처리할 수 없는 일이 많아지자 귀족들을 두어 왕을 돕게 했다. 왕을 대신해 백성들을 도와야 할 자들이 지금은 자신의 안위를 위해 백성들을 핍박하고 있다. 의지할 곳 없어진 백성들은 왕이 있는 데도 미륵이 출현해 자신들을 구원해주기를 바라고 있다. 장아, 너는 군자의 뜻을 아느냐?"

"학덕이 있는 훌륭한 사람으로 벼슬하는 사람을 말합니다."

"군자란 원래 왕의 자식이라는 뜻이다. 너는 태생이 군자다. 너는 왕을 도와 백성들의 삶을 외면하고 자신의 이익에만 눈을 두는 소인배들을 척결해야 한다. 그것이 세상을 외면하며 살던 내가 너를 맡은 이유다."

먼 하늘에 바람이 부는지 구름이 걷히며 달빛이 드러났다. 장은 달을 바라봤다. 비로소 장은 자신이 이곳에 있는 이유를 알았다. 수많은 구름이 할퀴고 지나갔지만 달은 늘 하늘에 있었다. 달은 왕평이 말하는 그 옛날 왕의 노랗고 검은 눈동자를 닮았다. 원하든 원하지 않든 달빛이 비추는 한 자신이 달아날 곳은 없었다. 마지막 잔을 비운 장은 군자의 길을 가기로 결심했다.

장은 왕평이 가르쳐준 집에서 돈을 주고 옷을 빌려 입었다. 남의 옷이어서인지 걸음걸이가 부자연스럽게 느껴졌다. 부드럽게 살을 스치는 비단의 감촉과 화사한 빛도 마음에 들지 않았다. 옷가게를 나온 장은 그림 상인의 집을 찾았다. 이름이 아미지라 했다. 풍채 좋은 몸에 알록달록 호사스런 옷을 입고 입가에 웃음이 머물러 있는 사람이었다. 장은 왕평이 써준 소개장을 내밀었다. 글을 다 읽은 아미지가 너털웃음을 터트리더니 장의 위아래를 꼼꼼히 살폈다.

"이상하군. 이상해…. 천하의 왕평 어른이 나 같은 자에게 부탁을 하다니. 왕평 어른의 조카라 했는가?"

"네, 그렇습니다. 왕무라 합니다. 굳셀 무자를 씁니다."

"무예는 할 줄 아는가?"

"조금 합니다."

"그림에 대해서는 아는가?"

"천하게 자라 알지 못합니다."

"그런데 그림을 팔겠다?"

"왕평 어른의 뜻입니다."

대답을 들은 아미지가 생각에 잠겼다.

"자네가 그림에 문외한이라 해도 태어나 처음 들은 왕평 어른의 부탁을 거절할 수는 없군. 나를 따라오게."

아미지가 대나무 숲 사이 국화가 만개한 길로 장을 이끌었다. 들이나 산에서 보던 국화와 달리 꽃송이들이 크고 기이했다. 길 끝에 집이 있었다. 황금으로 된 자물쇠를 열고 들어가자 은은한 빛이 스미는 방안 가득 걸려있는 온갖 그림이 눈에 들어왔다.

"좋아 보이는 그림을 가리켜 보게."

조심스럽게 그림을 살피던 장이 하나를 가리켰다. 밭가에 소나무가 있고 밭을 가는 농부 위에서 새 두 마리가 울고 있는 그림이었다. 그림을 보며 장은 지광을 떠올렸다.

"은무문 삼전, 좋은 그림이지만 뛰어나지는 않네. 다른 그림을 골라보게."

도기를 만드는 그림이 있었다. 수비질부터 물레질까지 도기를 만드는 전 과정이 화폭에 담겨 있었다.

"은무문 일전, 도기를 만드는 과정을 담은 것은 좋지만 전체적인 구성이 조악하네. 다른 그림을 고르게."

장이 그림을 가리킬 때마다 아미지가 가격을 부르고 그림의 장단점을 말했다. 왕평의 말처럼 농부, 도공, 벽돌공, 수렵도처럼 사실을 그린 그림이 있는가 하면 선녀나 신선, 도사와 부처처럼 생각을 그린 그림이 있었다. 딱 잘라 둘로 나눠 말하기 어려운 그림들도 있었다. 고주몽이 나라를 세우는 과정과 백제기에서 읽은 소서노의 용맹을 표현한 그림이 그러했다. 새와 꽃을 그린 그림 중에는 지나치게 과장돼 사실인지 생각인지 구별이 어려운 그림도 보였다. 어느 그림이나 장이 손짓한 그림은 은무문 오전을 넘지 못했다.

"심미안은 있지만 뛰어남은 보지 못한다."

"어떤 그림이 뛰어난 그림입니까?"

"왕평 어른과 그림에 대해 이야기를 나눈 적이 있었다. 왕평 어른은 사실을 그린 그림을 높게 평가했지만 내 생각은 다르다. 뛰어남은 사실이나 생각에 있지 않다."

아미지가 구석에 있는 그림들로 장을 이끌었다. 채색을 하지 않고 흰 종이에 먹으로만 그린 그림들이 걸려 있었다. 꽃잎이나 연잎, 게와 개구리, 나무와 여자의 얼굴이 보였다. 단색이지만 흐린 곳은 흐리게 검은 곳은 검게 칠해 지루하지 않았다. 흐린 선으로 표현한 잎맥과 가는 줄기를 보자 장은 자신의 핏줄기가 뛰는 느낌이 들었다. 끊어질 듯 이어지는 선을 따라 붉고 진한 피 냄새가 풍겼다.

"뛰어남은 사람에 있다."

"누가 그린 그림입니까?"

"서기라는 사람이다."

아미지의 입가에 웃음이 사라졌다. 황홀에 사로잡힌 사람처럼 검은 눈동자가 그림에 붙박였다.

"왕평 어른에게도 보여드렸습니까?"

"요사스럽다 했다."

그림에서 눈을 떼지 않은 채 아미지가 말했다.

"왕평 어른의 판단은 그림에 있지 않다. 때문에 그림을 그림 자체로 보지 못한다."

"서기는 어떤 사람입니까?"

"신라인이다. 시(詩), 서(書), 화(畵)에 통달한 천재였지만 오두품이라는 낮은 신분으로 인해 뜻을 펴지 못했다. 설상가상으로 의탁하던 귀족이 반역죄를 범해 온갖 고초를 겪었다. 모함과 고문이 그의 정신을 망가뜨렸다. 옥에서 풀려날 때 그는 이미 미쳐 있었다."

"이 그림들이 미친 상태에서 그린 그림이란 말입니까?"

"더 심한 상태에서 그린 그림이다. 제 정신이 들 때도 있었으니까…. 미친 상태에서 아내를 죽였고 정신이 돌아와 사실을 알고 수차례 자살을 시도했다. 자기 귀에 대못을 넣고 망치로 박은 적도 있다."

아미지가 홀린 듯 여인의 얼굴 그림으로 걸음을 옮겼다.

"서기가 마지막으로 그린 그림이다. 신라의 선화공주다."

장은 놀랐다.

"어떻게 공주를 그릴 수 있었습니까?"

"아름다움을 향한 예술가의 행보를 막을 수 있는 것은 세상에 없다. 어려서부터 공주의 미모는 세상의 소문이 돼 있었다. 서기는 붓과 종이를 들고 궁궐의 담을 넘다 병사들에게 붙잡혔다. 그는 애원했다. 선화공주를 그리고 죽게 해달라고…."

생각만으로도 격정이 치밀어 오르는 듯 아미지의 목소리가 떨렸다.

"지금부터는 나도 풍문으로 들은 이야기다. 왕은 소원을 들어주지 않았고 어찌어찌해서 그 이야기가 선화공주의 귀에 들어갔다. 선화공주는 서기의 목숨을 살리고자 했지만 덕만공주가 반대해 왕은 참수를 명했다. 감옥을 찾은 선화공주는 서기의 붓과 종이를 돌려주고 그림을 다 그릴 때까지 그 앞에 앉아 있었다. 다음 날 서기의 목이 잘렸다."

장은 그림을 다시 봤다. 여인의 얼굴 전체가 흐릿한 선으로 그

려져 있었지만 머리카락 한올까지 느껴질 정도로 섬세하게 묘사
되어 있었다. 여인의 얼굴 속으로, 좌우로 검은 선이 칠해져 있었
다. 거친 선들이었다. 억새 잎이나 가시 많은 탱자나무 줄기가 부
대끼는 것 같기도 했고 어찌 보면 밤의 산맥 같기도 했다. 그래서
공주의 얼굴이 산 위에 둥실 떠오른 달처럼도 보였다. 그림을 보
며 장은 자신의 목이 떨어져 탱자나무 가시에 박히던 꿈을 떠올렸
다.

"서기는 천재다. 아래 배경을 그린 선들이 몇 번 붓질을 한 것
같은가?"

장은 그림을 자세히 들여다봤다. 열 번? 스무 번? 겹쳐진 부분
이 있어 세기 어려웠다.

"한 번에 그렸다. 단 한 번의 붓질로 폭우가 대지를 덮듯 그림
을 마무리했다. 상상해보게. 죽음을 앞두고 꿈에 그리던 공주를
그리고 있는 서기의 마음을. 그 짧은 순간에 얼마나 많은 생각과
얼마나 많은 느낌이 그의 머리를 스치며 지났을까를…. 그 모든
것을 한 번의 붓질로 끝맺으려 한 그의 결심을…."

말을 잇지 못하는 아미지의 눈가에 눈물이 맺혔다.

"어떻게 그림을 구하셨습니까?"

제 정신이 돌아온 아미지가 소매로 눈가를 훔쳤다.

"말할 수 없네. 왕평 어른에게도 그림의 내력에 대해서는 말하
지 않았네. 자네도 밖에 나가서는 이 그림에 대해 말하지 말게."

"알겠습니다."

대답을 들은 아미지의 눈가에 사람 좋은 미소가 돌아왔다.

"서기의 죽음 때문에 선화공주와 덕만공주는 심하게 다퉜다 하네. 덕만공주는 여자지만 사내를 능가하는 지략과 담력의 소유자일세. 덕만은 왕족을 다시 성골과 진골로 나눠 자신의 입지를 강화하고 있지만 성골, 진골 할 것 없이 화랑들은 그녀를 신라의 차기 지도자로 생각하며 따르고 있네."

"선화공주는 어찌 되었습니까?"

"들리는 말에 의하면 왜의 신라베로 떠났다 하는데 이유는 모르네."

장은 아미지와 함께 화랑을 나왔다. 부슬부슬 비가 내리고 있었다. 커다란 국화 꽃송이마다 눈물같은 비가 맺혔다.

"저 꽃송이, 잎, 물방울 하나하나가 좋은 그림이네. 화공들이 그것을 종이나 비단에 옮기네."

아미지는 빗속으로 걸음을 옮겨 비 맞는 국화 머리를 안쓰러운 듯 쓰다듬었다.

"사람의 마음속에 떠오른 심상 하나하나도 좋은 그림이네. 화공들이 그것을 종이나 비단에 옮기네."

빗속에서 이야기하는 아미지의 모습은 첫인상과 달랐다. 더 이상 사람 좋은 장사치로만 보이지 않았다. 장은 그의 뒤를 따라 걸었다.

"사실이냐, 생각이냐를 나누는 것은 부질없네. 꽃 그 자체, 마음 그 자체가 되지 않으면 좋은 그림이 나오지 않아…. 백성 그 자체가 되지 않으면 좋은 정치가 나올 수 없는 것과 같은 이치일세."

어디선가 아이 하나가 뛰어와 아미지의 품에 안겼다. 아이가 손에 쥐고 있던 목각을 내밀었다. 목각을 들여다보던 아미지가 껄껄 웃으며 아이를 칭찬했다.

"내 아들 아비지일세. 이 아이는 장차 천하를 감동시킬 조각가가 될 걸세. 내가 일생을 걸고 그리고 있는 그림이네."

아이에게는 아버지와 달리 허름한 옷을 입혔다. 아미지가 아비지를 들어올려 품에 안고 볼을 부볐다. 그 모습을 보며 장은 아미지가 말하고 있는 뜻을 알았다. 행복해하는 두 부자의 모습은 세상 무엇보다 훌륭한 그림이었다. 아이를 돌려보낸 아미지가 장에게로 돌아왔다.

"자네에게 그림 파는 법을 가르치겠네. 왕평 어른이 왜 자네를 내게 보냈는지 이유를 묻지도 않겠네. 대신 한 가지만 약조해주게. 자네가 훌륭하게 되면 내 아들 아비지를 돌봐주게. 아무리 어려운 부탁이라도 그의 소원을 들어주게. 약조할 수 있겠나?"

아미지는 큰 상인이었다. 장은 아미지와 눈을 마주해 약속했다.

"천륜을 해치는 일이 아니라면 그리하겠습니다."

대답을 들은 아미지가 통쾌한 웃음을 터뜨렸다.

"약속했으니 그림 파는 방법을 가르쳐주겠네. 그림을 파는 것은 그림을 그리는 것보다 어렵지 않네."

아미지의 말소리가 비와 국화 사이를 꽃향기처럼 퍼져나갔다.

그림 장사

장은 아미지에게서 장사 비결을 배웠다.

"상대를 모르면 장사를 잘할 수 없네."

아미지의 말을 들으며 장은 처음 만났을 때 왕평이 물었던 상대란 무엇이냐는 질문을 떠올렸다.

"사람을 포함해 천지만물은 자기가 좋아하는 것을 더 얻으려하네. 나무는 햇빛 쪽으로 가지를 뻗고 운 나쁘게 바위 위에 떨어진 꽃씨도 물을 찾아 여린 뿌리를 내리네. 개천이 범람하면 지렁이는 배밀이를 해서라도 목숨을 건지려 하고 순한 수컷 사슴도 자기 씨를 퍼뜨리기 위해 목숨을 건 싸움을 하네."

비가 그쳤는지 창문을 치던 빗소리가 그쳤다.

"귀족은 자기 일을 좋아하네. 그 일이 자기에게 돈과 명예를 가져다주기 때문이지. 겉으로는 자기 일을 싫어하는 듯 보이는 귀족도 마음속까지 그 일을 싫어하지는 않아. 백성을 위한다 하지만 백성처럼 농사를 지으려는 귀족을 보지 못했네. 백이숙제도 고사리를 캐먹다 굶어죽을지언정 산을 일구지는 않았네. 입만 열면 백성을 위하는 시인, 문사들도 손끝에 흙을 묻히려 하지 않네."

언뜻언뜻 구름 사이로 해가 나오는지 여린 빛이 스몄다 사라졌다 했다.

"귀족의 일은 관리하는 것이네. 관리는 지켜보는 것이지. 그가 농사일을 관장하는 관리라면 농부 그림을 보기를 좋아하네. 그가 산을 관장하는 관리라면 나무와 동물 그림을 좋아하네. 그가 어업을 맡고 있으면 바다와 물고기 그림을 좋아하네. 불교를 믿는 귀족의 부인들은 절과 부처를 그린 그림을 좋아하지. 귀족과 귀족의 부인들이 모두 좋아하는 그림은 미인도네. 남자는 미인을 좋아하고 여자는 미인도를 보며 미인이 되기를 원하지. 그래서 선녀 그림이 팔리지 않은 날이 없었네. 물에서 나오는 하백의 세 딸을 그린 그림이 가장 인기가 많네. 여자의 살색이 가장 많이 얼비치기 때문이네."

아미지의 입가에 짓궂은 미소가 나타났다 사라졌다 했다.

"웬만큼 이야기했으니 이제 장사를 하러 가세. 장사나 농사나 사 자가 들어가는 일은 실제 행동이 중요하네. 오늘은 군장을 만나러 가네. 어떤 그림을 가져가야 할까?"

"장수를 만나러 가니 싸움 장면을 그린 그림이나 수렵도를 가져가는 게 좋을 듯합니다."

대답을 들은 아미지가 호쾌한 웃음을 터뜨렸다.

"맞네, 맞아."

자리에서 일어난 아미지가 병사들이 행진하는 모습을 그린 출행도와 선녀 그림을 가져왔다.

"맨 앞에 선 장수가 오늘 만나려는 사람일세. 분명 그는 자신의 모습이 위풍당당하게 묘사된 이 그림을 좋아할 걸세. 또한 그는 호색한이네. 선녀도 같이 가져가기로 하지. 이 출행도는 내가 은무문 삼전을 주고 화공을 시켜 그렸네. 얼마를 받아야 할까?"

장은 잠시 생각했다.

"은무문 오전이 적당할 듯합니다."

"그가 얼마나 이 그림을 좋아하느냐에 달렸네. 비싼 값을 받으려면 우리는 그와 이 그림을 칭찬해야 하네. 그가 얼마나 용맹한 장수이며 이 그림이 그런 그의 모습을 얼마나 잘 드러냈는지 설득해야 하지. 그가 기분이 좋아지면 우리는 금무문 삼전을 받을 수도 있네. 장수들은 기분파니까…."

장이 놀라는 동안 아미지는 두루마리를 말아 금칠을 한 금곽에 소중히 갈무리했다.

군장의 집을 찾은 아미지는 먼저 선녀도를 꺼냈다. 그림을 흝는 군장의 눈에 술기운이 붉게 남아 있었다. 방 안 가득 채 가시지 않은 여인의 지분 냄새가 코끝을 어지럽혔다. 그림 속 여인은 나비 날개같이 얇은 옷을 입고 물속에서 막 빠져나오고 있었다. 몸에 달라붙은 옷 속으로 여인의 풍만한 가슴이 보일 듯 말 듯 드러났다.

"얼마인가?"

"금무문 일전입니다."

군장이 놀란 눈으로 아미지를 쳐다봤다.

"박사인 일지 문하에서 나온 그림입니다. 방령 어른께서도 일지 그림을 많이 소장하고 계십니다."

군장이 침을 꿀꺽 삼켰다. 아무리 돈이 많다 해도 금무문 일전은 꺼내기 쉽지 않은 돈이었다. 망설이는 모습을 본 아미지가 금곽을 열어 출행도를 꺼냈다. 그림을 살피던 군장의 입가에 미소가 어렸다.

"나와 내 부하들을 그린 그림이군."

"역시 군장 어른의 눈은 예리하십니다. 그동안 군장 어른께 많은 은혜를 입어 미천한 저지만 답례를 하고 싶었습니다. 선녀도를 그린 일지 문하의 같은 화가에게 청을 넣어 이 그림을 부탁했습니다. 그 역시 신라를 쳐 두 개의 성을 탈환한 군장 어른을 존경하고 있었습니다. 돈을 받으려 하지 않아 억지로 금무문 이전을 던지다시피 하고 빠져나왔습니다."

그림을 보던 군장의 눈에 감동의 빛이 어렸다.

"그런 화가가 그린 그림이기에 이 그림에는 군장 어른의 용맹과 위엄이 잘 나타나 있습니다. 군장 어른을 존경하는 제 마음을 다 표현하기에는 부족하지만 흔쾌히 받아주시면 감사하겠습니다. 이 그림은 저의 존경의 표시입니다."

말을 마친 아미지가 넙죽 절을 했다. 그런 아미지를 보던 군장이 시동을 불렀다.

"금무문 삼전을 가져오너라."

아미지가 금무문 일전만 받으려 했지만 군장은 억지로 삼전을 건넸다.

"이러시면 군장 어른을 존경하는 제 뜻이 왜곡되게 됩니다."

"돈을 가져가지 않으면 다시는 자네를 보지 않겠네."

붉게 상기된 군장의 표정을 살피던 아미지가 마지못해 하며 금무문 삼전을 품에 넣었다. 비로소 군장의 표정이 풀렸다.

"나를 그렸대서가 아니라 참 잘 그린 그림이군."

"그렇습니다. 뛰어난 화가인데다 마음까지 담았으니 후세에 남길 좋은 그림입니다. 대대손손 후손들이 이 그림을 보며 군장어른을 기리게 될 것입니다."

기분이 좋아진 군장이 대문까지 나와 아미지와 장을 배웅했다.

군장의 집을 나와 한참동안 길을 걸어도 어리둥절한 기분이 풀리지 않았다. 눈앞에서 은무문 삼전을 주고 산 그림이 금무문 삼전으로 둔갑했다. 그것도 상대가 오히려 사정하다시피 돈을 건넨 것이다. 마치 사람을 홀리는 요술을 본 듯했다. 그런 장의 기분을 헤아렸는지 아미지가 말했다.

"돈의 많고 적음을 기준으로 생각하지 말고 상대의 마음을 기준으로 삼게. 군장은 기분이 좋네. 돈을 적게 받으려 했으면 오히려 그림이 팔리지 않았을 걸세."

눈이 마주친 아미지가 사람 좋아 보이는 미소를 지었다.

"선녀도를 먼저 꺼낸 이유는 무엇 때문입니까?"

"언제나 좋은 것을 나중에 꺼내야 하네. 마음은 평소 기준이 없네. 물건을 보면 그때서야 기준을 세우려 드는데 그때 앞에 본 것이 기준이 되네. 앞에 것과 비교해 뒤에 본 것을 판단하려 하지. 상인이라면 앞에 것이 마음에 들지 않았을 때를 대비해야 하고 그렇기 때문에 늘 좋은 것을 뒤에 감추고 있어야 하네. 동쪽에서 소리를 치고 서쪽을 공격하는 병법의 '성동격서' 와 비슷한 이치네."

일개 상인의 입에서 병법의 이치가 나오자 장은 놀랐다. 깊이 알면 알수록 아미지는 신비한 사람이었다. 장은 왕평이 아미지를 소개한 이유를 알 것 같았다. 성문을 나와서도 아미지는 걸음을 멈추지 않았다. 한참을 가니 산기슭에 외진 집 한 채가 보였다. 싸리로 담을 친 초가지붕, 까치밥 몇 개가 붉게 달린 감나무 가지 아래 평상에 사람 하나가 웅크리고 앉아 그림을 그리고 있었다. 멀리서 아미지가 외쳤다.

"그림은 잘되십니까?"

"서기의 개구리 그림은 구했나?"

"운이 좋았습니다. 서기가 그리다 버린 종이 몇 장을 구했습니다."

아미지의 말을 들은 화공이 버선발로 뛰쳐나왔다. 허둥거리는 모습을 보며 아미지가 껄껄 웃었다. 잿빛으로 보이던 화공의 옷은 가까이서 보니 흰옷이었다. 땟국물과 먹물에 절어 검게 보였다.

"어디 보세."

화공이 움켜쥔 아미지의 비단 옷에 먹물이 들었지만 아미지는 괘의치 않았다. 아미지가 그림을 꺼내자마자 빼앗다시피 그림을 낚아챈 화공이 햇빛에 이리저리 그림을 비춰보았다.

"내 그럴 줄 알았네. 먹에 풀을 탔어. 그래서 먹물이 번지지 않았던 거야. 당장 실험해봐야겠네."

부엌으로 들어가려는 화공을 아미지가 붙잡았다.

"오늘은 손님이 있어 일찍 가야 합니다. 그동안 그린 그림 있으면 주십시오."

화공의 눈이 장의 눈과 마주쳤다. 기이한 눈이었다. 눈 속에 불이 일렁이고 있었다. 화등잔 불빛이나 밤길을 걷다 불쑥 마주친 호랑이 눈빛 같았다. 장은 눈빛을 부딪치지 않았지만 피하지도 않았다. 한동안 장의 눈 속 깊은 곳을 헤집던 화공이 말했다.

"범상치 않은 아이군. 잘 키워보게. 쓸만한 환쟁이가 될 걸세."

화공의 말을 들은 아미지가 웃음을 터뜨렸다.

"이 아이는 그림을 배우러 온 게 아니고 장사를 배우러 왔습니다."

"장사, 그 천한 짓을 왜 배우려고."

경멸의 말을 내뱉더니 다시는 장을 쳐다보지도 않았다.

"그림이나 주십시오."

아미지가 채근하자 생각난 듯 화공이 방에 들어가 그림을 가져왔다. 수련 그리고 호롱불과 나방. 화공의 그림을 보며 장은 고향의 정든 집을 떠올렸다. 서기의 그림처럼 묵으로만 그렸지만 서기의 그림과 또 달랐다. 그림을 받아든 아미지가 금무문 이전을 꺼내 놓았다.

"너무 많네. 가져가게."

"이번에 가면 한동안 오지 못합니다. 제발 식사는 거르지 마십시오."

아미지와 장은 구불구불한 논두렁길을 걸어 나왔다.

"장사가 천한 짓입니까?"

큰길에 올라 나란히 걷게 되었을 때 장이 물었다.

"세상에 천한 짓은 없네. 천하다고 생각하는 마음만 있네."

푸른 하늘 아래 마른 가지 위에서 까마귀가 울었다.

"자네는 까마귀가 흉조라고 생각하나?"

마을 아이들은 까마귀를 보면 재수 없다고 돌을 던져 쫓았지만 장은 까마귀가 귀여웠다.

"저는 까마귀를 좋아합니다."

장의 대답을 들은 아미지가 웃었다. 웃음에 화답이라도 하듯 까마귀가 길게 울었다.

"그분은 누구십니까?"

"역박사 일지네. 그림을 잘 그려 명성이 높았는데 서기의 그림을 본 후 그동안 그렸던 그림을 불태워버리고 가족과 관직마저 다 버린 채 혼자 살면서 그림에만 몰두하고 있네. 그림 외에는 관심이 없어 나와 제자 하나가 생활을 돌봐드리고 있네."

왕평, 아미지, 서기, 일지 알면 알수록 세상에는 다양한 사람들이 많았다. 다양한 사람들, 모래알처럼 수많은 다양한 생각들…. 왕평이 장사를 시킨 뜻이 그런 것을 배우게 하려는 데 있는지도 몰랐다. 아미지와 헤어져 집으로 돌아가는 길에 장은 실개천 외나무다리에 누워 하늘을 봤다. 밤하늘에는 은하수가 땅에서는 시냇물이 흘렀다. 희고 검은 하늘을 보고 있으니 검고 흰 서기의 그림이 떠올랐다. 세상에는 그림 하나를 위해 목숨을 거는 사람도 있다. 나는 무엇을 위해 목숨을 걸어야 할까 생각하다 목숨 하나 부지하기도 힘든 자신의 처지가 떠올라 장은 실소했다. 고개를 돌리니 검은 산 위로 노랗고 둥근 달이 솟았다. 선화공주는 어떤 사람일까? 그녀는 공주지만 장도 본색은 왕자였다. 등 돌려 누워 물결에 흔들리는 달을 보며 그림으로 보았던 선화의 얼굴을 떠올렸다. 왜 쫓기듯 왜로 떠났을까? 그녀도 장처럼 돌팔매를 피해 달아나는 까마귀 신세 같을지도 모른다는 생각이 들었다.

왕평의 방 불은 꺼지지 않았다. 장이 돌아오기까지 왕평은 잠자리에 들지 않았다.

"왜에 신라베란 곳이 있습니까?"

질문을 들은 왕평의 입가에 미소가 번졌다.

"있다. 신라인들이 이주해 사는 곳이다. 백제인들이 이주해 사는 마을은 구다라베라 한다. 왜는 백제를 구다라, 즉 큰나라라 부른다."

"백제와 신라는 원수지간인데 어떻게 백제의 혈통을 이은 왜에서 신라인들을 받아들이고 있습니까?"

"국가 간의 관계에서는 영원한 적도 영원한 혈맹도 없다. 오직 자국의 이익이 있을 뿐이다. 고구려와 백제는 형제국이지만 지금도 국경을 사이에 두고 분쟁을 계속하고 있다. 신라와 백제가 한때 혈맹을 맺고 고구려를 쳤지만 신라는 자국의 이익을 위해 백제를 배신했고, 성왕은 자신의 딸을 신라왕의 소비로 보내놓고도 다시 신라를 쳤다. 백성의 수는 국력과 직결된다. 어느 나라 사람이든 왜는 이민을 환영하고 있다. 백제와 신라에서 사람들이 많이 넘어올수록 그들의 왕권이 강화되고 원주민을 다스리기 쉬워지기 때문이다."

하늘 밖에 또 다른 하늘이 있었다. 화합하면서 싸우고 미워하면서 사랑하는 사이가 있었다.

"아미지에게서는 배움이 있었느냐?"

"은무문 삼전이 금무문 삼전으로 둔갑하고, 공으로 금무문 이전을 받은 사람이 그 돈을 벌게 해준 장사를 천한 짓이라고 경멸하는 소리를 들었습니다."

대답을 들은 왕평이 크게 웃었다. 단숨에 술을 비운 왕평이 잔을 내밀었다.

"좋은 것을 배웠다. 그것이 사람 사이의 관계고 크게는 국가 간의 관계도 그와 다르지 않다."

"현재 신라와 백제의 관계는 어떻습니까?"

"소강상태다. 신라의 진평왕은 아들이 없지만 사내들을 능가하는 세 딸들이 있다. 그 점에서 백제보다 신라의 발전 가능성이 높다. 앞으로 네 상대가 될 여자들이다."

신라의 공주와 백제의 왕자를 견주는 왕평의 말이 장을 자극했다.

"그들에 대해 말씀해주십시오."

"첫째인 천명과 둘째인 덕만은 여자로서 자신들의 처지가 궁색함을 알고 있다. 대대로 신라는 근친혼을 통해 왕권을 강화해 왔다. 천명과 덕만은 진지왕의 두 아들 용수와 용춘과 사이를 가깝게 해 왕권을 강화하려 하고 있다. 특히 둘째인 덕만은 여섯 살 때 제왕학을 깨우쳤을 정도로 총명이 사해를 떨치고 있다. 진평왕의 대부분의 정책이 덕만을 통해 나온다는 소문이 나돌 정도다. 최근 신라 왕실은 왕족을 다시 성골과 진골로 나눴다. 그 결과 덕만의 입지가 더욱 강화됐다."

"셋째는 어떻습니까?"

"그녀가 변수다. 선화공주에 대해서는 천하절색이라는 것 외에는 별로 알려진 사실이 없다. 덕만이 좋아하는 용춘이 선화를 좋아하고 그래서 왜로 떠났다는 소문이 떠돌고 있지만 사실 여부는 알 수 없다. 불교와 그림에 심취해 있고 사람 사이에 나서기를 꺼린다 한다. 공교롭게도 그런 점은 왜에 있는 아좌태자를 닮았다."

선화와 아좌가 닮았다는 이야기를 들었을 때 장의 가슴이 쿵하고 울렸다. 장과 아좌는 형제지만 현실적인 신분은 천지 차이였다. 말로만 들은 형 아좌, 장은 아좌를 보고 싶었다.

"한잔 더하겠느냐?"

"새벽 일찍 장사를 나가야 합니다. 오늘은 이만 잠자리에 들겠습니다."

장은 절을 올리고 왕평의 방을 나왔다.

장사를 나가기 전 장은 웅의 패거리들에게 옷을 빨아 입도록 했다. 좋은 옷을 입힐 수는 없지만 입성이라도 깨끗하게 보이고 싶었다. 패거리를 다섯으로 나눠 각각 조장을 뽑았다. 첫날은 마을을 돌며 장사하는 모습을 보여주었다.

"대장, 구걸하는 것도 아니고 장사인데 그렇게 굽실거릴 필요가 있어요?"

패거리들은 언제부터인지 장을 대장이라고 불렀다. 장이 만류했지만 웅이 그렇게 부르라고 시켰다 했다.

"미륵부처님이라도 장사하려면 허리를 굽혀야 한다. 탁발하는 스님들이 허리를 굽히는 것도 수행을 위해서이지 양식을 구걸하려 그러는 것이 아니다."

추수가 끝난 지 얼마 지나지 않았는데도 곡식이 풍부한 마을이 많지 않았다. 서리 내린 논밭을 보며 백성들은 벌써부터 내년 춘궁기를 걱정했다. 현실의 생활이 각박해질수록 백성들은 미륵이 내려와 자신들을 구원해주기를 갈망했다. 석가모니불의 제자인

미륵은 석가모니불이 입멸하여 56억 7천만 년이 지나면 사바세계에 태어나 용화수 아래에서 설법하여 백성들을 구제한다는 참언이 떠돌았다. 집집마다 현세보다 나은 미래를 꿈꾸며 명상하는 미륵의 반가사유상을 모셨다. 웅의 패거리에도 미륵을 믿는 사람이 많아 장은 단체의 이름을 아예 '용화단' 이라 짓고 십선계를 규율로 삼았다. 십선계는 미륵신자들이 추구하는 덕목이다. 생명을 죽이지 말라, 훔치지 말라, 사음하지 말라, 망령된 말을 하지 말라, 이간질하지 말라, 악한 말하지 말라, 꾸밈말 하지 말라, 탐하지 말라, 감사하라, 삿된 견해를 세우지 말라는 내용으로 장이 배워 바라는 것과 다르지 않았다. '용화단' 이라는 깃발을 앞세우고 다니는 장의 상단을 사람들이 반겼고 하루하루 왈짜들의 모습이 신앙심 깊은 상인으로 변모해 갔다.

마을을 돈 후에는 장이 서는 곳을 찾았다. 장에서는 풍물을 펼치게 해 사람들을 모았다. 본시 왈짜들이어서인지 잘 놀아 사람들이 구름처럼 모였다. 신명나게 놀고 있는 판에 각시탈을 쓴 남자가 끼어 들어왔다. 왈짜들이 밀어내려 해도 요리조리 피해가며 놀았다. 손놀림, 발놀림이 범상치 않았다. 보고 있던 장이 웃으며 다가가 껴안았다.

"명아, 어떻게 왔니?"

지명이었다.

"매일 스님을 졸랐다. 너는 정이 많아 중이 되기는 틀렸다며 스님이 허락하셨다."

웃고 있는 지명의 눈에 흰 구름 같은 물기가 스쳐지나갔다. 장은 부여잡은 손에 힘을 주었다.

"잘 왔다."

쑥스러운지 지명이 탈을 쓰고 다시 춤판에 끼어들었다. 춤추는 지명을 보는 장의 눈에도 물기가 번졌다. 장사가 잘된 날이었다. 지명이 와서 기분이 좋아진 장이 모처럼 술판을 허락했다. 술기운이 오른 왈짜 하나가 지명에게 농을 건넸다.

"스님은 술도 못하고 곱상한 모습이 정말 새각시 같으오."

듣고 있던 지명이 일어나 감나무 앞으로 갔다.

"까치님 죄송합니다. 나무아미타불."

무리들의 시선이 지명을 쫓았다. 가지 끝에 까치밥 두 개가 남아 있었다. 기합과 함께 나무를 차고 오르던 지명이 공중에서 회전을 하며 까치밥을 찼다. 까치밥 하나가 날아가 농을 건넨 자의 술사발을 뒤엎었다. 신기에 가까운 발기술이었다. 놀란 왈짜들은 탄성조차 지르지 못했다.

"술을 엎어 죄송합니다. 대신 이 감을 드십시오."

발로 차는 순간 남은 까치밥 하나를 떼 가지고 온 것이다. 합장하는 지명을 보던 무리들이 그때서야 박수를 쳤다. 저 팔과 저 다리를 어떻게 잡았을까? 장은 전에 지명과 승부하던 날이 생각나 웃었다.

"대장님과 스님은 어느 분이 더 싸움을 잘하십니까?"

"당연히 대장님이십니다. 스님은 싸움을 하지 않습니다."

듣고 있던 왈짜들이 웃음을 터뜨렸다. 지명은 무리와 잘 어울렸다. 술판을 시작할 때 왼 머리에 있던 달이 중천에 왔다. 장은 술자리를 파하게 한 후 웅과 지명을 따로 불렀다.

"웅형과 단원들의 도움으로 모으고자 하는 돈을 다 모았습니다. 사정이 급하니 염치없지만 이 돈을 제가 쓰고 왜에 다녀온 후 용화단에 채워 넣겠습니다. 괜찮겠습니까?"

장이 웅을 바라봤다.

"그 돈은 대장님 돈입니다. 당연히 대장님이 쓰셔야 합니다. 대장님을 따라다니며 많은 것을 배웠습니다. 무식한 패거리들에게 좋은 뜻을 심어주셨습니다. 급한 일로 왜에 가신다니 그게 안타까울 뿐입니다. 왜에 다녀와서라도 사정이 허락되면 저희를 더 이끌어주시기 바랍니다."

웅이 간절한 눈으로 장을 바라봤다. 장이 지명에게 눈을 돌렸다.

"명아, 부탁이 있다. 네가 웅형을 도와 용화단을 이끌어다오. 우리는 버는 돈의 십 분의 일을 가난한 백성들을 위해 쓰기로 했다. 스님도 좋아하실 거야."

장의 말을 들은 지명이 고개를 저었다.

"나는… 너 따라서 왜에 가고 싶은데…"

장이 슬며시 지명의 손을 잡았다.

"왜에서 어떤 일이 벌어질지 나도 모른다. 가서 자리 잡히면 연락할게."

생각하던 지명이 무겁게 고개를 끄덕였다.

"알았다. 대신 꼭 연락해야 한다."

장이 웅의 손을 이끌어 지명의 손을 잡게 했다.

"빈승이 폐가 되지 않는다면 용화단을 위해 일하고 싶습니다."

지명의 말을 들은 웅이 벌떡 일어나 절을 했다.

"감사합니다. 대장님처럼 저희를 이끌어주시기 바랍니다."

지명도 서둘러 맞절을 했다.

"이러시지 마십시오. 장이처럼 친구로 대해주십시오."

보고 있던 장이 웃음을 터뜨렸다.

"친구, 친구 좋다. 셋이 친구 하자."

셋은 밤늦도록 머리를 맞대고 앞일을 의논했다. 장사는 사정에 밝은 웅이 맡기로 하고 지명이 규율을 담당한다. 장사가 잘돼 이문이 더 남으면 더 많은 돈을 백성을 위해 쓴다. 어디에 쓸지는 단원들의 의견을 모아 결정하기로 했다. 새벽닭이 울었다. 밖으로 나오니 희끗희끗 눈이 내리며 쌓였다. 첫눈이었다. 왕평 어른께는 다음날 인사드리기로 하고 지명과 헤어졌다. 찬바람이 불어왔지만 가슴속에 뜨끈한 무엇이 치밀어 춥지 않았다. 어머니와 헤어져 고향을 떠나던 날도 첫눈 오는 날이었다. 어디로 가야 할지 몰라 방황하던 장 앞에 지명이 나타났다. 이번에는 가야 할 길을 안다. 흰 눈에 덮여 어둠 속 세상이 점점 신천지로 변모해갔다. 얼마 안 있으면 왜로 떠나야 하지만 장은 낯선 땅이 두렵지 않았다. 오히려 흥분에 가슴이 두근거렸다. 신라베, 구다라베…. 모든 사람을 포용하는 낯선 그 땅이 장과 어머니를 편히 살게 할 곳 같았다. 장은 태초의 날처럼 검고 흰 세상에 분명한 발자국을 남기며 찬바람 불어오는 바다를 향했다.

왕비 해진

눈을 붙이는 둥 마는 둥 장은 자리에서 일
어났다. 장이 의관을 정제했을 때 꼬꼬닭이 세 번째 울음을 길게
울었다. 보자기에 소중히 간직해 둔 금무문 십전을 가지고 장은
어둠이 가시지 않은 길을 걸어 왕평에게 갔다. 날이 추웠다. 바람
불 때마다 가지에 쌓인 눈이 폴폴 날렸다. 장은 눈 덮인 산을 보며
심호흡을 하고 왕평에게 일렀다.

"스승님, 기침하셨습니까?"

고개를 드는 장의 눈에 이상한 물건이 눈에 띄었다. 화살이었
다. 누가 쏘았는지 둥그런 문고리 사이에 정확하게 꽂혀 있었다.

"화살을 뽑아들고 들어와라."

장은 손에 힘을 줘 화살을 뽑았다. 일반 군사들이 쓰는 화살이
아니었다. 대에 붉은 칠을 했고 깃이 길었다. 불빛이 비치자 깃에

서 아름다운 무늬가 일었다. 왕평이 손에 쪽빛 종이 한 장을 들고 있었다. 장은 화살에 달려 온 것이리라 추측했다.

"요사스러운 것…."

편지를 들고 있는 왕평의 손이 가늘게 떨렸다. 편지를 보고 있는 눈이 노기를 쏘았다. 장은 두 손으로 화살을 바쳤다. 화살을 받은 왕평이 장에게 편지를 내밀었다. 편지에는 단 네 자만 적혀 있었다.

〔가지 마라〕

핏빛 붉은 글씨가 꿈틀꿈틀 살아있는 듯했다.

"누가 보낸 것입니까?"

"궁에서만 키우는 공작새 깃털이다. 이런 활을 쓰는 사람은 세상에 한 명밖에 없다."

왕평이 화살 깃을 보이며 말했다.

"왕비다."

"왜 가지 말라는 것입니까?"

대답은 않고 장의 얼굴을 물끄러미 바라보던 왕평이 화살과 편지를 문갑에 넣었다.

"간다. 금무문 십전은 구했느냐?"

고개를 돌리는 왕평의 눈에 노기가 사라졌다. 스승은 평정을 찾았다. 더 물어도 소용없을 것이다. 장은 금무문 십전을 꺼냈다.

"수고했다. 오늘부터는 나와 함께 왜에 가져갈 물목을 검토하고 모자란 물건을 구하러 다니자."

"지광스님 제자인 지명이 왔습니다. 무술 실력이 뛰어나고 앞으로 상단을 이끌어야 하니 함께 다녔으면 합니다."

"그렇게 해라."

왕평의 눈에 미소가 어렸다. 웃고 있지만 얼음같이 차가운 눈빛이 더 강해졌다. 마치 칼날을 쏟아내는 듯했다.

이른 아침인데도 눈길에 많은 발자국이 보였다. 발자국 위에 발자국을 찍으며 장은 뛰다시피 걸었다. 낯익은 삽살개가 꼬리를 치며 달려왔지만 장은 걸음을 서둘렀다. 큰 길로 나서자 말발굽자국과 바퀴자국이 다급하게 관청으로 이어져 있었다. 위쪽부터 눈이 녹아 노란 머리를 드러내기 시작한 초가지붕에 매달린 고드름에서 뚝뚝 물이 떨어졌다. 높고 낮은 굴뚝으로 아침을 짓는 연기가 하늘로 올랐다. 왕평이 출발 일을 앞당겼다. 준비를 마치자마자 왜로 배가 떠난다. 웅의 집에 닿자 이른 아침을 먹은 부하들이 소달구지를 준비하고 있었다.

"달구지는 내가 가져가겠다. 너희들은 다른 데서 빌려 쓰거라."

장의 목소리를 들은 지명과 웅이 방에서 나왔다.

"일이 급하게 됐다. 명이와 웅형은 나를 따라오시오."

달구지를 끌며 장이 짧게 설명했다. 장의 목소리에서 긴장을 느꼈는지 둘은 고개를 끄덕이고 뒤를 따랐다. 해가 오르며 가지 끝에 맺힌 물방울이 반짝반짝 붉은 빛을 반사했다. 아미지에게 대강의 상황이라도 알리고 싶었다. 문을 두드리고 고개를 들자 와당의 웃고 있는 도깨비 문양이 눈에 들어왔다. 반 녹은 눈이 입을 가려서인지 슬픈 표정을 지었다.

"바빠도 차나 한잔하시게."

아미지는 눈이 빠른 사람이었다. 바쁘다 하지 않았지만 그는 바쁜 사람을 대하듯 일행을 맞았다.

"두 분은 누구신가?"

"제 동료인 지명과 웅이라 합니다."

지명과 웅이 허리를 굽혀 반절을 했다. 아미지가 더 깊숙이 허리를 숙였다.

"귀한 분들이 오셨는데 다과라도 내오라 하겠네."

"오늘은 급히 가봐야 합니다. 앞으로 이 두 사람이 저 대신 장사를 하며 아미지 어른을 뵐 것입니다."

"알겠네."

아미지가 차를 가져온 하인에게 예를 차릴 그림을 준비하라 지시했다.

"자네는 나를 따라오게."

아미지가 장을 화랑으로 이끌었다.

"배가 떠나나?"

화랑으로 들어서자마자 아미지가 물었다. 장은 대답을 하지 않았다.

"배가 떠나는 것은 진작부터 알고 있었네. 부탁이 있네."

대답을 듣지도 않고 아미지가 구석에 걸려 있던 선화공주의 그림을 떼어내 말기 시작했다.

"이 그림을 선화공주에게 전해주게. 딴 뜻은 없네. 그녀가 이 그림의 주인이기 때문이네."

장은 그림을 소중하게 품속에 넣었다. 객실로 돌아오는 동안 장도 아미지도 말을 삼갔다. 하인이 탁자 위에 열댓 개 포장해 놓은 그림들을 올려놓았다. 의자에 앉자마자 붓을 든 아미지가 그림 수만큼 마을 이름과 사람 이름을 적었다.

"자네들이 예를 차려야 할 유지들일세. 그림을 받으면 자네들을 서운하게 대하지는 않을 걸세."

아미지가 지명과 웅에게 말했다. 아미지의 빠른 일처리를 보며 장은 감탄했다. 그는 생각이 깊고 행동이 빠른 사람이었다. 인사를 하고 나오려는 장의 손을 아미지가 잡았다. 부드럽고 따듯한 손에 힘이 실렸다.

"건강하게. 내 아이가 자네를 기다리고 있을 걸세."

아미지의 인사말을 들으며 장은 귀에 익은 왕평의 가르침을 떠올렸다.

"백성은 아이와 같다. 아이를 돌보지 않는 가장은 이미 가장이 아니다."

아미지의 집 앞에서 장은 웅과 헤어졌다. 웅은 발걸음이 떨어지지 않는지 잡은 손을 풀지 않다 마지못해 걸음을 옮겼다. 장과 지명은 소달구지를 끌고 왕평의 집으로 갔다. 하인들이 달구지에 물건을 실었다. 집사가 장부와 품목이 일치하는가를 확인했다.

"다 확인했으면 배로 물건을 옮겨라."

왕평은 이미 출행 준비를 마치고 있었다.

"너희들은 나를 따르거라."

장과 지명을 본 왕평이 앞으로 나서며 말했다.

"어디로 갑니까?"

왕평은 말하지 않았다. 장과 지명은 묵묵히 뒤를 따랐다. 포구로 가는 길이 아니었다. 달구지는 산기슭을 따라 느리게 나아갔다. 가끔씩 왕평은 걸음을 멈추고 온 길을 뒤돌아보았다. 시야가 닿는 곳까지 사람 모습은 보이지 않았다. 말라버린 억새 위에 쌓인 눈이 햇빛을 반사하며 조용히 흔들렸다. 낙락장송 끝에서 눈 무게를 견디지 못한 가지가 툭툭 부러지는 소리만 들렸다. 셋은 얼어붙은 강을 건넜다. 얼음 아래 둥근 돌들이 사람 얼굴 같은 표정을 하고 지나는 사람들을 지켜봤다. 강 복판에서 쩡하며 얼음이 울었다. 비명 같은 소리가 둘둘둘 구르는 바퀴소리에 섞여 이명처럼 귓가를 맴돌았다. 강을 건너고도 한참동안 수레는 강기슭을 따라 올라갔다. 강의 끝은 산이었다. 강과 산이 만나는 곳에 자갈로 뒤덮인 너른 마당이 있었다. 이곳에서는 온 길도 갈 길도 보이지 않았다. 산이 산을 두른 까마득한 암벽 끝으로 푸른 하늘만 보였다. 산 아래 사람이 보였다. 눈 밝은 지명이 먼저 달려 나갔다. 장도 뒤 따라 달렸다.

"스님."

"도공 어른."

지광과 도공이었다. 그들 옆에 포장한 물건들이 쌓여 있었다.

"잘들 지냈느냐?"

지광이 무릎 꿇은 두 사람을 일으켰다.

"시간이 없다. 물건을 실어라."

왕평이 지시했다. 장과 지명이 물건을 싣는 동안 세 사람은 산속 나무그늘 아래서 이야기를 나누었다. 물건을 실으면서도 지명은 스님이 걸어 들어간 산길에서 눈을 떼지 않았다. 천애고아인 지명에게 지광스님은 혈육 같은 분이었다. 그런 스님을 떠나 자기에게 온 지명이 장은 새삼 고마웠다. 산에서 내려온 지광이 장을 불러 손을 잡고 햇빛 밝은 공지로 이끌었다.

"장아, 저쪽 산기슭 배롱나무가 보이느냐?"

장이 고개를 끄덕였다.

"너는 여기 서서 내가 부를 때까지 그 나무를 보고 있거라."

장이 서 있는 동안 지광은 지명을 불러 일렀다.

"상단을 맡기로 했다는 이야기를 들었다. 너도 이제 어른이다. 네게 맡겨진 소임을 다해라."

"성심을 다 하겠습니다."

스님과 지명의 이야기를 들으며 장은 해 아래 서 있었다. 장은 스님이 왜 그 자리에 서 있으라 했는지 알 수 없었다. 산기슭은 어두웠고 배롱나무 주위에는 바람에 흔들리는 마른풀밖에 보이지 않았다. 배롱나무가 어머니 수련을 떠오르게 해 장은 가볍게 고개를 저었다. 배롱나무 뒤 눈 덮인 산봉우리 위로 한가롭게 떠가는 흰 구름이 보였다. 어머니는 내일 내가 왜로 떠나는 것을 알고 있을까? 그런 생각을 하고 있을 때, 지광의 목소리가 들렸다.

"장아, 됐다. 그쪽을 향해 절을 올리고 돌아오너라."

비로소 장은 어머니 수련이 와 있다는 것을 깨달았다. 절을 하려 무릎을 굽히는데 눈물이 핑 돌았다. 장의 절은 길고 길었다. 한참 만에 일어선 장은 아무 일도 없다는 듯 지광과 도공에게 절을 하고 쇠코뚜레 끈을 잡았다. 더는 배롱나무를 바라보지 않았다.

강을 따라 내려오는 산길은 좁았다. 오른편은 가파른 산이고 왼 편은 깍은 듯한 절벽이었다. 소도 두려움을 느끼는지 천천히 걸음을 옮겼다. 눈길에 바퀴가 푹푹 빠졌다. 장과 지명이 뒤에서 달구지를 밀어 소를 도왔다. 사나운 바람이 불자 쌓인 눈이 날려 안개처럼 산과 강을 덮었다. 강을 타고 쌓인 눈이 물거품을 일으키는 파도처럼 강을 거슬러 올라갔다. 달구지를 붙잡고 힘을 쓰고 있는 장의 머리에 안개처럼 뿌연 의문이 일었다. 어머니는 왜 산을 내려오지 않았을까? 위협이 있었을까? 아니면 왜에서 돌아올 때까지 만나려 하지 않은 것일까? 먼 강에서 쩡쩡 얼음 갈라지는 소리가 났다. 소리가 메아리를 만들어 연이어 울렸다. 장은 달구지를 멈추고 귀를 기울였다. 협로였다. 이곳에서 협공을 당하면 피할 길이 없다. 장과 지명의 눈이 마주쳤다. 지명이 산으로 올라 나무 사이를 다람쥐처럼 뛰었다. 장은 달구지에 쌓인 짐에서 새끼 줄을 끌러 신발을 묶었다.

"잠시 기다리십시오."

말을 마친 장은 쇠코뚜레 끈을 왕평에게 넘기고 고양이 걸음으로 달렸다. 예상대로였다. 병장기를 들고 복면을 한 자들이 길을 따라 살금살금 걸어왔다. 협공을 계획했는지 일부는 산으로 올라서고 있었다. 산에 셋, 길에 다섯 모두 여덟이었다. 장은 돌아가는 모퉁이에서 숨을 죽이고 기다렸다. 첫 놈이 나타나자 목을, 길로 나서면서 두 번째 놈의 다리를 밀어 낭떠러지로 떨어뜨렸다. 동시에 산에 올라간 셋 중 둘이 지명의 발길질을 맞고 길로 떨어졌다. 맞은 자들이 떨어지는 힘을 못 이겨 낭떠러지로 미끄러졌다. 비명과 사람이 떨어지는 둔탁한 소리들로 눈보라가 날리며 조용하던 산이 웅성거렸다. 갑작스러운 기습에 놀란 자객들이 주춤주춤 뒤로 밀렸다. 산에 남아 있던 마지막 하나가 찢어지는 비명을 지르며 떨어졌다. 자객들의 뒤를 막아서며 지명이 산에서 내려왔다. 그들이 계획했던 협공에 그들이 말려든 꼴이 됐다. 숨 돌릴 틈을 주지 않고 장과 지명이 동시에 공격해 들어갔다. 다시 둘이 떨어졌다. 등을 맞대고 장과 지명을 노려보던 남은 두 명이 스스로 낭떠러지를 굴러 탈출을 시도했다. 지명이 뒤를 쫓으려 할 때 뒤에서 왕평의 소리가 들렸다.

"쫓지 마라. 잡아서는 안 된다."

아래를 보니 서로를 부축하며 엉금엉금 기어서 강을 건너 도망치고 있었다. 높지 않은 절벽이라 죽은 자는 없는 모양이다. 강을 건너는 게 문제였다. 시야가 트인 언 강을 건너는 동안 화살이라도 날아오면 피할 곳이 없었다. 아직 적은 강을 다 건너지 못했다.

"명아, 여기서 스승님 모시고 기다려라. 강 건너에 복병이 있는지 살펴봐야겠다."

장은 빠르게 강으로 내려가 갈지자로 달렸다. 장이 쫓아오는 것을 본 자객들이 사력을 다해 달아났다. 장은 더 빨리 달렸다. 뒤에 바짝 붙어야 화살이 쏟아지더라도 안전했다. 살처럼 쏟아지는 햇살이 눈부셨다. 강 건너 산등성이까지 쫓아갔지만 복병은 없었다. 잡을 수도 있었지만 장은 왕평의 말대로 그들이 달아나게 내버려 두었다.

"명아, 건너와라."

포구까지 가는 동안 장이 앞서 정탐을 하며 나아갔다. 다행히 더 이상의 습격은 없었다. 짐을 다 싣자 왕평이 짧게 지시했다.

"돛을 올려라. 출항한다."

왕평의 지시를 들은 지명의 눈에 핑하고 눈물이 맺혔다. 새 날개 소리를 내며 돛이 펼쳐졌다. 예정보다 이른 출발이지만 아무도 불만하지 않았다.

"명아, 몸조심해라."

장이 지명의 손을 잡았다.

"너나 몸조심해라. 상단은 걱정마라. 나와 웅형이 잘 이끌테니."

끝내 지명이 눈시울을 훔쳤다. 장의 눈에도 눈물이 맺혔다.

"내려라. 떠나야 한다."

왕평이 지명의 어깨를 만지며 말했다. 왕평에게 반절을 한 지명이 새처럼 뱃전을 박차고 날아 달리기 시작했다. 슬플 때 달리는 것은 지명의 오랜 버릇이었다. 출렁거리며 겨울의 거센 물살을 헤치고 배가 나가기 시작했다. 장은 가슴께를 더듬어보았다. 품에 간직한 선화공주 그림은 그대로 있었다. 배는 쉽게 나가지 못했다. 거친 바람 소리에 섞여 화살소리가 들렸다. 장은 반사적으로 왕평의 몸을 잡아 피했다. 기둥에 박힌 화살이 파르르 떨렸다. 공작새 깃털 화살이었다. 장이 화살을 뽑아 왕평에게 건넸다. 쪽빛 편지가 감겨 있는 살에서는 사향 냄새가 났다. 이번에도 편지에는 네 자만 적혀 있었다.

〔오지 마라〕

화살이 날아온 방향을 쫓는 장의 눈에 배를 따라 손을 흔들며 바닷가를 뛰는 지명의 모습이 보였다.

먼 섬들이 가까워졌다 멀어지며 배는 나아갔다. 겨울 바다는 물색이 짙었고 굽이가 높았다. 출렁거리며 백제 땅이 멀어져갔다. 찬바람을 맞으며 왕평은 오랫동안 떠나온 땅을 바라봤다. 사람과 집들의 형태가 사라지고 햇빛을 반사하던 설산의 봉우리도 사라졌다. 육지와 바다의 경계는 깊었다. 그 경계 저편에 수련과 지광과 지명이 남았고 그 경계 이편에 장이 있었다. 어머니 대지의 품을 떠난 배처럼 장은 미지의 세계를 향했다.

"스승님, 바람이 찹니다."

"물색이 어떠냐?"

"검습니다."

"흰빛이 보이지 않느냐?"

친한 친구인양 어깨를 맞댈 듯 넘실거리는 바다를 들여다보니 흰빛이 보였다. 뱃전에 부서지는 물거품이나 쏜살같이 내달리는 학꽁치떼가 아니었다.

"왜까지 물길을 개척한 조상님들의 영혼이다. 제를 올릴 준비를 해라."

왕평이 선원들에게 지시했다.

"대백제의 위대한 영혼들이시여! 조상님들의 위대한 나라가 바람 앞에 등불 같습니다. 신 왕평, 미천한 자이지만 이 한 목숨 불쏘시개로 삼아 꺼져가는 불꽃을 살리고자 합니다. 저희를 가련하게 여기셔서 뜻을 이루기까지 우리의 목숨을 남겨주시옵소서…."

축문은 길었다. 비록 오열하지 않았지만 폐부를 찢는 비통함이 서려 있었다. 축문을 마치고 모두 함께 절을 올렸다.

"백제의 술입니다. 흠향하시옵소서."

"백제의 고기입니다. 흠향하시옵소서."

"백제의 밥입니다. 흠향하시옵소서."

소곡주 한 통과 돼지 한 마리가 바다에 뿌려졌다. 음식을 바치는 왕평의 얼굴에 핏빛 햇살이 비쳤다. 석양은 가슴속에서 쉬지 않고 뛰는 심장 같았다. 날개처럼 긴 노을을 펼쳐 외로운 배를 축복했다.

"들어가자."

공작새 깃털 화살을 꺾어 바다에 던진 왕평이 장을 선실로 불렀다.

"성왕 폐하께서 비통하게 돌아가시자 현 왕은 자기 때문에 폐하가 돌아가셨다는 자책감에 정사를 돌보지 않으셨다. 마치 숨만 쉬는 목숨 같았다. 그러자 귀족들이 발흥했다. 대성팔족을 중심으로 한 귀족 연합체인 정사암회의가 왕의 권위를 대신했다. 특히 해씨 일족의 힘이 강성해졌다. 해씨는 폐하의 심기를 새롭게 한다는 명분을 내세워 해씨 여자를 후비로 들였다. 그가 현 왕비인 해진이다. 해씨는 무를 숭상하는 부족이다. 해진은 여섯 명의 오빠들과 함께 어려서부터 용맹하게 키워졌다. 시간이 흐르자 해진을 앞세운 해씨의 마각이 드러났다. 명분을 내세워 아좌태자의 어머니인 목왕비를 별궁에 유폐시키고 해진이 정실 왕비가 되었다. 해진에게는 왕자가 없다. 왕이 동침하지 않았기 때문이다. 성왕 폐하께서 돌아가신 후 왕은 어느 여인과도 잠자리를 같이하지 않았다. 자신처럼 불효한 자식이 태어난 것을 저주했기 때문이다. 한 번의 예외가 있었다."

왕평이 장을 바라봤다. 사위가 조용했다. 파도 소리도 들리지 않았다.

"너의 어머니 수련이다. 해진은 너의 존재를 모른다. 알았다면 네가 살아남을 수 없었다. 그녀는 목표를 위해 키워진 여인이다. 목표에 장애가 되는 모든 사람을 죽였다."

해무가 이는지 불빛 밖은 한 치 앞도 보이지 않았다.

"그녀의 목표가 무엇입니까?"

"부여씨의 세상을 해씨의 세상으로 바꾸는 것이다."

말을 멈춘 왕평이 갑자기 자리를 박차고 일어섰다. 장도 뒤를 따랐다.

"불을 더 밝혀라."

선원들이 등잔을 모아 불을 환하게 밝혀 해무 속에서 배끼리 충돌하지 않도록 대비했다. 망망대해 해무 속 불 밝힌 배는 불꽃놀이 날 아스라이 사라지는 축포 같았다. 오르락내리락 흔들리며 어룽거리는 불빛을 보고 있으니 취해 구름 속에 노니는 듯한 기분이 들었다. 왕평이 등불로 바다를 비추니 검게 꿈틀대는 사나운 물살은 여전했다.

"바로 가는 것이냐?"

왕평이 조타수에게 물었다.

"예, 바로 가고 있습니다."

별 하나 보이지 않는데 그는 어떻게 바로 가고 있는 것을 아는 것일까? 왕평은 더 묻지 않았다. 배는 나아갔다.

"아직까지 아좌태자와 왕비가 살아 있는 것은 왜에 있는 목씨 일족의 세력이 크기 때문이다. 돛을 내려라."

소매를 뻗어 바람의 방향을 가늠한 왕평이 지시했다. 수줍은 여자의 치마처럼 천천히 돛이 내려갔다. 물에 떨어진 낙엽인 양 제 자리를 맴돌던 배는 해류의 힘에 실려 다시 흘렀다. 바람이 아니라 해류가 배를 왜로 이끌었다.

"왜는 지금 스이코 여왕이 다스리고 있지만 실권은 그녀의 외삼촌인 우마코 대신이 쥐고 있다. 우마코 대신은 소가 씨족사람이고 그들 조상은 백제의 목씨다. 우마코는 조카인 스슌왕을 살해하고 여자인 스이코 공주를 왕위에 올릴 정도로 위세가 막강하다. 우마코 대신은 불교를 숭배한다. 불교를 숭배하는 사람들의 힘을 빌려서 대립하던 모리야 대련을 꺾고 그를 비웃은 스슌왕을 죽였다."

말을 하며 왕평은 다시 선실로 돌아왔다.

"포장을 끌러 봐라."

장은 지광과 도공에게서 받은 여덟 개 상자 중 하나를 열었다. 상자 속에는 비단에 싸인 금동미륵반가사유상이 있었다.

"너는 우마코 대신의 마음에 들어야 한다. 나 또한 그렇게 하겠다."

"스승님은 공맹의 사상을 따르지 않습니까?"

질문을 들은 왕평이 웃었다.

"나의 도는 왕이다. 나의 인은 백성이다. 그 외는 아무래도 좋다. 우마코는 불교를 앞세워 수많은 사람들을 죽였다. 그가 믿는 것이 부처이겠느냐?"

해가 뜨고 지며 구름 속에 가린 달이 나타났다 사라지며 배는 나아갔다. 배가 나아가는 동안 왕평은 장에게 제왕학과 국제 정세를 가르쳤다.

"신흥 강국 신라의 힘은 강화된 왕권에서 나온다. 그들도 처음에는 부족 연합체로 출발했지만 강력한 왕권 아래 부족의 힘을 통합했다. 신라에 충성하기만 하면 출신이 가야든 왜든 가리지 않고 받아들여 힘을 키웠다. 왕족, 귀족뿐만 아니라 평민도 호국 무사 집단인 화랑도에 가입할 수 있다. 수장 격인 풍월주는 왕족, 귀족들이 맡지만 그들은 전시에 앞장서는 솔선수범과 죽음을 두려워하지 않는 임전무퇴의 정신으로 상하 간에 모범을 보여 왔다. 성골, 진골이 아닌 육두품들도 뛰어난 능력만 있으면 왕의 존경을 받고 나라 일에 참여할 수 있다. 그로 인해 육두품들의 수나라 유학이 활발해졌다. 넓은 세상에서 학문적 능력을 키우고 최신 문물을 익힌 자들이 돌아와 나라 일을 맡는다. 신라는 새로운 힘이 자라나는 사회다. 반면, 백제는 묵은 힘이 새로운 힘이 자라지 못하도록 억압한다. 그것이 평야가 넓어 경제적으로 풍요한 백제가 신라를 이기지 못하는 이유다. 네가 백제의 왕이라면 어떻게 하겠느냐?"

가르침의 끝은 늘 질문이었다.

"자기 부족의 이익을 우선하는 귀족들을 누르겠습니다."

"귀족들을 누르기 위해서는 어찌해야 하느냐?"

"왕권을 강화해야 합니다."

"왕권을 강화하기 위해서는 어찌해야 하느냐?"

"…."

장이 대답하지 못할 때까지 질문은 이어졌다. 장이 대답을 못하면 왕평은 더 이상 가르치려 하지 않았다. 대답해야 할 것들을 생각할 몫으로 남겨두었다. 끝없이 펼쳐진 망망대해를 보며 장은 생각하고 또 생각했다. 생각은 물결처럼 돌고 돌다 물거품처럼 파도 속으로 사라졌다. 바다를 보다 무료해지면 사람들의 눈을 피해 선화공주의 그림을 들여다봤다. 그림 속 공주를 보면 까닭 없이 가슴이 두근거렸다.

"섬이다!"

"왜다!"

외치는 소리를 들으며 장은 선실에서 나왔다. 가물거리던 섬이 가까워지자 섬 앞에 떠 있는 배들이 보였다. 십여 척 되는 배가 둥글게 원을 그렸다. 철썩, 원의 중심에서 물보라가 치며 검고 커다란 고래가 모습을 드러냈다. 배에 서 있던 사람들이 작살을 던졌다. 배들은 대장의 지시에 따라 일사불란하게 움직였다. 고래가 달려들면 달아나고 달아나면 달려들며 집요하게 공격했다. 사투를 벌이는 동안 고래 주위의 바닷물이 붉게 물들어갔다. 격렬하게 요동치다 무너지듯 쓰러진 고래는 더 움직이지 못했다.

"구다라! 구다라!"

왕평의 배를 발견한 어부들이 일어나 반절을 했다. 왕평도 웃으며 손을 흔들었다. 더 나가자 멀리 항구가 보였다. 장은 눈을 부볐다. 저 땅에 구다라베가, 형 아좌태자가, 소서노 할머니의 검이, 그림 속 선화공주가 있다.

왜의 백제

선창에 내리자 훅하고 비린내가 풍겼다. 남방이어서인지 날씨가 백제보다 따뜻했다. 그래도 겨울인데 왜인들의 입성이 변변치 않았다. 풀과 나무껍질, 가죽 같은 것을 이어 겨우 몸을 가렸다. 머리를 밀고 동물이나 물고기 모양의 문신을 한 자들이 많았다. 사나운 외양이지만 왜인들은 백제 사람들에게 더할 나위 없이 공손했다. 짐을 내릴 때 장터처럼 구경꾼들이 몰려들었다. 마중 나와 있던 백제식 옷을 입은 관원들이 왜인들을 밀어냈다. 짐을 싣고 이동하면서 보니 큰길가에 어시장이 형성돼 있었다. 백제에서 보던 물고기도 있었지만 생전 처음 보는 크고 색이 화려한 고기들이 많았다. 큰 물고기를 좌판 위에 올려놓고 돼지처럼 잘라 팔았다. 살은 하얀데 핏빛이 사람처럼 붉었다.

"참치라 부른다."

신기해서 쳐다보는 장에게 왕평이 귀띔했다. 기와집은 한 채도 보이지 않았다. 대부분 풀을 덮은 초옥들로 바닥이 땅에 닿지 않고 공중에 올라와 있었다. 길거리로 나 있는 쪽에 문을 내고 문 높이로 좌판을 올려 장사를 했다. 아이에게 젖을 물린 아낙이나 처녀들이 방에 앉아 지나는 짐수레를 구경했다.

"왜는 습기가 많은 곳이다. 벌레와 습한 것을 피하려 집을 올려 지었다. 저렇게 지으면 여름에는 습기가, 겨울에는 냉기가 오르는 것을 막을 수 있다."

왕평 옆에서 걷고 있는 장의 얼굴에 머리를 땋은 처녀들의 시선이 몰렸다. 눈이 마주쳐도 부끄러워하지 않고 웃는 모습에 장이 먼저 시선을 돌렸다. 길 끝에 큰 건물이 보였다. 이곳에서 유일하게 기와를 올린 건물이었다. 짐수레는 그곳을 향했다. 다가가면서 보니 현판에 '백제정청'이라 금박으로 쓴 글자가 보였다.

"백제에서 이주해 오는 사람들이 많아 그들의 일을 관장하는 곳이다. 왜 왕가에서 직접 관리하지만 관리들은 대부분 백제 사람들이다."

청사 문 앞에 관리들이 도열해 있었다. 맨 앞에 선 사람은 백제에서도 최상류층 귀족들이 입고 있는 자줏빛 관복을 입었다.

"왕진이 어른이시다. 이곳 청장이시고 내게는 숙부 되신다. 민달 왜왕 시절 고구려에서 온 국서를 왕진이 어른만 읽을 수 있어 명성을 사해에 떨쳤다. 조정에 중용되어 태자들을 가르치다 본인이 간청해 백제 일을 맡고 있다."

왕진이를 본 왕평이 수레를 떠나 바삐 걸었다. 장도 뒤를 따랐다.

"숙부님, 날이 찬데 안에 계시지 왜 나오셨습니까?"

"해바라기하기 좋은 날씨네. 뱃길에 고생은 없었나?"

"덕분에 무탈했습니다."

온통 하얀 백발에 금빛 관모를 썼지만 바라보는 것만으로도 따스함이 느껴질 정도로 인자한 얼굴이었다. 왕진이가 왕평 뒤에 손을 맞잡고 서 있는 장에게 눈을 돌렸다.

"전에 말씀 드렸던 그 아이입니다."

왕평의 말을 들은 왕진이가 다가와 덥석 장의 손을 잡았다.

"잘 컸구나. 오느라 고생 많았다. 들어가자."

짐정리를 끝낸 왕평 일행을 왕진이가 이끌었다. 청사 뒷편의 백제식으로 초가지붕을 올린 집으로 갔다.

"못 보던 곳입니다."

"백제에서 온 상인이 지었네. 백제 음식을 썩 잘한다네."

뱃사람들과 일꾼들이 식사를 하도록 살핀 왕평이 왕진이, 장과 함께 따로 방에 들었다. 백제 옷을 입고 백제 머리를 한 여인이 들어와 술을 따랐다. 온돌의 따뜻한 불기운 때문인지 고향에라도 온 듯 푸근한 느낌이 들었다. 식사를 마치고 상을 물린 왕진이가 물었다.

"예정보다 일찍 출발한 것 같네만?"

왕평이 품에서 해진이 화살에 묶어 보낸 편지를 꺼냈다.

"요사스러운 여인이 보낸 글입니다."

편지를 보던 왕진이의 얼굴이 굳어졌다.

"어떻게 할 생각인가?"

"태자와 우마코 대련을 설득해 왜의 군사를 이끌고 돌아갈 계획입니다."

"동족끼리 전쟁이라도 하겠다는 뜻인가?"

"피할 수 없다면 전쟁도 불사하겠습니다."

"다른 방법은 없겠는가?"

"정사암회의가 이미 저들에 의해 장악됐습니다. 저들은 신라의 화랑제도를 극복한다는 명분을 내세워 귀족 자제들로 구성된 단체를 만들었지만 실은 대성팔족의 자제들을 볼모로 잡아두기 위한 계략입니다. 팔족들도 그 사실을 알지만 마지못해 따르고 있습니다. 왕족인 부여계를 허울뿐인 수장 자리에 앉혀 놓고 실권은 해씨의 장남인 내신좌평 해연이 틀어쥐고 있습니다."

"그래도 전쟁은 피해야 하네. 내전 중 신라나 고구려에서 쳐들어오기라도 하면 어찌하려 그러나?"

"눈치 채지 못하도록 속전속결로 처리할 생각입니다. 대를 위해서는 어느 정도 소를 희생할 수밖에 없습니다. 명분은 우리 쪽에 있습니다."

"태자가 그 계획에 동의할까?"

질문을 들은 왕평의 얼굴이 굳어졌다.

"설득하겠습니다."

"태자는 불가에 귀의하려 하네. 섭정을 맡은 성덕태자를 돕느라 미루고 있는 것뿐이네."

"왕족은 하늘의 명을 받아 백성을 다스립니다. 왕족이라도 하늘의 명을 거역할 수는 없습니다."

단숨에 술잔을 비운 왕평이 스스로에게 다짐하듯 말했다.

"왕족도 사람일세. 태자는 이미 충분한 상처를 입었네. 태자가 왕의 자리를 원하지 않는 것은 자네가 더 잘 알지 않는가."

왕진이가 왕평의 잔에 술을 따르며 말했다. 왕평이 답하려 할 때 왕진이가 장을 보며 물었다.

"한비자는 읽었느냐?"

"읽었습니다."

"한비는 난세편에서 모순에 대해 이야기했다. 기억하고 있으면 말해 봐라."

"초나라에 창과 방패를 파는 상인이 있어 창으로는 모든 방패를 뚫을 수 있고 방패로는 모든 칼이나 창을 막을 수 있다고 말했습니다. 듣고 있던 사람이 자네 창으로 자네 방패를 찌르면 어떻게 되나? 물으니 답하지 못했습니다."

"그 창으로 그 방패를 찌르면 어찌 되겠느냐?"

장은 답하지 못했다. 창이 부러지든가, 방패가 뚫리든가 할 것이다. 어떤 경우든 상인은 거짓말을 한 것이 된다.

"창이 방패를 뚫고 방패가 창을 막을 수는 없겠느냐?"

그런 일은 있을 수 없다. 하지만 상대는 왜를 넘어 삼국에 명성을 떨치고 있는 천재지략가 왕진이였다. 장은 대답을 삼갔다.

"답을 듣고 싶으면 내일 아침 나를 찾아오너라."

말을 마친 왕진이가 악사를 불렀다. 귀에 익은 백제 음률이 흘러나왔지만 왕평의 얼굴을 감도는 긴장은 풀어지지 않았다. 장의 귀에는 모순이라는 단어만 나비처럼 맴돌았다.

어둠이 가시기 전에 일어난 장은 왕진이의 숙소 앞에서 기다렸다. 볼에 차가운 기운이 느껴졌다. 손바닥을 내밀어 보니 눈이 내리고 있었다. 불이 켜지고 왕진이가 의관을 갖췄을 무렵 장이 헛기침을 했다.

"잘 잤느냐."

"예, 밤새 안녕히 주무셨습니까."

예의 따뜻한 미소로 방문을 나선 왕진이가 장처럼 허공에 손을 뻗었다.

"눈이 오는구나."

"예, 그렇습니다."

"이곳은 눈 구경하기가 힘든 곳인데 반가운 손님들이 와서 눈이 내리는가 보다. 고향에도 눈이 왔느냐?"

"예, 내렸습니다."

왕진이의 시선이 먼 하늘가에 머물렀다. 눈이 내리는데 하늘 한 편에서는 붉은 기운이 오르고 있었다. 눈은 땅에 닿자마자 흔적도 없이 사라졌다.

"아침 공기가 좋구나. 함께 산책이나 하자."

왕진이가 앞서고 장과 돗자리를 든 하인이 뒤를 따랐다. 낮에 시끌시끌하던 시장은 불빛 하나 없이 조용했다. 눈 내리는 새벽 낯선 초옥들 속에 이방의 사람들이 자고 있다고 생각하니 신비로운 느낌이 들었다. 생선쓰레기를 뒤지던 까마귀가 사람 발소리에 놀라 푸드득 날아올랐다. 백제의 까마귀보다 크고 검었다. 바다가 보이는 길 끝에 왕진이가 서자 하인이 돗자리를 폈다. 옷매무새를 가다듬은 왕진이가 바다를 향해 절을 했다. 장도 왕진이를 따라 절했다. 둘은 흔들리는 바다를 바라봤다. 바다 저 편에 백제 땅이 있다. 백사장으로 내려가는 왕진이를 장이 따랐다.

"세상은 모순투성이다. 그렇지 않느냐? 백제와 고구려는 형제 국인데 왜 그렇게 원수처럼 싸우느냐? 백제와 신라는 사돈 간인데 왜 또 그렇게 싸워야 하느냐? 해씨는 귀족으로서 그만한 영화를 누리면 되었지 왜 왕권을 노리느냐? 위덕왕은 왕좌를 떠나고 싶어 하는데 왜 떠나지 못하게 붙잡아 두느냐? 아좌는 왕이 되기 싫다 하는데 왜 왕 노릇을 시키려 드느냐? 세상은 모순투성이다. 그렇지 않느냐?"

"그렇습니다."

장의 대답을 들은 왕진이가 어린아이처럼 웃었다. 세상은 모순투성이였다. 자신만 하더라도 어머니 수련과 편안하게 사는 게 꿈이었지만 알 수 없는 물결에 실려 여기 왜까지 흘러왔다.

"그러니 세상이 모순투성이란 것을 인정하자."

대답을 기다린다는 표정으로 왕진이가 장의 얼굴을 보았다.

"그렇게 하겠습니다."

"모순을 인정해야 모순을 풀 수 있다. 세상에 풀 수 없는 문제는 없다."

주위를 둘러보던 왕진이가 나뭇가지를 주위 물이 빠져나간 모래밭에 글을 쓰기 시작했다.

"평이는 태자와 왜의 군대가 백제로 가기를 원한다. 무엇을 위해서이겠느냐?"

"해씨 세력을 누르고 왕권을 세우기 위해서입니다."

"맞다. 영특하구나."

왕진이가 '태자와 왜의 군대가 백제로 가야 한다'는 글에서 오른쪽으로 한 걸음을 옮긴 자리에 '해씨 세력을 누르기 위해서'라고 썼다. 다시 처음 자리로 돌아온 왕진이가 전에 쓴 글 아래 새로운 글을 썼다.

"나는 '태자와 왜의 군대가 백제로 가지 않아야 한다'고 생각한다. 무엇 때문이겠느냐?"

"내전을 막기 위해서입니다."

"맞다."

왕진이가 '태자와 왜의 군대가 백제로 가지 않아야 한다'라는 글 옆에 '내전을 막기 위해서'라고 썼다.

"보다시피 나와 평이의 생각은 다르다. 모순투성이 세상에 서로 다른 생각들이다. 너라면 이 모순을 어떻게 풀겠느냐?"

답하기 어려운 질문이었다. 왕평의 생각도 일리가 있고 왕진이의 생각도 일리가 있다. 왕진이의 질문은 누가 옳으냐, 어떤 것을 선택하겠느냐가 아니었다. 두 의견 사이의 모순을 풀라는 것이었다. 날이 훤하게 밝아오도록 장도 왕진이도 움직이지 않았다. 장이 모래밭 글자를 보는 동안 왕진이는 먼 하늘 갈매기 날개 짓에 시선을 두었다. 밀려 내려갔던 물이 다시 밀려올라와 아래 글자를 지우기 시작했다.

"해결책은 직선이 아닌 대각선에 있다고 생각합니다."

웃음을 머금은 왕진이가 다가와 떨어져 있는 네 개의 문장 사이에 두 개의 대각선을 그었다. 발목이 물에 잠겼다.

"총명하구나. 장아. 총명하구나. 장아."

물 아래서 새롭게 연결된 문장들이 햇빛을 받아 반짝반짝 빛났다. 모순의 해결책은 태자와 왜의 군대가 백제로 가되 내전을 예방하거나, 태자와 왜의 군대가 가지 않더라도 해씨 세력을 누르는 방법을 찾는데 있었다.

"가서 아침밥을 먹자. 식사 후에 네게 가르칠 것이 많다."

큐슈의 백제정청을 떠난 배는 혼슈로 향했다. 왜는 잠에서 깨어나는 땅이었다. 바닷가마다 이주해온 백제의 백성들이 마을을 개척했다. 백제인들은 물길을 따라 큐슈와 혼슈의 내지까지 찾아들어갔다. 이 모든 일이 먼 옛날 백제를 떠난 소주몽에게서 비롯

되었다. 왜인들과 백제의 도래인들은 이제 그를 나라의 신으로 받들었다. 바닷가 마을들을 스쳐 지나며 장은 왕진이의 가르침을 되새겼다.

"문제가 사람을 떠났던 적은 없었다. 사람은 늘 문제에 에워싸여 살았다. 동물을 사냥하는 것도, 땅을 개간하는 것도, 불을 다루는 것이 모두 문제였다. 하지만 사람은 문제에 지지 않았다. 한 사람이 문제를 풀다 쓰러지면 다른 사람이 달라붙었고 그 사람이 쓰러지면 또 다른 사람이 달라붙었다. 절름발이 자라가 반보로 가도 천리를 가듯 되풀이되는 자연과의 싸움에서 사람들이 이기기 시작했다. 그 정점에 선 사람이 요와 순이었고 요순시대는 인류가 최초로 태평성대를 기뻐하는 노래를 부르기 시작한 시대였다."

먼 바닷가 마을에 나무 기둥이 섰다. 사람들이 합심하여 나무를 이어 만든 벽을 밀어올리고 있었다. 끊어질 듯 이어질 듯 가는 노랫소리가 들려왔다. 익숙한 백제의 가락, 힘을 모을 때 부르는 노동요였다.

"배가 부르자 탐욕이 생겼다. 가진 자는 더 가지려 하고 빼앗긴 자는 다시 빼앗고자 싸웠다. 자연과의 싸움에 이긴 인간들은 자기들끼리 싸우기 시작했다. 이제 인간 사이의 관계가 인간의 주된 문제가 되었다. 법가, 유가, 묵가, 도가, 제자백가는 그런 인간관계의 문제를 풀고자 한 노력의 산물이다. 하지만 어떤 사상도 사람들 사이의 문제를 완벽하게 해결하지 못했다. 인간의 탐욕이 끝이 없기 때문이다. 탐욕이 끊임없이 변하기 때문이다. 장아, 너는 네가 무엇을 원하는지 알고나 있느냐?"

육지가 멀어져갔다. 배는 다시 망망대해 한 점으로 흔들렸다. 철이 들 무렵 장은 꽃님이를 원했다. 어머니가 떠나자 어머니를 원했다. 소서노의 검을 얻으려 했고 왕평을 만난 후 해진과 해씨 세력을 누르기를 원하고 있다. 다음에 또 무엇을 원하게 될지 알 수 없었다. 장은 답하지 못했다.

"사람들은 원하는 것을 잊었다. 원하는 것이 무엇인지 기억하지도 못하면서 사람들은 싸우고 있다. 오랜 세월 싸우는 동안 싸움 자체가 목적이 됐다. 싸움에 이기면 원하는 것을 얻을 수 있다고 생각하지만 망상이다. 꽃을 꺾어 꽃을 얻을 수 없고 새를 잡아 새소리를 누릴 수 없다. 장아, 사람 사이에 문제가 생기면 먼저 그가 원하는 것을 떠올리게 해라. 그가 꽃을 원하면 꽃밭으로 데려가고 새소리를 원하면 새를 잡지 않고도 새와 더불어 살 수 있음을 깨닫게 해라. 내 생각대로만 하려해서는 안 된다. 상대방의 말을 따라서만도 안 된다. 해결책은 늘 네 생각과 상대의 생각을 가로지르는 사선에 있다."

장은 물 위에 장대로 사선을 그었다. 물결이 선을 지우면 다시 그었다. 지워지면 다시 긋고 지워지면 다시 그었다. 절룩거리는 자라 한 마리가 물결을 헤치며 조금씩 나가는 모양이 보이는 듯 했다. 이 길 끝에서 또 누구를 만나게 될까? 선화공주를 만나게 될까? 알 수 없었다. 모든 것이 불분명 했다. 장은 잊고 있던 선화공주의 그림을 꺼내 들여다보았다. 서기는 지워지는 것을 그림으로 남겼다.

　배는 밤에 혼슈의 구다라베로 들어갔다. 배를 탄 채 마을 깊숙
이 들어갈 수 있도록 물길을 열었다. 마을 사람들이 대낮처럼 횃
불을 밝혀 뱃길을 인도했다. 배에서 내리자 바로 백제의 조상을
모신 사당으로 오르도록 계단을 놓았다. 족장과 원로들이 양 옆에
도열해 왕평 일행을 맞았다. 왕평이 가볍게 인사를 하고 사당으로
올라갔다. 어떻게 연락이 닿았는지 제를 올릴 준비를 마치고 기다
렸다. 장은 왕평을 따라 절했다. 백제에서 배가 들어오면 마을에
서는 잔치가 벌어졌다. 잔치가 무르익을 무렵 왕평이 가져온 선물
을 꺼냈다. 금동미륵반가사유상을 본 족장과 마을 사람들의 탄성
이 그치지 않았다.

　"그렇지 않아도 절을 세우고 있었습니다. 어떤 부처님을 모실
까 의논 중이었습니다. 금동으로 만든 부처님은 처음 봅니다. 아
름다움도 아름다움이지만 광채에 눈이 멀 듯 합니다. 고맙습니다.
온 정성을 다 해 모시겠습니다."

　"절 이름은 지었습니까?"

　"억울하게 돌아가신 왕비님 이름을 땄습니다."

　족장이 품에 간직한 비단을 꺼냈다. 흰 비단 위에 '반야사'라는
세 글자가 적혔다. 억울하게 돌아가신 왕비라 하면 누구를 말하는
것일까? 여기는 연씨 마을이고 목왕비는 살아있다. 절 이름을 보
면 반야라는 이름을 가진 왕비일 것이다. 잔치가 끝나자 족장과

자리를 함께 한 왕평이 이번 항해의 목적을 말하고 도움을 청했다.

"왜의 군사와 왜에 있는 백제의 군사를 모아 백제로 돌아가 해씨를 누르고 왕권을 세우려 합니다. 도와주십시오."

"고향땅을 떠나 살지만 한시도 고향을 잊은 적이 없습니다. 몸은 왜에 살지만 우리의 왕은 백제의 왕 한 분뿐입니다. 거사 일을 알려 주시면 군사와 물자를 준비하겠습니다."

늙은 족장의 눈에 눈물이 맺혔다. 족장의 눈물을 보며 장은 조국이 무엇일까 생각했다. 문밖에 나서 하늘을 보니 백제처럼 둥근 보름달이 바닷가 마을을 포근하게 비췄다. 백제의 하늘처럼 별은 밝게 웃었고 바람은 코끝을 간질거리며 상큼하게 지나갔다. 초가지붕 아래 홍시 같은 등잔불 몇이 따스했다. 불빛 곁에서 아낙이 바느질을 하거나 어린 시절의 장처럼 아이가 책을 읽고 있을 것이다. 마을의 모양은 백제와 다름없지만 이곳에는 백제에 없는 평화가 있다. 족장은 그 평화를 희생하더라도 나라를 위하겠다고 답했다. 왕은 무엇을 하고 있는가? 장은 얼굴도 모르는 아버지가 원망스러웠다. 아들은 물론 백성도 버렸지만 백성들은 여전히 왕을 따르고자했다.

구다라베를 떠난 배는 세토 내해로 들어섰다. 북으로는 혼슈가 남으로는 시코쿠가 거센 파도를 막아 내해는 호수처럼 잔잔했다. 소주몽이 개척한 이 길고 잔잔한 물길의 끝에 나라와 왜왕이 살고 있는 아스카가 있었다. 내해 주변 어디에도 백제 마을이 세워지지 않은 곳이 없었다. 왕평은 큰 마을마다 들러 금동미륵반가사유상과 백제의 물건을 전하고 음식물과 물을 실었다. 왕평에 대한 족장들의 신뢰는 깊었다. 그를 만난 족장들은 모두 거사에 동참할 것을 약속했다. 백제에 돌아갈 때는 군사를 이끌고 이 길을 거슬러 올라가리라. 세토 내해 중간쯤 들어섰을 때 왕평이 명했다.

"제를 올릴 준비를 해라."

뱃사람들이 익숙하게 제상을 준비했다.

"반야희 왕비가 몸을 던지신 곳이다. 반야희 왕비는 성왕 폐하의 따님이시고 용명왜왕의 비였다. 동생이 진흥왕의 소비로 가는 것을 반대해 백제의 군사를 이끌고 신라를 치려 나아가다 뒤따라온 왜왕의 군사에게 길이 막혔다. 삼 일간을 대립하다 수치심에 바다에 몸을 던지셨다. 다음 해 성왕 폐하께서 돌아가셨다."

왕평의 설명을 들으며 장은 구다라베에 세운다는 반야사를 떠올렸다. 왜는 백제의 땅이었다. 구석구석 굽이굽이 백제의 사연이 숨 쉬고 있었다. 이곳 백제 사람들은 반야희 왕비의 치욕을 잊지 않았다. 잊히지 않은 치욕은 거대한 태풍이 되어 백제와 신라로 북상할 준비를 했다. 왕평이 태풍을 일으켰고 왕진이는 북상하려는 태풍을 막고자했다.

반야희 왕비께 제를 올리고 배는 순조롭게 나라로 나아갔다. 나라 지방은 큰 섬에 불과하던 왜에 최초로 나라가 생긴 곳이다.

그래서 이름이 나라가 되었다. 나라의 수도는 아스카였다. 아스카
는 한자로 백제인들이 이곳에 와서 비로소 쉴 수 있었다는 뜻의
안숙(安宿)으로 쓰다가, 지금은 날이 새는 곳이라는 뜻의 비조(飛鳥-
날새), 명일향(明日香)으로 썼다.

　나라 항으로 들어가는 물길에 눈이 내렸다. 어른 손바닥만한
커다란 눈이 천천히 내려와 물에 닿자마자 내리지 않은 듯 사라졌
다. 흰 나비가 하늘하늘 날아가는 들판이나 흰 오징어떼가 유영하
는 푸른 물속을 지나는 듯했다. 장은 볼을 쓰다듬는 차가운 손길
에 얼굴을 맡겼다. 거울같이 잔잔한 수면에 얼굴을 비춰보았다.
물에 닿은 눈이 가늘게 떨며 지워지는 순간에 여러 얼굴들이 나타
났다 사라졌다. 얼굴들은 웃는 듯 우는 듯했다. 낯익은 어머니 얼
굴이면서 낯선 아버지 얼굴이기도 했다. 바라보고 있는 사이 표정
들이 변해 갔다. 표정은 사랑과 미움 사이를 오갔다. 큰 고깃배가
작은 고깃배로 바뀌며 항구가 조금씩 가까워졌다. 작은 고깃배들
에서 왜녀들의 노랫소리가 들려왔다. 음을 맞춰 낮은 곳에서 높은
곳으로 하늘 끝까지 치닫던 소리들이 잠시 멈추는가 싶더니 정신
을 아득하게 울리는 무수한 떨림 소리가 사방으로 퍼졌다. 혀에
잘려나간 소리들이 허공과 수면을 토막 내며 뻗자 소리를 피해 달
아나던 눈들이 허둥지둥 내리던 곳과 다른 곳에 빠져 사라졌다.
장은 사라지려는 얼굴들에서 시선을 떼지 않았다. 얼굴들은 결국
하나의 얼굴이었다. 하나의 얼굴이 모든 얼굴들이었다. 얼굴 가운
데서 날치가 뛰어올랐다. 날치떼는 나비 같은 눈을 향해 보이지

않는 소리를 향해 뛰었다. 허공을 가르다 날치의 검푸른 등에 부딪힌 소리들이 뚝뚝 떨어지며 소낙비소리를 냈다. 날치가 떨어지는 물에 둥근 원이 번졌다. 번지는 원이 다른 원을 만나면 서로를 파고들며 새로운 모양을 만들었다. 앞서거니 뒤서거니 날아오르던 날치 떼들이 바다로 사라지자 뜨문뜨문 하던 눈송이도 바람을 타고 먼 하늘로 사라졌다. 장은 고개를 들었다. 눈 쌓인 산 구름을 뚫고 나온 햇빛이 눈부셨다. 꽃 지듯 눈은 사라질 것이다. 꽃 지기 전, 눈 녹기 전, 사라지기 전 해야 할 일이 있었다. 산에서 날아오른 하얀 새가 배를 지나 먼 바다로 날아갔다. 장의 마음은 설산을 넘어 아스카를 향했다.

아좌태자

아스카는 백제의 또 다른 수도였다. 백제에서 실어온 기와와 와당으로 지어진 집들이 눈이 미치는 곳까지 뻗어 있었다. 심심치 않게 백제 옷을 입은 사람을 볼 수 있었고 복색을 보아 대부분 그들은 귀족이었다. 백제 옷을 입은 사람들이 구름같이 사천왕사로 몰려갔다.

왜에 불법을 열려는 소가 우마코 대신을 저지한 것이 유게 모리야 대련이었다. 모리야 대련은 국신을 배척하고 외국의 신을 숭상한다는 이유를 내세워 우마코 대신이 지은 절을 불태우고 타다 남은 불상을 호리 강에 던져버렸다. 우마코가 모시던 여승들을 잡아 옷을 벗기고 매질을 했다. 복수의 때를 노리던 우마코는 불교에 호의적인 요메이가 왕위에 오르자 군신들을 자기 주위에 모았다. 요메이 왕이 서거하자 모리야 대련의 모노노베 씨족은 다른 왕자들을 모두 제거하고 아나호베 왕자를 왕으로 만들려 했다. 음모를 눈치 챈 우마코 대신은 군신들을 결집하여 성덕태자와 함께 모리야 대련을 쳤다. 모리야 대련의 저항은 완강했다. 성덕태자와 우마코 대신은 나무로 사천왕상을 만들어놓고 싸웠다. 승리하면 반드시 사천왕을 받들어 모시고 절과 탑을 세워 불법을 널리 펴겠다고 맹세했다. 전투에 승리한 우마코는 모리야 대련과 아들들을 잡아 죽이고 사천왕사를 세웠다. 모리야 대련과의 싸움에서 승리한 우마코의 권세는 하늘 높은 줄 모르고 치솟았다. 요메이 왕의 뒤를 이은 스슌 왕이 우마코를 견제하자 우마코는 스슌 왕을 제거한 후 여자인 스이코를 왕으로 세우고 군신들에게 존경받는 성덕태자를 섭정으로 내세워 정사를 총괄하게 했다. 스이코 원년 사천왕사의 기둥을 세우는 날, 우마코 대신과 백여 명의 사람들이 백제 옷을 입고 즐거워했다. 우마코는 이날을 기념일로 선포하고 매년 축제를 열었다. 우마코와 모리야의 대립 이면에는 백제계와 토착 귀족들의 세 다툼이 숨어 있었다. 싸움은 불법을 앞세운 백제계가 승리했다. 우마코의 소가씨는 백제의 목씨에 연원을 두었다.

사천왕사 축제에서 왕평이 가져온 금동미륵반가사유상이 공개되었다. 이로써 백제에서 가져온 여덟 개의 금동미륵반가사유상을 모두 전했다. 왜에 있는 팔족 중 칠족과 왕실이 금동미륵반가사유상을 받았다. 해씨 일족에게만 금동미륵반가사유상을 전하지 않았다. 금속을 가공해 목불보다 섬세하고 뛰어나게 표현한 백제의 선진 기술을 접한 사람들이 놀라움과 탄성을 금치 못했다. 아름다움에 취한 귀족과 백성들이 절하며 눈물을 흘렸다.

"모리야가 살아난다고 해도 이제는 불상을 태울 수 없겠군. 타지 않을 테니까."

기분이 좋아진 우마코가 너털웃음을 터뜨렸다. 숙적과의 싸움에서 승리한 자의 웃음 속에 알 수 없는 슬픔이 어려 있었다. 장에게는 웃음소리가 그렇게 들렸다. 우마코는 왜소한 체구에 눈매가 날카로운 사람이었다. 비다쓰 왕이 죽었을 때 칼을 차고 조사를 읽는 우마코를 모리야는 '꼴이 마치 참새가 화살에 꿰어 있는 것 같다'고 비웃었고 모리야가 손발을 떨며 조사를 읽자 이번에는 우마코가 '그놈의 떠는 손발에 방울을 달아매야겠다'며 비웃었다. 성덕태자에게 섭정을 맡기고 이선으로 물러나 있지만 실질적인 힘은 우마코에게 있었다. 성덕태자는 출생 직후 말을 했으며, 성현의 지혜가 있어 열 명의 송사를 한꺼번에 듣고 즉시 정확한 판정을 내려 지켜보던 사람들을 놀라게 했다. 그는 고구려 승려 혜자에게서 불교를 배우고 가쿠카 박사에게서 유교를 배워 불교와 유교에 모두 통달했다. 지적이면서도 성품이 온화해 백성들이 모두 존경했다.

"은솔이 왔으니 바둑을 둬야겠군."

노래하며 춤추는 백성들을 무료하게 보고 있던 우마코가 말했다.

"그렇게 하시지요."

우마코는 성덕태자에게 자리를 맡기고 가마에 올랐다. 왕평과 장이 말을 타고 뒤를 따랐다. 우마코의 가마가 지나가는 것을 본 백성들이 우르르 무릎을 꿇었다. 대신의 집은 크고 넓고 깊었다. 금칠을 한 기와에 햇빛이 반사돼 집은 광휘로 불타오르는 듯 했다. 대문을 지나서도 가마는 한참을 더 들어갔다. 건물 몇 채를 지나자 인공으로 조성한 숲이 나타났다. 바람이 스치는 삼나무 사이 연못에서 맑은 물이 흘렀다. 삼나무마다 매달아 둔 새장에서 새가 울었다. 흰 비단을 둘러 바람을 막은 정자 가운데 황금 바둑판을 준비해놓고 두 시녀가 시립했다. 우마코와 왕평이 마주보고 앉았다. 장은 계단 아래 섰다. 시녀가 귀갑무늬를 새긴 육각형 모양의 바둑함을 열었다.

"제가 먼저 놓겠습니다."

"그렇게 하시게."

왕평이 검은 돌 하나를 들어 오른쪽 화점에 놓았다. 상아로 만든 바둑알에는 나뭇잎을 물고 나는 새 모양이 상감되어 있었다.

"왕실의 힘을 빌려야겠습니다."

왕평이 단도직입으로 말했다. 우마코는 왕평이 놓은 자리와 대각선으로 반대쪽의 화점에 돌을 놓았다.

"모리야와 충분히 싸웠네. 지금은 나라를 정비할 때네."

"목왕비가 유폐돼 있습니다. 왕비는 대신의 사촌입니다."

왕평이 떨어진 다른 화점 아래 돌을 놓았다. 우마코도 멀리 다른 화점 위에 돌을 놓았다.

"몸이 유폐되기 전에 이미 마음이 유폐되었네. 위덕왕께서는 왕비도 나라도 돌보지 않았네. 싸우고자 하는 사람이 없는데 대신 싸워 줄 바보는 없네."

"해씨가 득세하면 백제 땅에 목씨가 몸 둘 곳이 없어집니다."

십여 수를 두었지만 두 사람의 바둑알을 한 번도 부딪치지 않았다.

"백제에 목씨가 살지만 이곳 왜에는 해씨가 살고 있네. 지난 번 해왕비를 만났네. 그렇게 어리석은 사람으로 보이지 않았네. 왕께서 너무 하셨네. 천하절색 두 여인을 생과부로 만들었으니…. 여인이 한을 품으면 오뉴월에도 서리가 내린다 하지 않는가."

우마코가 쓰게 웃었다. 왕평의 돌이 가운데 천원을 향했다.

"그렇다 하여 하늘이 무너지는 것을 지켜보고 있을 수만은 없습니다. 부여씨로 육백 년을 이어 온 나라입니다."

중앙에서 처음으로 두 돌이 맞붙었다.

"누가 하늘이 무너진다 하는가?"

"정사암회의가 이미 저들 수중에 장악됐고 해씨 일족인 내신좌평 해연이 왜에서도 여자가 왕이 됐으니 백제라고 여자가 왕이 되지 못할 이유가 없다고 공공연히 떠들고 있습니다."

"고약한 놈이군."

우마코의 양미간이 꿈틀댔다. 바둑판이 치열한 접전 양상으로 돌변했다. 두 사람은 한 치의 양보도 없이 싸웠다.

"아좌태자를 생각하십시오. 해씨가 왕이 되면 태자는 돌아갈 곳이 없어집니다. 대신께서는 태자를 친자식처럼 사랑하지 않습니까?"

"태자는 왕이 되고 싶어 하지 않네."

"왕이 되셔야 합니다. 하늘이 어떻든 태양은 뜹니다. 하늘에 태양이 없을 수 없습니다."

왕평의 말을 들은 우마코가 돌을 든 채 태양을 바라봤다. 바람이 휘장을 열어젖히자 희끗희끗한 눈송이가 물 위에 떨어졌다. 눈이 시린 우마코가 돌을 잘못 놓았지만 왕평은 공격하지 않았다. 침묵하던 우마코가 말했다.

"태자가 백제로 돌아간다면 군사를 내겠네. 섭정도 태자를 형처럼 따르니 반대하지 않을 걸세."

"태자는 어디 계십니까?"

"이곳에서 백리 쯤 떨어진 곳에 있네. 땅을 달라하여 땅을 내줬네. 그곳에서 바위산을 쪼아 백 척이나 되는 석불을 만들고 있다하네. 정말 대단하지 않은가. 백척간두에서 백척석불을 만들고 있으니."

우마코가 웃음을 터뜨렸다. 왕평은 웃지 않았다. 두 사람은 남은 바둑을 끝냈다. 왕평이 한 수 차이로 졌다.

"자네는 야박한 사람이네. 늘 한 수 차이로 이기니 이겨도 기분이 개운치 않아. 자네를 적으로 둔 해왕비도 마음이 편치만은 않을 거야. 저 아이 이름이 뭐라 했나?"

우마코가 휘장 밖에 서 있는 장을 보며 말했다.

"예, 그렇습니다. 왕무라 합니다."

밖으로 나온 우마코가 바둑알 하나를 장에게 내밀었다.

"이건 기념으로 네게 주마. 싸워야 한다면 이겨라."

바둑알을 건넨 우마코가 너털웃음을 터뜨리며 정원을 떠났다. 웃음소리에 놀란 새들이 포롱포롱 울었다. 나뭇가지에 쌓인 눈이 우수수 쏟아졌다.

왕평과 장은 아침 일찍 궁의 숙소를 떠났다. 하늘은 푸르고 구름은 맑았다. 엷게 쌓인 눈이 먼지에 섞여 말발굽에 날렸다. 아좌가 사는 곳은 고원지대였다. 인가하나 없는 가파른 산길을 두 사람은 말을 타고 끌며 나아갔다. 발아래 먼 계곡 사이로 흐르는 검은 물 흰 거품이 두 사람의 길을 인도했다. 말에서 내려 가파른 산길을 오르며 장은 왜 왕평이 우마코에게 자신의 진짜 신분을 밝히지 않았을까 의문했다. 왕의 피를 타고 났다한들 귀족인 왕평의 눈에는 자신이 이름 없는 서자에 불과할지 모른다는 생각이 들었다. 먼 훗날 태자와 갈등하고 왕의 자리를 넘볼지 모르니 미리 싹을 잘라두려는 것인지도 몰랐다. 왕평이 아니면 왜 땅에서 자신의 신분을 밝혀줄 사람은 없었다. 어쨌거나 장은 자신과 같은 피를 타고난 남자를 보고 싶었다. 풍문으로만 들어온 그 남자가 어떻게 생겼을까 궁금했다.

'나와 닮았을까, 아니면 아버지를 닮았을까, 나는 또 누구를 닮았을까?'

선화공주 사는 곳을 알지 못했다. 그림을 전하고 싶었지만 신라인들이 사는 곳을 물을 사람도 틈도 없었다. 백제인들은 정청에 신고만 하면 왜 땅 어디서든 자유롭게 살 수 있지만 신라인과 고구려인들은 귀화인으로 분류돼 정해진 지역에서 살아야 했다. 시야가 탁 트이며 너른 고원이 펼쳐졌다. 장은 잠시 너른 바다 앞에 선 듯한 착각에 빠졌다. 키 낮은 마른 풀들 사이로 푸른 바람이 불어왔다. 바람 불 때마다 풀들이 파도처럼 일렁거렸다. 고원지대지만 사방을 산들이 막아 기후가 온화했다. 해의 왼편 산에서 연기가 치솟고 있었다. 산불인가 했더니 산불이 아니었다. 나무 하나 없는 바위뿐인 봉우리에서 연기가 솟았다.

"화산이라 한다. 산속에 있는 바위와 흙이 타고 있는 것이다."

거대한 구름 기둥 모양으로 솟아오른 연기가 바람을 타고 해를 가리며 강처럼 흘렀다. 장이 놀라 바라보는 사이 고원 저쪽에서 또 다른 불길이 솟았다. 불은 맹렬한 기세로 마른 풀들을 태우며 멀리서부터 몰려왔다. 타다닥 타다닥 불길에 갇힌 나무들이 생솔가지 타는 소리를 내다 선 채로 재가 되었다. 바람의 방향을 살피던 왕평이 산으로 올라 말을 불이 몰려오는 뒤편 길로 몰았다.

"화전이다. 농사지을 채비를 하는 것이다. 불에 타고 남은 재가 거름이 된다."

고원인데도 물이 흐르고 있었다. 왕평과 장은 습지에 머물렀다. 습지 사이에 지난 계절에 피었다 마른 꽃들이 줄기만 남아 바람에 흔들거렸다. 불은 빠르고 사나웠다. 순식간에 풀들을 다 먹어치운 불이 습지로 몰려와 넘실거렸다. 가장자리에 있던 마른 꽃들이 연약한 소리와 함께 한 줌 재로 변했다. 꽃줄기를 다 태우고도 성이 차지 않은 불은 습지의 물을 끓여 수증기를 피어 올렸다.

"오늘은 불과 인연이 많구나. 아무래도 더운 날이 될 듯하다."

사그라지는 불을 지켜보던 왕평이 특유의 냉담한 표정으로 말했다.

"화전민이 살고 있을 것이다. 요기라도 하고 가자."

왕평과 장은 습지를 빠져나와 검불이 검은 벌레처럼 날리는 고원을 지나갔다. 고원 끝에 납작한 풍뎅이 모양의 움집 몇 채가 보였다. 나뭇가지를 삼각형으로 쌓아 불을 피운 곳에 사람들이 모여 식사를 하고 있었다. 입성이 변변치 않은 그들의 살색은 재처럼 검었다. 왕평이 말을 건넸다. 장이 처음 듣는 언어였다. 구수한 보리죽 냄새가 허기를 느끼게 했다.

"태자는 이곳에서 '구로'라는 이름으로 살고 있다. 구로는 왜말로 검다는 뜻이다. 얼마나 검어졌을지 보고 싶구나."

내색하지 않으려 했지만 장은 왕평의 떨리는 목소리를 느낄 수 있었다.

"태자는 저 불기운 솟아오르는 화산에 살고 있다."

말을 움집 사람들에게 맡기고 화산으로 올랐다. 길은 지나온 습지 뒤편에 있었다. 얼마 오르지 않아 왕평과 장은 태자가 살고 있는 흔적을 발견했다. 산의 커다란 바위마다 백제에서 흔히 볼 수 있는 부처상을 새겼다. 비로자나불, 아미타불, 노사나불, 미륵불, 부처의 모양은 달라도 웃고 있는 얼굴들이 비슷했다. 백제인들은 자신이 존경하고 사랑하는 사람의 얼굴을 불상에 담았다. 가까이 다가가 부처의 얼굴을 살피던 왕평의 얼굴이 어두워졌다. 비슷한 게 아니었다. 불상의 얼굴들은 모두 하나의 얼굴이었다. 누구의 얼굴일까? 궁금했지만 장은 묻지 않았다. 군데군데 뜨거운 물이 솟는 온천이 있어 고래처럼 물을 뿜으며 흘렀다. 수증기에 씻긴 바위들과 기괴하게 굳은 용암으로 산길은 황량한 지옥도 같았다. 이 삭막한 곳에서 한 사람의 얼굴을 새기고 있는 태자의 마음을 장은 헤아릴 수 없었다.

"다 온 것 같구나."

왕평이 앞을 막고 솟아오른 검은 절벽을 손짓했다. 백 척이나 되는 절벽 가득 삼존불을 새겼다. 검은 바탕에 검은 부처들은 언뜻 보아서는 눈에 들어오지 않았다. 거대한 여래입상을 가운데 두고 오른쪽에 보살입상, 왼쪽에 반가사유상을 조각했다. 채 완성되지 않아 흐릿한 윤곽만 나타났지만 얼굴이 산 아래 부처상들을 닮았다. 절벽 위에서 몸을 묶고 내려와 돌을 쪼았는지 늘어진 칡덩굴 몇 가닥이 바람 불 때마다 스산하게 흔들렸다. 절벽 아래에서 움집을 발견한 왕평이 바삐 걸음을 옮겼다. 다급하게 문을 밀치고 들어섰지만 사람은 없었다. 사람 하나 겨우 누울 자리 옆에 씹다 남은 칡뿌리가 말라가고 있었다. 버려진 칡뿌리를 들어 살피던 왕평의 눈에서 주르륵 눈물이 흘러내렸다. 장은 처음 왕평의 눈물을 보았다. 차갑고 냉정해서 파란 피가 흐를 것 같던 스승이었다. 스승의 눈물에 민망해진 장은 슬며시 집밖으로 나왔다. 햇빛이 눈부셨다. 무심코 꽃줄기를 잡아채던 장은 뽑히지 않는 꽃의 완강함에 놀랐다. 뽑아놓고 보니 두 치 정도 꽃줄기 아래 한 자가 넘는 뿌리가 뻗었다. 아좌가 이 꽃 같은 사람인지 몰랐다. 태자라는 허울 좋은 이름 속에 길고 어두운 뿌리가 달린 사람…. 꽃을 다시 심는 장의 귀에 사람 목소리가 들렸다. 소리는 산 위쪽에서 들렸다.

"스승님, 산 위에 사람이 있는 것 같습니다."

왕평이 움집을 나왔다. 눈물 자국이 지워진 왕평의 얼굴은 언제 그랬냐 싶게 평정을 되찾았다. 둘은 급하게 산길을 올랐다.

낭떠러지 길이었다. 계곡을 사이에 두고 까마득한 절벽 아래 사나운 격류가 흘렀다. 지옥 아가리처럼 검게 그을린 바위 구멍마다 노란 연기가 피어올랐다. 바람에 실려 날아온 연기에 유황냄새가 섞였다. 앞서 오르던 장이 걸음을 멈췄다. 계곡 저 편을 바라보며 선 사내의 모습이 보였다. 다가가려는 장을 왕평이 잡았다.

"신라인이다."

왕평이 장의 귀에 대고 속삭였다. 모자에 깃을 꽂았다. 모자에 깃을 꽂는 것은 신라인들의 풍습이다. 사내는 아좌태자가 아니었다. 머뭇거리고 있는데 반대편 계곡에서 외치는 소리가 들려왔다.

"준비됐소?"

"준비됐습니다."

활시위를 당기는 소리와 함께 화살 하나가 포물선을 그리며 날아왔다. 발 디딜 자리도 마땅찮은 바위틈에서 사내가 아슬아슬하게 화살을 잡았다. 화살에 실이 달려 있었다. 사내가 실을 당기자 실을 따라 가느다란 줄이 끌려왔다. 가느다란 줄은 굵은 줄로 이어졌다. 줄이 더 당겨지지 않자 사내가 바위 위 거대한 삼나무에 줄을 묶었다. 튼튼하게 묶였나 확인하기 위해 사내가 줄 위에 올라 몇 번 발을 굴렀다.

"묶었소?"

다시 계곡 저편에서 소리가 들려왔다.

"묶었습니다."

소리가 끝나기도 전에 동물 가죽을 걸친 사내 하나가 줄을 타고 건너오기 시작했다.

지켜보던 왕평이 신음하듯 말했다.

"태자다."

중간쯤 건너왔을 때 갑자기 태자가 동작을 멈췄다.

"거기 계신 분들은 누구시오?"

줄 위에서 태자가 왕평과 장을 바라보며 말했다. 태자가 있는 곳에서는 훤하게 이편이 보였다. 왕평이 숨어 있던 바위 뒤에서 몸을 일으켰다.

"신, 왕평입니다."

해를 등지고 선 태자의 모습은 해에 눈이 부셔 그림자로만 보였다.

"제자, 아좌 문안드립니다."

"그만두십시오!"

왕평의 다급한 만류에도 불구하고 태자가 외줄 위에서 절을 했다. 왕평이 바위 위에서 서둘러 맞절을 했다. 절을 마친 태자가 일어섰다. 바람의 방향이 바뀌자 노란 유황 연기 몇 줄기가 태자를 스치며 흘렀다.

"빨리 건너오십시오. 위험합니다."

"스승님, 돌아가십시오."

왕평을 외면한 채 먼 하늘을 보며 태자가 말했다.

"태자님을 모시고 가야 합니다."

"돌아가십시오."

서너 번 둘은 같은 이야기를 반복했다.

"일단 건너와서 이야기하십시오."

그때였다. 계곡 사이를 타고 오르던 세찬 바람이 태자의 몸을 쳤다. 비틀거리던 태자의 몸이 쓰러졌다. 누가 먼저랄 것도 없는 비명이 터져 나왔다. 바위 위에 선 사내의 비명은 높고 길었다. 다행히 태자는 다리로 줄을 걸고 매달려 떨어지지 않았다. 대롱대롱 매달려 흔들리던 태자가 웃었다. 웃음소리가 계곡을 쩌렁쩌렁 울리며 퍼졌다. 태자가 매달린 채 말했다.

"거꾸로 보이는 세상이 재미있습니다."

줄을 잡고 올라와 호흡을 가다듬은 태자가 줄 위를 성큼성큼 걸어왔다. 걷는 동안 그의 시선은 줄 끝 한 점에 붙박여 있었다. 줄을 맨 삼나무, 그 너머 길게 이어진 세상을 보는 듯했다. 장과 왕평은 조마조마한 마음으로 줄 위를 걷는 태자를 지켜보았다.

"그동안 광대놀음이라도 배우셨습니까?"

왕평의 핀잔을 듣는 둥 마는 둥 땅에 내린 아좌가 신라인의 손을 잡아끌었다.

"제 친구 '시로' 입니다. 왜 말로 희다는 뜻입니다. 저는 검기 때문에 구로고 친구는 하얗기 때문에 시로입니다."

소개를 하며 아좌가 무엇이 즐거운지 실성한 사람처럼 웃었다.

"신라인입니까?"

"여기에 신라인은 없습니다. 왜 땅이니 우리 모두 왜인입니다."

왕평이 시로에게 묻자 아좌가 답했다. 아좌가 소개한 신라인은 이름처럼 얼굴이 희었다.

"조용한 곳에서 드릴 말씀이 있습니다."

"여기도 조용합니다. 저 친구는 누구입니까?"

아좌가 장을 쳐다보았다.

"그 말씀도 드리겠습니다."

"왕자의 도리를 다하라는 말씀이지요. 어려서부터 귀에 못이 박히도록 들었습니다."

장은 왕평의 주먹이 떨리는 것을 보았다.

"아좌야!"

왕평의 노기 띤 외침에 놀란 새들이 푸드득 날아올랐다. 두 사람의 팽팽한 시선이 허공에서 맞부딪혔다. 바늘 끝 하나 들어가지 못할 적막이 감돌았다. 눈을 돌리는 장의 얼굴에 햇빛 한 줄기가 쨍하고 울었다. 아좌가 말문을 열었다.

"올라오면서 불상의 얼굴을 보았습니까?"

"보았습니다."

"저는 천륜은커녕 인륜조차 지키지 못한 패륜아입니다."

아좌의 갑작스런 고백이 화살처럼 날아가 왕평에게 꽂혔다. 격정을 주체하지 못한 왕평의 몸이 부들부들 떨렸다.

"그 얼굴이 그 얼굴입니까?"

"그렇습니다."

"사실입니까?"

"사실입니다."

왕평이 털썩 주저앉았다. 놀란 장이 왕평의 팔을 붙잡았다. 잠시 침묵이 흘렀다. 날아올랐던 새들이 돌아와 나뭇가지에 앉았다.

"이 아이는 태자마마의 동생입니다. 폐하께서 용화사에 있을 때 낳은 아들입니다."

장에게 팔을 잡힌 채 왕평이 말했다.

"사실입니까?"

이번에는 태자가 되물었다.

"해왕비가 이 아이의 모친과 이 아이를 죽이려 했습니다."

물끄러미 장을 바라보던 아좌가 다가와 덥석 장을 껴안았다.

"고생이 많았겠구나."

아좌의 몸에서 풀 향기가 났다. 모르는 결에 장의 눈에 눈물이 맺혔다.

왕평과 아좌는 말문을 닫았다. 왕평은 돌부처가 된 듯했다. 하루 종일 산등성이에 서서 산 아래 고원지대와 멀리 치닫고 있는 산들을 망연히 바라봤다. 산은 산이 첩첩이 막아섰고 절벽은 병풍처럼 우뚝우뚝 솟았다. 왕평의 머리 위로 지기 시작한 해가 내려가며 산들을 붉게 물들이면 고원은 다시 불타올랐다. 낙조가 산 뒤로 사라지고 사위가 어두워져도 왕평은 돌아서지 않았다. 눈 속에 꺼지지 않는 불이 남아 타올랐다. 장은 스승을 위해 새로 움집을 지었다. 화산지대여서인지 바닥이 따뜻했다. 왕평이 산맥을 바라보는 동안 아좌는 돌을 쪼았다. 산 어디를 가나 돌 쪼는 소리가 들렸다. 아침 해가 절벽을 비추면 검은 돌에서 무지갯빛 서기가 피어났다. 아좌는 밤에도 관솔불을 꽂고 부처의 얼굴을 새겼다. 그런 아좌를 원주민들은 구로라 부르며 두려워했고 화산에 오르지 않았다. 두 사람이 산과 절벽을 바라보는 동안 장은 사냥감과 원주민을 찾아다니며 먹을거리를 구했다. 하루는 사냥을 나가는 장의 앞을 아좌가 막아섰다.

"동생, 아직 이름을 모르는구나."

"장이라 합니다."

장은 아좌가 동생이라 부르는 말에 정겨움을 느꼈다.

"나를 따라오너라."

아좌는 불기운이 솟아오르는 바위구멍들로 장을 이끌었다. 화산지대에 어느 정도 익숙해졌지만 두려움을 느껴 장이 지나지 않던 길이었다. 아좌는 바위들 사이에 나무로 지은 작은 집으로 장을 이끌었다. 문을 열자 훅 하고 더운 기운이 끼쳤다. 집 가운데 불기운이 솟는 바위구멍 위로 주렁주렁 고기들이 매달려 말라가고 있었다. 아좌가 한 덩이를 잘라 장에게 주었다.

"먹어보렴."

익은 듯 익지 않은 듯 고기는 오묘한 맛이 있었다.

"불기운에 서서히 익히면 고기를 오래 보존할 수 있다."

밖으로 나온 아좌가 더운 물 속에서 새알을 꺼냈다. 새알은 속까지 검게 익었다. 아좌가 더운 물과 불기운을 이용해 산나물을 익히고 요리하는 법을 가르쳤다. 깨끗한 나무판에 저민 고기와 데친 산나물로 상을 차렸다.

"나야 불충한 제자지만…. 장아, 너는 스승님 잘 모셔라."

장에게 상을 내밀며 아좌가 슬프게 웃었다. 상을 건넨 아좌는 다시 검은 절벽에 올라 부처의 얼굴을 새겼다. 장이 내민 상을 물끄러미 바라보던 왕평이 고기 한 점을 들어 씹었다.

"맛있구나. 같이 먹자."

"제자는 먹었습니다."

식사를 마친 왕평이 기지개를 켜며 산을 바라보았다. 불에 타재로 덮였던 고원지대에 푸릇푸릇 새싹이 돋았다. 슬픔에 잠겨 마른 가지 같던 왕평의 얼굴에도 새 기운이 피어나는 듯 했다. 장은 그렇게 느꼈다. 다음 날 일찍 왕평은 서둘러 화산을 내려갔다. 따르려는 장을 왕평이 막았다.

"너는 여기서 태자님을 모시고 있거라. 일이 마무리 되면 부르마."

수수께끼 같은 말을 남기고 왕평은 떠났다. 장은 말을 끌고 고원을 내려가는 스승의 뒷모습이 보이지 않을 때까지 지켜보았다. 돌 쪼는 소리가 들리지 않았다. 검은 절벽 위를 보니 스승이 떠난 곳을 향해 아좌가 무릎 꿇은 채 절하고 있었다.

선화공주

왕평이 떠난 후 장은 태자를 지키는 일에
전념했다. 스승이 그런 의도로 장을 이 산에 남겨 놓았으리라 생
각했다. 일국의 태자가 보살피는 사람 하나 없이 산사람처럼 살고
있다는 사실이 믿기지 않았다. 불상을 새기는 데 몰두한 아좌는
식사를 거르는 날이 많았다. 장은 시간을 정해 음식을 가져갔다.

"동생, 나 때문에 괜한 고생을 하는구나."

장이 준비한 음식을 먹으며 아좌가 말했다. 왕평이 떠난 후 아
좌는 경계를 풀고 장이 다가가면 반가운 미소로 맞았다.

"돌 다듬는 일을 해본 적 있느냐?"

"가르쳐주시면 할 수 있을 것 같습니다. 항아리를 만든 적이 있
습니다."

아좌가 장을 검은 절벽으로 이끌어 망치와 정으로 돌을 다듬는

모습을 보여주었다.

"해보렴."

건네받은 정으로 돌을 다듬는 모습을 본 아좌가 놀라는 표정을 지었다.

"솜씨가 좋구나. 동생, 내가 불상 새기는 일을 도와주겠니?"

"가르쳐주시면 열심히 하겠습니다."

장이 읍을 하며 가르침을 청했다.

"나를 태자로 대하지 말고 형으로 대해라. 앞으로도 나를 태자로 대하면 같이 놀지 않겠다."

장의 맞잡은 손을 잡아 풀며 아좌가 말했다.

"그렇게 하겠습니다."

"그러면 형이라고 불러보렴."

"…"

"형이라고 부르래도."

"형님…"

장이 머뭇머뭇 부르자 아좌가 웃음을 터뜨렸다.

"그래, 동생, 동생이 생겨 정말 좋구나."

이후로 장은 음식을 준비하는 시간이 아니면 아좌와 함께 절벽에 올라 돌을 다듬었다. 함께 돌을 쪼다 보니 자연스럽게 이야기하는 시간이 길어졌다. 아좌는 장이 어려서 어떻게 자랐는지 물었다. 장은 자신이 어머니에게 들은 출생부터 왜에 오게 된 사연을 들려주었다. 이야기를 듣던 아좌의 눈에 눈물이 글썽였다. 아좌는 심성이 곱고 착한 사람이었다.

"동생, 소서노 할머니의 검은 걱정 마라. 성덕이 오면 내가 동생에게 빌려주라 하겠다."

"성덕태자가 여기에 오십니까?"

"응, 계절이 바뀔 때마다 한 번씩 온다. 봄이 왔으니 곧 올 거다."

친해져도 얼굴 부분은 장에게 맡기지 않았다. 오른쪽에 있는 보살 입상에는 오른쪽 옆얼굴을, 왼쪽에 있는 반가사유상에는 왼쪽 옆얼굴을, 가운데 여래입상에는 정면의 얼굴을 새겼지만 셋은 모두 하나의 얼굴이었다. 장은 얼굴의 주인이 궁금했지만 묻지 않았다.

"시로라는 사람은 어떻게 알게 되셨습니까?"

"사냥을 나갔다 눈길에 미끄러져 다리가 부러진 것을 그 친구가 구해주었다. 계곡 저 편에 산다. 아, 참, 장아 네가 줄을 더 연결해 출렁다리를 만들어주렴. 지난번에 보니 그 친구 줄 타는 게 서툰지 계곡을 돌아서 오더라."

뜸했던 시로가 왕평이 떠나자 신라의 음식을 들고 자주 찾아왔다. 장은 경계심을 늦추지 않았다. 시로가 태자의 생명의 은인이라도 그는 신라인이었다. 이상하게도 시로의 얼굴이 낯설지 않았다. 어디서 본 듯한 얼굴인데 기억을 더듬어보아도 본 장소가 떠오르지 않았다. 그럴수록 장의 경계심은 더 깊어졌다. 시로 또한 장의 그러는 낌새를 느꼈는지 먼저 아는 체하지 않았다. 우연히 만나도 둘은 가벼운 눈인사만 하고 지나쳤다.

 보일 듯 말 듯 하던 꽃눈이 손톱 끝만큼씩 커가더니 마침내 추
위에 앙다물고 있던 눈이 열리며 꽃들이 터져 나왔다. 봄이 왔다.
계곡 저편부터 산수유가 지천으로 피어났다. 노란 꽃으로 물들기
시작한 산기슭은 그늘까지 노랗게 보였다. 장은 아좌가 꼬아 놓은
삼줄 한 가닥을 허리에 묶고 줄을 탔다. 얼음이 녹기 시작한 계곡
아래 물살은 빠르고 사나웠다. 바람이 불어 줄에 매달린 장의 몸
을 흔들었다. 장은 시선을 줄 끝 한 점에 두고 손에 힘을 주어 당
겼다. 나뭇가지에 달린 꽃눈을 훑던 노루 한 마리가 계곡을 건너
오는 장을 물끄러미 바라보다 도망치듯 내달렸다. 노루 발끝에 채
인 흙덩이가 빗소리를 내며 절벽 아래로 쏟아졌다. 장은 호흡을
가다듬어 평정을 찾았다. 중심은 늘 자신 안에 있어야 했다. 계곡
을 건넌 장은 아좌가 묶어놓은 줄 옆에 자신의 줄을 묶었다. 아좌
가 묶은 매듭은 야물고 단단했다. 아좌는 태자보다는 이렇게 야인
으로 사는 게 나을지 모르겠다는 생각이 들었다. 어느 결에 태자
라는 호칭보다 형님이라는 말이 더 익숙해졌다. 장 또한 태자보다
형인 아좌가 좋았다. 두 줄 사이 가는 줄을 묶어 디딤줄을 엮어 줄
다리를 완성했다. 계곡을 건너 돌아가려던 장의 귀에 바람을 타고
웅성거리는 소리가 들렸다. 장은 소리를 따라 산등성이를 올랐다.
계곡 건너편에 또 다른 고원지대가 펼쳐져 있었다. 들판 건너 서
넛의 사내 모습이 보였다. 하나는 말을 탔고 주위에 세 명 남짓 사

내들이 모여 있었다. 장은 손으로 햇빛을 가리고 눈을 가늘게 떠 세밀히 살폈다. 무장한 신라 군사들이었다. 햇빛을 받은 도검과 창날이 반짝였다. 장은 살금살금 산등성이를 기어 내려왔다. 줄을 풀려 했지만 워낙 단단히 묶여 있어 칼로 잘랐다. 끊어진 줄 두 가닥이 계곡을 가로질러 저 편 절벽에 걸치며 흔들렸다. 줄을 끊은 장은 다시 산등성이로 기어올랐다. 그 사이 말을 탄 자가 사라지고 사람 하나가 장이 있는 쪽을 향해 걸어왔다. 낮은 키가 마른 억새에 가려 보였다 사라졌다 했다. 가까이서 보니 시로였다. 경계하듯 주위를 살피며 걸었다. 들 중간쯤에서 방향을 바꿔 계곡 아래를 향했다. 장은 계곡 아래를 살폈다. 가파르지만 나무와 덩굴이 있어 잡고 내려갈 수 있을 성싶었다. 장은 시로를 정탐하며 절벽을 내려갔다. 급하게 내려가느라 가시와 풀에 쓸려 상처가 생겼다. 혼자 있을 아좌의 안위가 걱정이었다. 발길에 채인 흙덩이가 빗소리를 내며 계곡으로 쏟아졌다. 시로가 소리 난 쪽을 올려다봤다. 장은 풀숲에 몸을 숨겼다. 고개를 갸웃거리더니 계곡을 내려갔다. 시로보다 먼저 계곡 아래로 내려선 장은 숨을 가다듬으며 시로가 계곡을 건널 때까지 기다렸다. 돌들은 벼락이라도 맞은 듯 뾰족하고 사나웠다. 시로의 모습이 사라지자 장은 뾰족한 돌들을 징검다리 삼아 곡예하듯 계곡을 건넜다. 언덕으로 올라섰지만 모습이 보이지 않았다. 숨죽인 채 사방을 살폈다. 멀리 수증기 피어오르는 화산지대에 희끗희끗 움직이는 물체가 보였다. 뿜어져 나오는 수증기 때문에 흐리기는 했지만 시로의 모습이 보였다 사라졌다. 장은 자갈 부딪히는 소리를 피해 개울물 속으로 들어가 뒤를 따랐다. 허벅지까지 잠긴 물은 따뜻했다. 사이가 가까워지자 장은 시로가 굽이를 돌아가는 틈을 타 개울가로 올랐다. 물을 따라가서는 더 이상 몸을 가릴 데가 없었다. 배밀이로 둔덕을 올랐다. 둔덕 끝에 다다라 아래를 살피려 할 때였다. 지반이 무너지며 몸이 아래로 굴렀다. 쏟아지는 흙덩이와 함께 장은 물속에 빠졌다. 첨벙이는 물소리와 동시에 비명소리가 들렸다. 물기를 훔치며 일어서는 장의 눈에 벌거벗은 여자의 몸이 보였다. 여자? 장은 손으로 눈을 가렸다. 풍덩, 여자가 물속으로 몸을 숨겼다. 장은 어찌할 바를 잊었다. 퍼뜩 정신이 든 장은 물을 박차고 달아났다.

숨이 턱에 차올라 숲 속에서 발을 멈췄다. 햇살 몇 줄기가 헐떡이는 장의 등을 비췄다. 생각할수록 한심한 일이었다. 여자 뒤나 밟는 치한으로 오해했을 것이다. 애꿎은 바위를 걷어차던 장은 체념하듯 바닥에 누웠다. 길게 뻗은 삼나무 촘촘한 가지 사이로 햇빛이 물 흐르듯 흘러 들어왔다. 장은 눈을 감았다. 이상한 일이다. 찰나의 순간에 본 여자의 몸이 지워지지 않았다. 장은 고개를 흔들며 일어나 앉았다. 채 녹지 않은 눈 사이 지난 낙엽 위로 피어오르는 꽃이 보였다. 양지 바른 곳에 연자줏빛 노루귀가 지천으로 피었다. 여자 치마같이 펼쳐진 노루귀들이 장을 향해 비웃듯 흔들거렸다. 끙, 신음소리와 함께 장은 다시 마른 낙엽 위로 엎어졌다. 손에 잡히는 대로 낙엽을 움켜쥐고 부볐다. 바르작거리던 장의 가슴에 둥근 물건이 배겼다.

"아차, 그림…."

허겁지겁 일어나 선화공주 그림을 꺼냈다. 다행히 그림은 젖지 않았다. 겉을 싼 기름종이에 맺힌 물기를 조심조심 닦아내고 그림을 살폈다. 공주의 얼굴을 바라보던 장의 눈이 커졌다. 그림 속 얼굴이 시로의 얼굴을 닮았다…. 비로소 장은 왜 시로의 얼굴이 낯설지 않게 느껴졌는지 알았다. 시로는 여자였고 공주였다. 시로가 정말 선화공주일까? 선화공주가 왜 이렇게 외진 곳까지 찾아들었을까? 생각이 집 잃은 새처럼 날아다녔다. 꽃 그림자가 작아졌다. 해가 중천에 올랐다. 태자의 점심 준비에 생각이 미친 장은 서둘러 숲을 빠져나왔다. 상을 차려 검은 절벽으로 오르는 장의 눈에 아좌와 이야기하고 있는 시로가 보였다. 장은 움찔했지만 마음을 다잡아먹고 산길을 올랐다. 장을 본 시로가 아좌에게 서둘러 인사하고 산길을 내려섰다. 스쳐지나는 시로는 겨울의 차가운 바람 같았다. 눈길 한번 돌리지 않았지만 장은 고개를 숙여 시선을 피했다.

"저… 형님… 시로의 진짜 이름을 아십니까?"

식사를 하던 장이 머뭇머뭇 물었다.

"왜 그러느냐?"

"아무래도… 남자가 아닌 듯해서…."

장의 말을 들은 아좌의 얼굴에 미소가 번졌다.

"남자면 어떻고, 여자면 어떠냐. 좋은 사람이다. 본명은 나도 모른다."

아좌도 시로가 여자인 것을 알았던 듯했다.

밤새 고민하던 장은 시로에게 이야기하기로 결심했다. 다음날도 그 다음날도 시로는 오지 않았다. 열리는 목련 꽃망울을 하릴없이 세던 장은 계곡으로 갔다. 장이 끊어놓은 그대로 늘어진 두 줄이 절벽에 걸쳐 흔들거렸다. 장은 계곡을 오가며 줄을 이었다. 두 줄 사이에 디딤줄도 이었다. 디딤줄을 딛고 계곡을 건너는 장의 앞에 불쑥 시로가 나타났다. 눈에는 여전히 찬바람이 돌고 있었다. 얼음을 쏘는 듯했다. 장이 시선을 피하자 시로가 뒤돌아섰다.

"저… 드릴 말씀이 있습니다."

시로가 멈춰 섰다. 장은 시로의 등에 대고 말했다.

"저… 그때는… 여자인줄 모르고…."

입이 바싹바싹 말랐다. 장은 침을 꿀꺽 삼켰다.

"혹시 신라의 선화공주 아니십니까?"

말해놓고 장은 아차 싶었다. 이러면 여자인 것을 알고 있었다는 것 아닌가? 시로가 돌아섰다. 눈에 놀란 빛이 가득했다.

"어떻게 제가 선화인줄 아셨습니까?"

장은 품을 뒤지며 계곡을 건넜다.

"전할 물건이 있습니다."

그림을 펼쳐든 선화의 눈에 눈물부터 고였다.

선화의 울음은 노을처럼 깊고 길었다. 장은 선화 옆에 왜의 삼나무처럼 서서 울음이 그치기를 기다렸다.

"여자는 귀신이지요. 남자는 마군입니다. 서기가 말했어요. 아내를 죽이고 귀신이 사라지자 마군은 귀신이 보고 싶었습니다. 귀에 대못을 박자 별들이 떨어졌어요. 귀신은 오지 않고 사랑하는 달빛만 사라졌습니다."

바람소리가 울음소리 같았다. 내려앉는 어둠 같은 목소리가 이어졌다.

"세상 뜨기 전에 세상에 남아 있는 으뜸 귀신을 그리고 싶었습니다. 당신도 아내처럼 예쁩니다. 당신도 귀신입니다. 그날 밤 마지막으로 서기가 말했습니다."

삼나무를 쓰는 바람소리는 빗소리 같았다. 삼나무에 핀 꽃을 떨구며 귀신의 울음 같은 비가 내렸다. 선화는 움직이지 않았다.

"서기를 살리려 했어요. 언니를 찾아갔을 때 두 사람은 발가벗고 있었어요. 내가 언니를 설득할 때도 그 사람은 불 꺼진 등잔처럼 앉아만 있었어요. 다음날 서기가 죽었습니다…"

선화의 울음은 어둠처럼 깊고 길었다. 떨리는 어깨를 바라보던 장은 입은 옷을 벗어 선화의 여린 어깨를 감쌌다. 세상의 으뜸 귀신, 공주에게도 슬픔이 있었다.

"그가 죽은 후 유품을 찾았지만 그림은 없었어요."

"아미지란 분에게 받았습니다. 아마 서기의 친구였던 것 같습니다."

어쩌면 아미지도 신라인일지 모른다. 세상은 뒤엉켜 있었다.

한쪽에서는 싸우고 한쪽에서는 사랑한다. 한때는 죽이고 한때는 보고 싶어 한다. 공주의 울음이 조금씩 잦아들면서 빗줄기가 점점 굵어지더니 마침내 소나기로 쏟아졌다. 태초부터 세상이 비 천지였던 것처럼 비가 내렸다. 두 사람은 물속에 있었다. 장이 선화의 어깨를 잡아 일으켰다. 출렁다리를 건널 때 선화가 무서워하지 않도록 장은 선화를 마주보며 뒤로 걸었다. 벼락 몇 가닥이 검은 하늘을 찢으며 흘렀다. 천둥에 놀란 선화가 비틀거렸다. 장이 허리를 잡자 선화가 장을 끌어안았다. 장은 선화의 등을 토닥여 계속 다리를 건너게 했다. 다리 건너 바위 밑에서 잠시 비를 피했다. 선화에게서 천리향 꽃향기 같은 아련한 냄새가 났다. 여자 냄새였다. 장은 고개를 돌려 먼 하늘을 봤다. 세상을 잠시 비추고 사라지는 번개불빛을 보며 선화가 덕만을 설득할 때 같이 있던 그 사람이 누구였을까 하는 의문을 떠올렸다. 선화를 살피니 가슴에 품은 그림을 끌어안고 오들오들 떨었다.

"그림을 제게 주십시오. 안전한 곳에 가서 드리겠습니다."

선화가 장에게 그림을 건넸다. 바위산을 넘으며 장이 선화의 손을 잡아끌었다. 차가운 빗속에서도 선화의 손은 따뜻했다. 움막에 다다랐을 때 선화는 거의 기진했다. 장은 마른 수건과 옷을 선화에게 건넸다.

"누추하지만 갈아입으십시오."

밖으로 나온 장은 비가 들이치지 않는 바위 밑에 불을 피우고 차를 끓였다. 장은 끓인 차를 들고 움막으로 갔다.

"들어가도 되겠습니까?"

"예, 들어오세요."

선화가 장의 옷으로 갈아입고 앉았다. 오한이 가시지 않는지 손을 가슴에 모은 채 웅크렸다. 장은 이불을 걷어 선화의 몸을 덮었다. 선화가 차를 마시는 동안 화로에 재를 담아 움막으로 옮겼다. 선화가 차를 따라 장에게 건넸다.

"저… 존함이… 아직 이름을 몰라요."

"장이라 합니다."

"장공께서도 이제 그만 쉬세요."

둘은 차를 마시며 화로에 피어나는 불빛을 봤다. 장의 옷에서도 김이 모락모락 피었다.

"장공께서도 옷을 갈아입으시지요. 제가 나가 있겠습니다."

"저는 괜찮습니다."

남녀 단둘이 앉아 있으려니 민망한 생각이 들었다. 장이 일어났다.

"공주님은 이만 잠을 청하십시오. 저는 바위 아래서 자겠습니다."

나가려는 장의 옷을 선화가 잡았다.

"그러지 마세요. 손이 주인을 쫓는 경우는 없습니다."

장이 앉자 선화가 말했다.

"그리고 저를 공주라 부르지 마세요. 다시 그러면…."

말을 하던 선화가 무엇에 생각이 미쳤는지 입을 가리며 웃었다.

"저도 장공을 왕자님이라 부르겠어요."

눈이 마주쳤다. 선화는 장의 정체를 알고 있었다. 추위가 가시는지 선화의 눈에 온기가 돌았다.

"그러면 뭐라고…."

"선화라 부르세요."

둘은 다시 고개를 돌렸다. 불빛을 보다 어색해지려는 기운을 느낀 선화가 고개를 들고 말했다.

"이렇게 앉아 비가 그칠 때까지 이야기를 나누면 어때요. 서로 비밀을 한 가지씩 말하기로 해요. 저는 장공이 왜까지 오게 된 사연을 듣고 싶어요. 장공께서는요?"

"저도 공주님이… 아니, 선화님이 왜에 오시게 된 이야기를 듣고 싶습니다."

선화의 눈에 잠시 망설이는 빛이 스쳤다.

"그럼, 제가 먼저 말하겠습니다."

결심한 듯 선화가 이야기를 시작했다.

진지왕이 평민의 여자들과 무분별하게 사랑을 나눠 성골의 피를 더럽히려 한다는 이유로 폐위되자 선화의 아버지 진평이 왕이 되었다. 폐위된 진지왕에게는 용수와 용춘 두 아들이 있었다. 진평왕에게 아들이 없자 왕비인 마야부인은 둘을 사위로 삼아 성골의 혈통을 잇고자 했다. 용수는 마야부인의 바람대로 큰딸 천명과 결혼해 사위가 되었다. 진지왕의 부인이었던 어머니 지도태후가 다시 진평왕을 섬기자 용춘은 사촌형인 진평을 아버지라 부르며 자랐다. 대장부의 기상이 있어 덕만, 선화 모두 그를 좋아했으나 선화는 너무 어려서 남녀의 사랑을 알지 못했다. 어렸지만 이미 선화의 미모는 신라의 소문이었다. 용춘은 어미닭이 병아리를 좇듯 선화 뒤를 따랐고 그 뒤에 늘 덕만이 있었다. 하루는 용춘이 혼자 놀고 있던 선화를 안아 무릎에 앉혔다. 선화는 무릎에서 내려오고 싶었지만 알 수 없는 기운에 사로잡혀 나뭇가지에 피어나는 꽃망울만 바라봤다. 선화를 안은 용춘의 몸이 떨렸다.

"예쁜 꽃이 아직 열매를 맺지 못했구나."

긴 한숨을 내쉰 용춘이 선화를 내려놓았다. 선화는 용춘의 무릎에서 내려오자마자 달아났다. 그 모습을 보던 덕만이 차가운 담장에 기대서서 울었다. 그때부터 덕만은 선화를 미워했고 나라 일에 관여했다. 선화와 용춘이 함께 있으면 용춘을 불러냈고 용춘은 덕만의 말을 거역하지 못했다. 선화도 어렴풋하나마 언니 덕만이 용춘을 사랑한다는 것을 알게 되었다. 그때부터 선화도 용춘을 피했다. 서기가 죽는다는 소식을 들은 그 밤 덕만을 찾아갔을 때 둘은 벌거벗고 있었다. 덕만이 옷도 걸치지 않은 채 침상에 앉아 말했다.

"네 부탁을 들어줄 수 없구나. 용춘공에게 부탁해 보렴."

선화는 다시 벌거벗고 있는 용춘에게 서기를 살려달라고 부탁했지만 용춘은 묵묵부답 말이 없었다. 선화는 울면서 덕만의 침실을 빠져나왔다. 다음날 서기의 목이 잘렸다. 선화는 먹을 수도 잠들 수도 없었다. 눈을 감으면 서기의 얼굴이 보였다. 목 잘린 얼굴이 벌거벗은 두 몸 사이를 굴러다녔다. 여덟 개의 손끝과 발끝에 채인 얼굴이 피를 뿌리며 허공을 방황하다 아기처럼 울며 벌거벗은 몸 사이를 돌아다녔지만 두 사람의 몸에는 피가 묻지 않았다. 매일 밤 선화는 울며 잠에서 깼다. 야위어 가는 선화를 걱정스레 지켜보던 마야부인이 선화를 불러 말했다.

"왜에 있는 신라베에 다녀오지 않겠니? 여행은 몸과 정신을 건강하게 한단다."

선화는 왜로 떠났다.

"계곡 저 편으로 오십 리쯤 가면 신라베가 있어요."

화산에 불상을 새기는 사람이 있다는 소문을 들었다. 선화는 남장을 하고 불상을 구경하러 갔다. 이상하게도 불상을 본 날은 꿈을 꾸지 않았다. 선화는 매일 불상을 보러 갔다. 그러다 불상의 얼굴이 모두 똑같다는 것을 알았다. 처음에 아좌는 선화를 귀찮게 여겼다. 말을 붙여도 대답조차 하지 않았다. 우연히 다리를 다친 아좌를 구하고 나서 사이가 가까워졌다. 불상 새기는 모습을 보고 있자니 선화도 불상이 새기고 싶어졌다. 불상 새기는 법을 가르쳐 달라고 청하자 아좌가 물었다.

"사랑하는 사람이 있습니까?"

선화가 없다고 하자 아좌는 가르쳐주지 않겠다고 했다. 그러던 중 신라에서 용춘이 찾아왔다. 피하고 피해도 용춘은 선화를 쫓아왔다.

"다리를 잘라야 해요. 그러지 않으면 여기에 사람이 사는 것을 알게 될 거예요."

"날이 밝자마자 자르겠습니다."

"이제 장공 이야기를 들려주세요. 그림은 어떻게 구했어요?"

선화의 이야기가 끝났다. 선화에게 들려줄 이야기를 고르는 장의 눈에 선화의 아름다운 얼굴이 들어왔다. 선화에게 사랑하는 사람이 없다는 사실이 왜 자신을 안도하게 하는지 장은 알 수 없었다.

날이 밝았다. 가슴속에 담아두었던 무거운 이야기들을 나누고 나니 서로 사이가 더 가까워진 느낌이 들었다.

"아침식사를 하고 가십시오. 어제 밤부터 아무것도 먹지 못했습니다."

선화가 웃으며 고개를 끄덕였다. 장은 서둘러 아좌와 선화의 식사를 준비했다.

"오늘은 같이 먹지 않느냐?"

상을 차려주고 나오는 장에게 아좌가 물었다.

"밥 생각이 없습니다."

대답을 하는 장의 얼굴이 발갛게 물들었다. 죄라도 지은 양 가슴이 두근거렸다. 장은 선화가 움집에 있다는 말을 하지 않았다. 검은 절벽을 내려온 장은 훈제고기와 산나물, 말린 과일로 정성껏 상을 차렸다. 움집에 오니 선화가 없었다. 장은 초조한 마음으로 주변을 찾아다녔다. 한참을 기다리니 빨래를 해가지고 오는 선화의 모습이 보였다.

"아무래도 갈아입고 가야 할 것 같아서…."

"제가 말려드리겠습니다."

장이 상을 들고 앞서 걸었다. 선화가 옷을 들고 뒤를 따랐다. 불기운 솟아나는 바위 구멍 옆에 나뭇가지를 꽂고 옷을 널었다.

"아, 이렇게 하면 빨리 마르겠네요."

탄복하던 선화가 나풀거리는 자신의 옷을 보자 얼굴을 붉히며 고개를 숙였다.

"변변치 않지만 아침상을 준비했습니다."

"장공도 같이 드세요."

산나물의 향기가 입안을 가득 채웠다. 장은 선화의 얼굴을 바로 보지 못했다. 아침햇살에 씻긴 선화의 얼굴에서 빛이 나는 듯했다. 고개를 돌리자 선화의 옷이 바람에 가볍게 날리고 있었다. 다른 쪽으로 고개를 돌리던 장은 건너 산기슭에 막 피어나는 목련나무를 보았다. 햇빛을 받은 목련꽃들이 금빛으로 빛났다. 목련 나뭇가지에 작은 새 한 마리가 앉아 웃는 듯 울었다. 밤새 종달새처럼 이야기하던 선화도 옷 때문에 부끄러워서인지 말수가 적었다.

"목련꽃이 예쁩니다."

"어머, 정말 예뻐요."

선화가 탄성을 발했다. 장에게는 웃는 선화의 얼굴이 목련꽃보

다 희고 아름답게 보였다. 식사를 마치고 마른 옷을 가지고 내려
오는 길에 선화가 머뭇거리며 말했다.

"부탁이 있습니다. 지난 번… 아, 아니에요."

"말씀하십시오."

장이 몇 번 채근하자 선화가 마지못해하며 말했다.

"지난 번 무너진 온천 고쳤으면 해서…."

이번에는 장의 얼굴이 붉게 물들었다.

"죄송합니다. 바로 고쳐놓겠습니다. 그때는 정말 여자인줄 모
르고…."

"아, 알아요."

다시 둘은 고개를 숙였다.

"그게 아니라…. 거기도 목련꽃이 아름답게 피었거든요. 갑자
기 생각이 나서…."

헤어질 시간이 됐다. 장이 계곡 아래 길로 내려가려 하자 선화
가 말했다.

"출렁다리를 건너가겠어요. 다리도 끊어야 하니."

사려 깊은 여자였다. 장은 태자와 자신의 안위를 걱정해주는
선화의 마음이 고마웠다. 출렁다리에 이르러 지난밤처럼 장이 앞
서 걸으려 하자 선화가 장의 옷을 잡았다.

"혼자 건너겠어요. 혼자 건널 수 있어요."

장은 조마조마한 마음으로 비틀비틀 건너는 선화의 뒷모습을
지켜보았다. 그런 장의 마음을 헤아렸는지 선화가 다리 중간쯤에

서 뒤를 보며 방긋 웃었다. 장은 어서 건너라고 가볍게 손짓을 했다. 다리를 다 건넌 선화가 두 손을 들고 활짝 웃었다. 계곡을 사이에 둔 채 두 사람은 한참동안 마주보고 서 있었다. 이윽고 선화가 줄을 묶어놓은 나무로 갔다. 나무 아래 서서 장이 있는 쪽을 쳐다봤다. 장이 어서 자르라 손짓했다. 철렁하며 줄이 끊겼다. 줄이 끊어지는 순간, 장은 가슴을 아리게 하는 통증을 느꼈다. 수많은 사내들과의 싸움에서도 느껴보지 못한 아픔이었다. 한 가닥 남은 줄이 끊기자 다리는 허망하게 장이 선 절벽으로 몰려왔다. 줄이 벼랑을 치는 소리가 사납게 후려치는 채찍소리처럼 들렸다. 줄을 끊고서도 선화는 쉽게 나무를 떠나지 못했다. 장이 바라보고 있으니 선화가 두 손을 입가에 모아 외쳤다.

"다. 시. 올. 게. 요."

그 말을 끝으로 선화가 손을 흔들며 계곡 저편으로 사라졌다. 선화가 떠난 후 장은 줄다리를 끌어올렸다. 줄을 다 끌어올리고 나서도 한동안 계곡을 떠나지 못했다. 장도 선화처럼 두 손을 입가에 모아보았지만 아무 말도 할 수 없었다.

사랑하는 사람의 얼굴

　　　　선화가 떠난 후에도 한동안 장은 자리를 떠
나지 못했다. 장은 계곡 이편과 저편의 거리를 가늠해보았다. 계
곡은 좁혀지지 않을 거리를 벌리고 섰고 그 사이로 사납고 차가운
물이 흘렀다.

　"왕족의 피가 그렇게 소중한가…"

　장은 사촌형이 아버지가 되고 친척이 한 침상에서 뒹구는 세계
를 이해할 수 없었다. 무지렁이 백성들도 그렇게는 하지 않았다.
언제 폭우가 내리쳤는가 싶게 봄 햇살이 따뜻했다. 생각하면 신라
의 공주와 함께 보낸 지난밤이 꿈같았다. 금방이라도 얼굴을 물들
이며 수줍게 웃는 얼굴이 다시 나타날 것만 같았다. 마른 풀을 뜯
어 계곡에 날리던 장은 고개를 흔들며 자리에서 일어났다. 여자에
빠져 있을 때가 아니다. 떠난 스승은 언제 돌아올 줄 모르고 백제

에는 또 언제 돌아갈지 모른다. 당장 계곡 저 편에 용춘과 무장한 신라 병사들이 있고 이곳에서 태자를 지킬 사람은 자신밖에 없다. 장은 어깨에 줄을 메고 움집으로 돌아왔다. 물 먹은 삼 줄이 천근만근 무거웠다. 줄을 내려놓은 장은 검은 절벽으로 올라갔다. 정을 들고 아좌 옆에 서서 말없이 돌을 쪼았다. 아무리 봐도 불상의 얼굴은 남자 얼굴이 아니었다. 정갈하니 예뻤다.

"궁금하냐?"

불상의 얼굴을 살피는 장을 본 아좌가 물었다. 장은 얼굴을 물들이며 고개를 저었다.

"해진왕비다."

아좌가 다듬던 얼굴에서 고개를 돌리지 않고 말했다. 장의 가슴이 철렁 내려앉았다. 비로소 장은 왜 스승의 낙담이 그렇게 깊었는지 이해했다. 형은 아버지의 여자를, 왕실의 원수를 사랑하고 있었다. 장은 헛손질을 하며 들고 있던 정을 놓쳤다.

"전쟁에 진 아버지는 폐인으로 돌아왔다. 동면에 든 곰처럼 침실에서 나오지 않았다. 어머니는 낮에는 흔들리는 조정을 돌보고 밤에는 곱게 화장을 했다. 어느 밤 문안인사를 드리러 가는데 비명소리가 들렸다. 침실로 달려갔더니 벌거벗다시피 쫓겨나는 어머니가 보였다. 갑자기 나타난 자식의 모습에 놀라 허둥지둥 자신의 모습을 감추려 침실로 돌아가려 했지만 침실의 문은 굳게 닫혀 있었다. 벌거벗은 몸을 가릴 수 없었던 어머니는 되돌아서 나를 안았다. 어머니는 울지 않으셨다. 아무 일도 아니다… 부부가 되

면 밤에 옷을 벗는단다…. 우리는 왕과 왕비이기 이전에 부부란
다…. 나를 달래는 어머니의 코에 붉은 핏방울이 맺혔다."

이야기를 하는 동안 규칙적으로 울리던 정소리가 멈췄다.

"나는… 나는…. 아버지는 용서해도…. 그 핏방울은 용서할 수
없다."

호흡을 가다듬은 아좌가 다시 정질을 했다.

"다음 날 어머니가 나를 불렀다. 낮의 왕비는 위엄을 되찾았지
만 핏자국의 흔적을 완전히 지울 수는 없었다. 어머니는 나를 해
씨 부족에게 보냈다. 무예를 익혀 돌아오라고 명하셨다. 힘든 무
예를 익히다 보면 잡념이 사라지리라 생각하셨던 것 같다. 거기서
해진을 만났다. 해진에게서 기초 무예를 배웠다. 한창 피어날 무
렵의 해진은 꽃같이 아름다웠지만 행동거지가 남자 같았다. 해진
은 검술과 활쏘기 외에도 씨름을 가르쳤다. 나는 해진에게 한 번
도 씨름을 이긴 적이 없다. 허리를 맞잡으면 밀려드는 여자의 향
기 때문에 가슴이 두근거렸다. 쓰러진 나를 보며 해진은 깔깔 웃
었다. 해진을 사랑하게 됐지만 해진의 가슴속에는 다른 남자가 있
었다. 백제의 전설적인 무인 태자 창, 내 아버지 위덕왕 폐하였
다."

또 정소리가 멈췄지만 곧 다시 울렸다.

"장아, 너는 사랑하는 여자가 있느냐?"

"… 없습니다."

장은 고개를 흔들었다. 흔들리는 장의 머릿속으로 선화의 얼굴

이 아련하게 스쳐 지나갔다.

　"사랑은 이상한 것이다. 나는 그 여인을 사랑했지만 그 여인이 생각하는 대로 되기를 바랐다. 그래서 내 어머니가 힘겨운 왕비 노릇을 그만두고 백제를 위해 침상에 누워 있는 아버지가 무거운 몸을 일으켰으면 좋겠다고 생각했다. 나는 궁으로 돌아갔고 해진은 아버지의 여자가 되었다. 해진을 소비로 들이기 전 어머니는 내게 해진이 어떤 여자냐고 물으셨다. 나는 소비가 되기에 부족함이 없는 훌륭한 여자라고 대답했다. 귀족들이 해진을 정실왕비로 삼으려 압력을 가해올 때 어머니는 또 내게 물으셨다. 나는 그녀가 아버지와 함께 백제를 일으킬 것이라 대답했다. 다음 날 어머니는 별궁으로 떠나셨다."

　새소리가 들렸다. 새는 울리는 정 소리를 따라 울었다. 쩡, 삐삐, 쩡, 삐삐….

　"왕비가 돼서도 해진과 나는 친구처럼 지냈다. 어느 날 벚꽃 날리는 나무 아래 숨어 울고 있는 해진을 보았다. 해진은 아버지가 한 번도 자신을 품지 않았다고 말했다. 그 뒤로 해진의 화장은 짙어졌고 옷빛도 점점 화사해졌다. 무슨 이유인지 모르겠지만 나는 밤마다 해진과 아버지의 침실을 맴돌았다. 그러던 어느 날 어머니처럼 벌거벗고 쫓겨나는 해진을 보았다. 나는 칼을 뽑았다. 침실로 달려가는 나를 해진이 쓰러뜨렸다. 해진과 나는 벌거벗은 채, 칼을 든 채로 나뒹굴었다. 호위무사들이 내 목에 창을 겨눴다. 해진이 벌거벗은 몸으로 두 팔을 들어 나를 막았다."

이야기를 듣는 장의 가슴이 미어졌다.

"나는 백제를 떠났다. 나는 왜로 왔다. 문제는 언제나 아버지에게 있었다. 해진은 좋은 여자다. 만약 그녀가 그렇게 결심했다면 나는 해진이 백제의 왕이 돼도 좋다고 생각한다."

긴 이야기가 끝났지만 쩡, 삐삐, 쩡, 삐삐… 새는 쉬지 않고 울었다. 장은 벼랑에서 돌을 떼어 새가 울고 있는 나무를 향해 던졌다. 나무를 향해 날아가던 돌은 허공중에 떨어지고 새는 하염없이 울었다.

그날 이후, 두 사람은 침묵했다. 말 없는 말만 쉼 없이 장의 머리를 맴돌았다. 어떤 말도 태자의 마음을 돌릴 수 없을 것 같았다. 아니, 왜 태자의 마음을 돌려야 하는지 장 자신도 알 수 없었다. 해가 뜨고 지며 벚꽃이 지천으로 피어났다. 양지쪽에서 시작된 꽃 무리가 음지쪽으로 불붙듯 번져나갔다. 바람이 불면 나비 떼처럼 날아오른 꽃잎들이 하늘을 채우고 흔들렸다. 그 수많은 꽃잎들이 어디를 향하는지 장은 알 수 없었다. 꽃잎 사이를 발정 난 새들이 지치지 않고 울어댔다. 장은 더 이상 돌팔매질을 하지 않았다. 사랑은 이상한 것이다, 사랑은 이상한 것이다, 아좌의 말이 새 울음처럼 장의 머리를 맴돌았다. 장은 흩날리는 꽃잎과 미친 듯 울어대는 새 울음 속에서 중심을 찾으려 애썼다. 어지러웠다. 항아리처럼 중심은 언제나 내 안에 있겠지만 내 안에 있는 것은 중심만이 아니었다. 밤마다 달을 따라 선화의 얼굴이 떠올랐다. 장은 왜

서기가 선화의 얼굴 아래 검은 산맥을 그려놓았는지 알았다. 한 줄 미친 듯한 선으로 그림을 마쳤는지도 이해했다. 사랑은 외줄, 광기 같은 것이었다. 밤마다 꽃잎보다 진한 꽃향기가 몰려왔다. 낮의 꽃잎은 산을 태울 듯 했지만 밤의 꽃향기는 가슴에 불을 놓았다. 귓속에 사는 새가 속삭이듯 떠날 때 남긴 말이 사라지지 않고 이명처럼 울렸다.

'다. 시 .올. 게 .요.'

뜬 눈으로 밤을 새운 새벽 장은 자리를 박차고 일어났다. 잡념을 지우기 위해서라도 일에 몰두하기로 했다. 우선, 용춘과 신라군을 경계하는 일이 급했다. 병법서에서 읽은 내용을 떠올려 계곡을 오르는 길에 함정을 놓다 생각하니 선화가 오르다 다칠까 걱정됐다. 장은 함정을 없애고 보이지 않게 가는 줄을 걸었다. 발끝에 줄이 걸리면 돌들이 계곡 물에 쏟아져 소리가 들리게 했다. 위쪽에는 장이 보고 직접 움직여야 작동하는 함정을 설치했다. 비 오듯 땀이 흘러도 잡념은 쉬 사라지지 않았다. 흙바닥에 누워 쉬던 장은 문득 온천을 고쳐달라는 선화의 말을 떠올렸다. 선화가 몸을 씻던 곳으로 갔다. 쏟아져 내린 흙더미를 비껴 물이 흘렀다. 장은 둔덕에서 떨어진 그때가 떠올라 실없이 웃었다. 흙을 치우고 깨끗한 바위를 옮겨 목욕탕 모양을 만들었다. 일을 마치고 몸을 씻으려던 장은 자리를 옮겨 아래 물에 몸을 담갔다. 온천을 선화가 첫 번째로, 아니, 선화만 사용하게 하고 싶었다. 상류에 벚나무가 있는지 물을 따라 분홍 꽃이 떠 내려왔다. 개울 건너를 살피니 선화가 말한 목련나무가 보였다. 나무 가득 터질 듯 꽃송이를 달았다. 햇빛을 반사하는 하얀 꽃들이 눈부셨다. 따뜻한 물에 몸을 담그자 졸음이 밀려왔다. 눈을 감으니 꿈결인양 종달새처럼 말하던 선화의 얼굴이 떠올랐다. 우당탕, 풍덩. 계곡물에 쏟아지는 돌 소리에 놀라 장은 눈을 떴다. 칼을 들고 계곡으로 달려가는 장의 가슴이 두근거렸다. 적이 아니었다. 소리에 놀란 선화가 계곡 쪽을 향해 서있었다. 호흡을 가다듬은 장이 선화에게 다가갔다.

"온천, 다 고쳤습니다."

장을 본 선화가 활짝 웃었다. 웃는 모습이 목련꽃송이 같았다.

"죄송하지만…. 다른 부탁이 있습니다."

얼굴을 붉히며 고개를 숙이는 선화의 등에 짐보따리가 매어 있었다.

"움집을 하나 만들어 주셨으면 합니다."

장은 사연을 묻지 않았다. 묵묵히 선화의 짐을 들고 앞서 언덕을 올랐다. 용춘이 선화를 찾아 이곳까지 올지 모른다는 생각이 들었지만 장은 고개를 저었다. 아니다. 그는 이곳을 모른다. 안다면 공주가 이곳으로 왔을 리 없다. 설령, 찾아와도 공주가 이곳에 있으니 함부로 할 수 없을 것이다. 장은 선화가 이곳에 있어도 된다고 애써 마음먹었다.

장은 식사도 거른 채 움집을 지었다. 아좌의 식사를 선화에게 들려 보내며 먼저 허락을 구하라 했다. 무릎까지 땅을 파고 습기가 올라오지 않도록 평평한 돌을 구해 깔았다. 돌 위에 마른 풀을 깔고 자신의 움집에서 면포를 가져와 풀 위에 덮었다. 기둥을 세우고 비가 새지 않도록 지붕을 엮어 덮었다. 여자가, 그것도 일국의 공주가 살기에는 형편없이 부족한 집이지만 지금으로서는 이게 최선이었다. 집이 완성될 즈음 선화가 내려왔다.

"면목 없습니다. 여기 있는 동안 식사는 제가 준비하겠습니다."

"그러시지 않아도 됩니다."

"제가 하겠습니다. 저도 밥값을 하고 싶습니다."

선화의 집을 자신의 집 가까운 곳에 지었다. 선화가 불편해할까 걱정됐지만 산짐승이나 다른 위험이 있을 때 빨리 달려가기 위해 그렇게 했다. 집에 이르는 길을 다듬고 계곡에서 자갈을 가져다 깔아 누군가 길을 밟으면 소리로 인기척을 알 수 있게 했다. 장의 집에 이르는 대나무 물길을 돌려 선화의 집 항아리에 물이 고이게 했다.

"그렇게 하지 않으셔도 되는데…."

둘이 쓰기에는 부족한 수량이었다. 일이 마무리 될 즈음 땅거미가 내렸다. 선화가 식사를 차려왔다. 장은 식사를 하는 둥 마는 둥 마치고 낮에 보아두었던 어린 목련나무를 옮겨 심었다. 달빛을 받은 목련이 황금빛으로 빛났다.

"누추하지만 이제 몸을 쉬셔도 됩니다. 필요하신 물건이 있으면 말씀하시면 준비하겠습니다."

대답이 없어 돌아보니 선화가 눈가를 훔치며 일어섰다.

"고맙습니다. 드릴 수 있는 게 마음뿐입니다."

갑자기 무릎을 꿇어 절하는 선화를 장이 붙잡아 일으켰다.

"외람되지만 한 가지 더 부탁드리겠습니다. 먼 길을 와서 몸이 지저분합니다. 씻고 싶은데… 무서워서….."

장이 앞서 걸었다. 선화가 옷 보따리를 들고 뒤를 따랐다. 달빛이 꿈길 같았다. 선화가 목욕을 하는 동안 장은 멀리 떨어져 물을 튕겨 인기척을 냈다. 고개를 드니 하늘에 모래알처럼 뿌려진 별들이 반짝거렸다. 외나무다리에 누워 그림 속 선화공주를 상상하던 그때가 떠올랐다. 낯선 왜국에서 공주와 함께 있다는 사실이 꿈만 같았다. 부엉이가 울자 물소리가 끊겼다. 장은 돌을 던져 부엉이를 쫓았다. 선화가 물굽이를 돌아 걸어 나왔다.

"장공께서도 몸을 씻으시지요."

"저는… 괜찮습니다."

"저 때문에 하루 종일 땀을 흘리셨습니다. 저는 옷을 갈아입어야겠습니다."

옷을 갈아입어야겠다는 말에 장은 쫓기듯 온천으로 걸어 들어갔다. 흐르는 물이지만 조금 전까지 선화가 몸을 담그던 물이라고 생각하니 까닭 모를 부끄러움이 느껴졌다. 물에서 향기가 피어나는 듯했다. 바람이 불자 목련 서너 송이가 느리게 떨어졌다. 장은 씻는 둥 마는 둥 물 밖으로 나왔다. 물굽이를 돌자 둔덕 위에 선화가 보였다. 장은 여장을 한 선화의 모습을 처음 보았다. 달빛 아래 서 있는 선화는 선녀 같았다. 서기의 그림보다, 귀신보다, 수많았던 상상보다 아름다웠다. 장은 넋을 잃고 선화를 바라보았다. 숨이 멎는 듯했다. 하늘의 별들도 중심을 잃고 우수수 쏟아져 내릴 것 같았다.

　지난밤을 새고 몸이 천근만근 무거웠는데도 쉽게 잠이 들지 않았다. 뒤척이다 비몽사몽 같은 꿈속에서 장은 선화의 눈물을 보았다. 선화가 울고 있었다. 덕만 때문에 왜로 피해왔지만 용춘을 사랑해 잊지 못해 우는 것일까? 그런 생각이 들자 가슴이 찢어질 듯 아파왔다. 혼몽 중에도 장은 이 아픔이 어디서 오는가 생각했다. 답을 찾지 못한 사념이 가슴 저미는 아픔으로 남아 꿈속을 떠돌았다.

　다음날 선화는 다시 남장을 하고 나타났다.

　"식사하세요."

　목련꽃 같은 웃음을 머금은 얼굴이 종달새 같은 소리로 장의 움집 문을 열었다. 선화를 보니 지난 밤 꿈이 물먹은 나뭇잎처럼 축축하게 떠올랐다. 장은 선화의 얼굴을 외면했다.

　"식구가 늘어 좋구나."

　아좌와 선화가 오랜 친구처럼 떠들며 식사하는 사이에서 장은 침묵했다. 선화가 아좌 몰래 장의 얼굴을 살폈다. 장의 얼굴에서 그늘을 발견한 선화의 얼굴이 조금씩 어두워졌다. 식사를 마친 장은 정을 들고 검은 절벽으로 올랐다. 여래불의 옷자락을 새기는 날이었다. 여래불의 가슴에 정을 대고 망치로 두들기며 조심스럽게 아래로 내려갔다. 반원 모양의 옷자락이 선을 타고 다시 위로 올라갈 즈음 아좌가 올라왔다. 아좌는 반가사유상의 얼굴을 새겼다. 완성되어 가는 해진의 얼굴을 보니 가슴이 아팠다. 피었다 흩어지는 벚꽃처럼 근원 모를 아픔이 꽃잎 날리듯 퍼져갔다. 아좌는 장이 불상의 얼굴을 새기지 못하게 했다. 사랑하는 사람이 없기 때문이다. 아픔과 잡념을 지우려 장은 정과 망치를 든 손에 힘을 주었다. 팅, 금속성의 소리와 함께 돌조각이 튀며 옷자락 선이 망가졌다. 쩔쩔매는 장을 의아한 눈으로 바라보던 아좌가 말했다.

"오늘은 쉬거라."

장은 검은 절벽을 내려왔다. 선화의 모습이 보이지 않았다. 장은 선화를 찾아 나섰다. 일부러 소리 나게 자갈을 밟아가며 문을 연 움집에 선화는 없었다. 물소리를 내며 조심스럽게 찾아간 온천에도 적막만이 감돌았다. 떨어진 소리도 없는데 파문이 번졌다. 퍼져나가다 사라지는 물 동그라미를 보며 장은 어쩌면 선화가 신라베로 돌아갈지 모른다는 생각을 했다. 급하게 언덕을 올랐다. 벚꽃이 진 자리에 푸른 새잎이 돋아나고 있었다. 꽃과 잎이 뒤섞인 나무는 완성되지 않은 사랑처럼 처량해 보였다. 처음 선화를 만난 계곡에서 장은 선화를 찾았다. 물끄러미 계곡 저 편을 바라보다 장이 있는 곳에서 들릴 만큼 소리 나게 한숨을 쉬었다. 역시 선화는 용춘을 그리워하고 있구나… 아픈 마음을 감추려 장은 크게 헛기침을 했다. 장을 본 선화가 반가운 미소를 지었다. 장은 선화 옆에 앉았다.

"다시 신라베로 가는 것이 어떻겠습니까?"

말을 듣고도 선화는 한참동안 말하지 않았다. 선화의 얼굴을 살피던 장은 깜짝 놀랐다. 눈 가득 눈물이 맺혔다. 커다란 눈물방울이 금방이라도 떨어질 듯했다. 장이 안절부절못하는 사이 갑자기 일어선 선화가 뒤도 돌아보지 않고 언덕을 달려 내려갔다. 왼손을 들어 눈가를 훔치며 흔들리며 뛰어갔다. 선화를 따라가려 일어서던 장은 그대로 바위에 주저앉았다. 선화를 쫓는 사람은 용춘 하나로 족했다. 거센 바람을 타고 흰 구름이 새처럼 빠르게 장의 눈앞을 스쳐지나갔다. 앞선 구름을 쫓듯 새로운 구름이 장의 눈앞으로 몰려왔다. 뒤에 온 구름이 앞 구름과 만날 수 있을까? 장이 지켜보는 사이 두 구름 모두 산 넘어 사라졌다. 한숨을 쉬며 장은 자리에서 일어섰다.

　선화는 떠나지 않았다. 움집을 나오지 않았지만 장은 선화가 집에 있는 것을 알 수 있었다. 그날 밤, 장은 선화의 움집을 보며 밤을 새웠다. 새로 심은 목련 가지가 바람에 흔들렸다. 다음날 아침식사를 마친 선화가 아좌에게 말했다.

　"제게도 불상을 새기는 법을 가르쳐 주세요."

　"사랑하는 사람이 있습니까?"

　"예…. 있습니다."

　사랑하는 사람이 있다는 선화의 대답에 장의 가슴이 아팠다.

　"장아 조각하는 법을 가르쳐드려라."

　아좌가 장에게 말했다.

　선화와 돌을 찾아 나섰다. 길 쪽에 있는 조각을 할만한 돌은 대부분 해진의 얼굴이 새겨져 있었다. 계곡으로 내려가는 길에서 장은 하얀 석회석을 찾았다. 석회석은 돌의 성질이 물러 처음 조각을 연습할 때 좋았다. 장이 정을 쥐고 망치로 두드리는 법을 가르쳤다. 선화의 손이 닿자 장은 움찔했다. 잔물결 치듯 작은 번개가 지나는 자리마다 꽃잎이 아로새겨지는 것 같았다. 선화의 얼굴을 보니 싸늘한 표정이 차가운 돌 같았다. 장은 손이 닿지 않도록 조심하며 가르쳤다.

"가볍게 치셔야 합니다."

선화가 두드리는 정 끝에서 돌 조각이 튀었다.

"돌이 너무 무릅니다. 저는 남자 석상을 새기려 합니다."

힘에 부치는지, 화가 났는지 얼굴이 붉어졌다. 장은 선화의 정 끝에서 망가져가는 돌을 버리고 다른 돌을 찾아 나섰다. 하늘을 가릴 듯 흐드러지게 핀 벚나무 사이에서 점창석을 찾았다. 어른 키 크기로 조각을 하기에 적당한 돌이었다. 계곡으로 돌아오니 선화는 계속 바위를 두드리고 있었다. 돌이 반 이상 부수어져 있었다. 장은 선화의 망치 든 손을 옷 위로 잡았다.

"배우고 싶으면 가르침에 따라야 합니다."

선화가 고개를 숙였다. 장은 남은 돌을 가지고 표면을 고르게 하는 법, 선을 새기는 법을 가르쳤다.

"불상을 새길 만한 바위를 찾았습니다."

어느 정도 돌질이 익숙해졌다 싶었을 때 장이 말했다. 둘은 벚꽃 그늘로 갔다. 종달새 같이 떠들던 선화가 말이 없어진 게 마음을 불안하게 만들었다. 흩날리는 꽃무리를 봐도 햇빛을 반사하며 어여쁘게 오르는 신록을 봐도 선화는 웃지 않았다. 장이 찾은 바위를 이리저리 쓰다듬던 선화가 말했다.

"마음에 듭니다. 장공께서 도와주셨으면 합니다."

장은 선화를 가르치며 선화와 함께 돌을 다듬어나갔다. 선화의 체취, 손길이 느껴질 때마다 움찔했지만 정신을 집중하려 애썼다.

"이제부터는 혼자 해보십시오."

어느 정도 사람의 형상이 갖춰지자 장은 뒤로 물러났다. 더 이상 선화의 불상을 다듬고 싶지 않았다. 선화가 장에게 고개를 끄덕였다. 안정을 찾은 선화는 돌질에 금방 익숙해졌다. 선화의 정 끝에서 조금씩 모습을 갖춰가는 사람의 형상이 장의 마음을 아프게 했다. 머지않아 선명하게 드러날 낯선 남자의 모습을 보고 싶지 않았다. 선화는 식사를 준비하는 시간 외에는 밤이고 낮이고 조각에 열중했다. 검은 절벽에서도 더 이상 장이 할 일은 없었다. 세 불상 모두 얼굴 부분만 남아 아좌 혼자 다듬었다. 하릴없이 서성이던 장은 벗나무 숲이 끝나는 곳에서 하얀 바위를 발견했다. 석회석이었다. 장은 소일거리삼아 불상을 새기기 시작했다. 석회석은 재질이 부드러워 여자를 연상시켰다. 석회석을 다듬으며 장은 손에 닿던 선화의 부드러운 살결을 떠올렸다. 얼굴 부분을 남기고 장은 정을 멈췄다. 호흡을 가다듬으며 불상을 살피던 장은 무엇인가 이상한 기운을 느꼈다. 선화의 정 소리가 들리지 않았다. 장은 정과 망치를 던지고 달려갔다. 계곡을 건너는 물에서 선화를 찾았다. 남자 하나가 선화의 팔을 잡아 앞세웠고 뒤의 두 남자가 망을 보며 건넜다. 앞선 남자는 칼을, 뒤의 두 남자는 창을 들었다. 장은 지체하지 않고 물로 내려갔다. 물소리를 들은 사내 둘이 창을 들어 장을 경계했다. 장이 오른발을 앞으로 내딛자 창 하나가 가슴을 노리며 찔러왔다. 장은 손날로 창을 비끼며 가슴을 발로 질렀다. 장을 찌른 자가 뒤로 넘어지며 뒤에 있던 자와 부딪혀 비틀거렸다. 장이 한 걸음 더 내딛자 앞선 자의 어깨 너머로 창이 찔러왔다. 장은 무릎을 굽히며 명치를 정권으로 질렀다. 명치를 맞은 자가 비명을 지르며 계곡물로 떠내려갔다. 장은 계속 내딛으며 뒤에 선 자의 무릎을 걷어찬 후 비틀거리는 자의 옆구리를 질러 물에 빠뜨렸다. 떨어진 곳은 물살이 빨라 소용돌이가 일었다. 물에 휩쓸려 빙글빙글 돌던 두 사내는 곧 시야에서 사라졌다. 싸우는 사이 물을 건넌 남자가 선화를 뒤에 세운 채 장을 노려봤다.

"나는 신라의 화랑 용춘이다. 너는 누구냐?"

"나는 백제의 장이라 한다."

대답을 하면서도 걸음을 빨리해 강을 건넜다. 사내는 자색 옷을 입고 머리에 금빛 두건을 묶었다. 물에서 올라설 때 공격해올까 경계했지만 사내는 칼을 뽑지 않았다. 자갈밭에 올라선 장과 용춘의 눈빛이 부딪치며 불꽃을 튕겼다.

"이분은 신라의 선화공주다. 나는 이분을 호위해 모시고 가는 중이다."

장은 멈칫했다. 신라의 공주를 신라의 화랑이 데려간다는 데 말문이 막혔다. 머뭇거리는 장의 기색을 살피던 선화가 달려와 장의 뒤에 섰다.

"저는 가지 않겠어요."

"공주!"

용춘의 내딛는 걸음을 장이 막아섰다. 챙 소리와 함께 용춘이 칼이 뽑혔다.

"싸우지 마세요!"

비명같이 선화가 외쳤다. 장은 오른손으로 선화를 뒤로 물리고 용춘의 걸음을 따라 돌았다. 검을 든 기세가 가볍지 않았다. 기합 소리와 함께 칼바람이 일었다. 장의 머리를 노리며 사나운 기세로 칼이 내려왔다. 옆으로 피하자 곧바로 허리를 잘라왔다. 장은 뒤로 물러섰다. 파고 들 틈 없이 빠른 손놀림이었다. 지형을 살폈다. 이곳도 미륵사 수련장처럼 돌밭이라 균형을 잡기 어려웠다. 장은 몸놀림을 작게 해 검을 피했다. 빗낱처럼 뿌려지던 칼끝이 한순간 흔들렸고 그 틈을 파고든 장이 힘을 모아 주먹으로 질렀다. 상대의 몸을 타고 뻗어나가는 힘이 느껴졌다. 용춘의 동작이 멈췄다. 칼이 떨어졌다. 웩 소리와 함께 피거품을 뿜은 용춘이 무릎을 꿇었다. '오라버니' 하며 선화가 용춘에게 달려갔다. 입가에 흐르는 피를 닦으며 울었다. 호흡을 가다듬은 용춘이 말했다.

"공주, 나와 함께 갑시다."

선화가 고개를 흔들며 일어섰다.

"저는 가지 않겠어요."

선화와 장을 번갈아보던 용춘의 눈이 증오로 빛났다. 비틀거리며 일어선 용춘이 떨어진 칼을 집어 칼집에 꽂았다.

"장이라 했느냐?"

장이 고개를 끄덕였다.

"공주를 찾으러 다시 오겠다. 혼자 오지 않을 것이니 대비를 단단히 해야 할 것이다."

용춘이 떠나는 것을 확인한 장은 선화의 손을 잡고 계곡물을 건넜다. 급하게 언덕을 오르다 뒤돌아보니 선화가 고개를 숙인 채 터덜터덜 걸어오고 있었다. 장은 불타듯 다급해지는 마음을 억지로 눌렀다.

"형님께, 선화님의 신분을 밝혀야 합니다. 괜찮겠습니까?"

둘의 눈이 마주쳤다. 선화의 눈 속에 피어오르는 무엇이 있었다. 장은 홀린 듯 선화의 눈 속으로 빨려 들어갔다. 눈 속에 또 눈이 있었다. 깊은 동굴 속에 숨어 있다 나타난 꽃 같고 불 같은 무엇이 한순간 장의 숨을 멎게 했다. 서기가 본 것이 이것이었을까? 장은 잠시 현실을 잊었다. 동굴 속에 또 다른 동굴이, 또 다른 동굴은 또 다른 동굴 속 꽃과 불로 이어졌다. 석순에서 떨어지는 물방울처럼 선화의 눈에 맺혔다 떨어지는 눈물을 장은 망연히 바라만 봤다.

"폐를 끼쳐 죄송합니다. 제 신분을 말씀하셔도 좋습니다."

목소리에 놀라 장은 정신을 차렸다.

"마음을 단단히 하셔야 합니다."

장은 등을 돌려 앞서 걸었다.

"시로가 신라의 선화공주님이란 말이지."

장의 말을 듣고도 아좌는 놀라지 않았다. 빙그레 웃으며 선화를 쳐다봤다. 선화가 얼굴을 붉게 물들이며 고개를 숙였다.

"남자가 아니리라 생각했지만 공주님인 줄은 몰랐네."

아좌가 신기한 듯 선화의 얼굴을 가까이 들여다봤다.

"그건 그렇고 신라군이 쳐들어올 거란 말이지…. 난 떠나지 않겠다. 여기는 왜 조정에서 내게 준 나 아좌의 땅이다. 아직 삼존불상도 완성하지 못했다."

"잠시 몸을 피했다 돌아와 완성하면 됩니다."

장이 설득했지만 아좌는 막무가내였다.

"공주는 어떻게 하시겠소? 장이와 함께 피했다 오는 게 낫지 않겠소?"

"저도 떠나지 않겠습니다. 불상의 얼굴 부분이 남았습니다. 얼굴 새기는 법을 가르쳐주십시오."

선화의 말을 들은 아좌가 껄껄 웃었다.

"역시 시로는 구로와 기질이 통하는군. 좋소, 얼굴 새기는 법을 가르쳐주겠소. 사랑하는 사람이 있습니까?"

아좌가 물었다. 선화가 고개를 끄덕였다.

"쉽습니다. 바위를 뚫어져라 들여다보면 바위에 사랑하는 사람 얼굴이 나타납니다. 그 얼굴만 빼고 나머지 부분을 떼어내면 됩니다."

아좌와 선화의 눈이 마주쳤다. 말 없는 말이 눈빛을 타고 두 사람 사이를 오갔다. 서로는 서로의 고독한 사랑을 이해했다.

"시간이 없습니다. 빨리 완성하고 싶습니다."

정과 망치를 들고 언덕을 내려가는 선화의 뒷모습을 보는 장은 가슴이 터질 듯했다. 아좌도 아무 일 없다는 듯 검은 절벽을 향했다. 신라군에게서 선화와 아좌를 지키는 일이 장의 몫으로 남았다. 두 사람이 조각을 하는 동안 장은 전략을 세우고 함정을 만들었다. 자기는 죽더라도 두 사람을 지키고 싶었지만 그럴 수 있을지 의문이었다. 깊은 밤 화산꼭대기에서 불화살이 날았다. 화살은 날카로운 소리를 내며 검은 밤을 갈랐다. 장이 달려가는 동안에도 계속 화살이 날았다. 화산 중턱에서 장은 산을 내려오는 아좌를 만났다.

"소리 나는 화살 효시다. 소리가 크더냐?"

"네, 높고 큰 소리가 났습니다."

"인명은 재천이라 했다. 너무 걱정하지 마라."

"형님, 여쭤볼 게 있습니다."

"말해라."

"형님도 선화님의 눈 속에서 꽃불을 보았습니까?"

깊은 산속의 정적이 두 사람을 감돌았다.

"나는 보지 못했다. 너는 시로가 새기려는 얼굴이 누구인지 아느냐?"

침묵 끝에 아좌가 되물었다.

"아마… 신라의 용춘이리라 생각합니다."

"아닐 것이다."

그 말을 끝으로 아좌는 다시 검은 절벽으로 올라갔다. 아좌와 헤어진 장은 선화에게 갔다. 선화는 관솔불을 밝혀놓고 밤새 돌을 다듬었다. 쉬라 하고 싶었지만 방해될까 두려워 말을 건넬 수 없었다. 장은 멀찌감치 떨어져 선화를 지켜보다 계곡으로 내려갔다. 물가에 '백제령'이라고 쓴 깃발을 꽂은 후 계곡을 건너 신라군의 동태를 살폈다.

성덕태자

아침 해가 붉게 허공으로 올랐다. 벌판 저편에서 새들이 날아올랐다. 태양빛을 받으며 기치창검을 앞세운 신라군이 모습을 드러냈다. 얼핏 보기에도 백여 명은 돼 보였다. 장은 바람의 방향을 살폈다. 적의 방향으로 바람이 불었다. 신라군이 벌판 중간에 들어섰을 때 장은 불을 놓았다. 마른풀에 붙은 불이 바람을 타고 파도처럼 신라군에게로 밀려갔다. 갑작스런 불길에 놀란 신라군이 허둥지둥 흩어졌다.

신라군의 가운데서 나발 소리가 울리더니 기가 하늘을 향했다. 우왕좌왕하던 신라군이 기를 중심으로 모였다. 기가 오른쪽을 향하자 군사들이 일사불란하게 기의 방향으로 이동했다. 오른쪽은 계곡 아래로 향하는 길이다. 상대편 군사가 적다고 판단했는지 신라군은 단순한 전략을 취했다. 기수 옆에 화려한 갑옷으로 무장한 장수가 보였다. 멀리서도 장은 용춘을 알아보았다. 절벽을 타고 먼저 계곡을 내려온 장은 물을 건너 적이 보이는 언덕으로 올라갔다. 잠시 후 계곡 아래 기수를 앞세운 신라군과 용춘의 모습이 보였다. 장은 활시위를 당겼다. 화살 끝이 갑옷으로 가리지 못한 용춘의 하얀 얼굴을 향했다. 시위를 놓으면 용춘은 죽는다. 장수를 잃은 적은 큰 타격을 입게 되고 이대로 싸움이 끝날 수도 있었다. 시위를 놓으려는 순간 용춘의 핏자국을 닦으며 울던 선화의 모습이 떠올랐다. 살 끝이 바르르 떨렸다. 싸움에 임해 망설이기는 처음이었다. 살 끝을 올려 시위를 놓았다. 활을 떠난 화살이 용춘의 투구를 벗기며 떨어졌다. 놀란 용춘이 바닥에 몸을 감추자 방패를 앞세운 호위가 용춘을 막아섰다.

"경고하겠다. 더 이상 내려오면 죽는다. 여기는 백제 땅이다."

방패 뒤에서 용춘이 몸을 일으켰다. 하늘로 오른 용춘의 칼끝이 앞을 향했다. 장을 향해 비 오듯 화살이 쏟아졌다. 장은 바위 뒤로 몸을 숨겼다. 궁수들이 활을 쏘는 틈을 타 뒤에 있던 신라군이 계곡을 달려 내려오기 시작했다. 장은 바위를 떠나 나무 뒤로 몸을 감추고 이동하면서 내려오는 신라군을 화살로 쐈다. 화살을 맞은 신라군이 흙먼지를 날리며 계곡으로 굴러 떨어졌다. 동료의 죽음을 보고도 신라군은 두려워하지 않았다. 장을 향해 다시 화살이 쏟아지는 사이 신라군이 물밀듯 계곡을 내려왔다. 장은 연발로 화살을 날렸다. 손끝을 떠난 화살이 세 명의 신라군의 목과 얼굴에 박혔다. 활 맞은 자들이 구르며 앞서 내려가던 자들을 덮쳐 화살을 맞지 않은 자들도 흙먼지와 함께 계곡으로 쏟아지듯 굴렀다. 장은 몸을 수습하는 자들을 쏘지 않았다.

"다시 한번 경고하겠다. 살고 싶으면 돌아가라."

자갈밭에서 몸을 수습한 신라군이 전열을 가다듬었다. 방패에 몸을 가린 용춘이 완만한 곳을 찾아 계곡을 내려왔다. 용춘을 향해 쏜 화살이 호위의 방패에 박혔다. 자갈밭에 있던 자들도 방패로 몸을 가리며 전진했다. 자갈밭에 내려온 용춘이 손짓하자 맨 앞에 섰던 자들이 물을 건너기 시작했다. 장은 물속에 잠겨 있는 무릎을 향해 활을 쏘았다. 비명소리와 함께 앞에 섰던 두 명이 급류에 떠내려갔다. 신라군은 용맹했다. 전투에 임해 뒤로 물러서지 않았다. 나발 소리와 함께 신라군이 넓게 벌려 물을 건너왔다. 장은 계속 화살을 쏘았다. 다시 서너 명의 신라군이 급류에 휩쓸려 사라졌지만 나머지가 강을 건넜다. 적이 얼마 되지 않는다고 판단했는지 강을 건너자마자 장이 있는 곳을 향해 뛰어 올라왔다. 장은 묶어놓았던 밧줄을 끊었다. 바위를 받치고 있던 통나무가 사라지자 바윗돌이 언덕 아래를 향해 굴렀다. 바위에 치인 신라군이 피를 뿌리며 쓰러졌다. 장은 바위를 피한 자들을 향해 또 화살을 쏘았다. 급하게 언덕에 오르려던 자들이 몰살됐다.

"살고 싶으면 돌아가라."

용춘이 칼을 뽑아 좌우로 흔들었다. 용춘의 신호에 따라 신라군이 산개했다. 생각보다 영리한 자였다. 산개해 언덕을 오르면 설치해 놓은 함정들이 무용지물이 된다. 백병전을 벌일 수밖에 없고 근접전은 혼자인 장에게 불리했다. 장도 짧은 칼을 뽑았다. 나무가 거치적거리는 숲에서는 단도가 유리했다. 위로 치켜세운 용춘의 칼끝이 장을 향하는 순간 뒤에서 외치는 소리가 들렸다.

"올라오지 마세요. 제가 내려가겠어요."

선화였다. 조각을 하다 뛰어왔는지 정과 망치를 든 채였다. 쓰러진 시체들이 믿기지 않는 듯 온몸을 떨었다. 뿔피리 소리가 들렸다. 장이 소리 나는 쪽을 바라보니 숲을 가득 채운 군사들이 장이 선 곳을 향해 몰려오고 있었다. 고원을 넘어온 모양이었다. 장은 선화를 가리며 무장한 군인들을 막아섰다. 군인들 뒤에서 비단옷을 입은 장수가 앞으로 나왔다. 젊고 흰 얼굴에 콧수염을 길러 위엄을 세웠다.

"장아, 인사해라. 성덕이다."

성덕 뒤에서 아좌가 모습을 드러냈다. 장은 얼떨결에 읍을 했다. 성덕도 장에게 예를 표했다. 용춘을 발견한 성덕이 언덕을 내려갔다.

"나는 아스카의 성덕태자요. 신라인들은 왜 조정에서 정한 영지를 벗어날 수 없소. 당신들의 땅으로 돌아가시오."

"저들이 신라의 공주를 볼모로 삼고 있소."

"스스로 남았다고 들었소. 만약 강제로 억류돼 있다면 내가 책임지고 돌려보내겠소."

용춘의 얼굴이 선화를 향했다. 움찔하며 내려가려는 선화의 몸을 아좌가 잡았다. 선화와 아좌의 눈이 마주쳤다.

"지금 떠나면 후회하게 될지도 모르오. 나처럼 얼굴이나 새기며 평생을 살 생각이오."

손에 든 정과 망치를 망연히 바라보던 선화가 발길을 돌려 숲으로 사라졌다. 용춘이 칼집에 칼을 꽂았다. 신라군은 사상자들을 수습해 물을 건너 자신의 땅으로 돌아갔다. 그런 신라군들을 보며 아좌가 혀를 찼다.

"너는 무인인 아버지의 피를 이어받았다."

아좌의 말을 귀로 흘리며 장은 선화의 뒤를 따라갔다. 조각하던 불상을 잡고 선화가 울고 있었다. 장이 다가가자 선화가 불상을 가리며 외쳤다.

"가까이 오지 마세요."

사과하려 했지만 노한 선화의 눈빛이 발길을 막았다. 장은 선화의 눈이 미치지 않는 곳으로 가서 쓰러지듯 누웠다. 그렇게 신라군들을 죽일 수밖에 없었을까? 동족을 살해한 자신을 선화가 용서하지 않을 것 같았다. 화살에라도 맞은 듯 가슴이 아팠다. 이 아픔은 어디서 오는가? 알 수 없었다. 오늘도 구름은 이 하늘을 지나 저 하늘로 가고 있었다. 원인을 알 수 없는 이 아픔도 저 구름처럼 사라질 것이다. 스스로를 위로하며 자리에서 일어난 장은 언덕을 올랐다. 숲을 가득 메웠던 왜병들이 어디론가 사라지고 없었다. 아무 일도 없었다는 듯 햇살이 맑았다.

"장아, 이리 와라. 네 이야기를 하던 참이다."

움집 앞에서 성덕과 이야기를 나누다 장을 본 아좌가 장을 불렀다.

"나이를 따져보니 성덕과 네가 동갑이다. 앞으로 친구처럼 지내라."

장이 머뭇거리자 성덕이 손을 내밀었다.

"형제가 늘어 좋다. 아좌 형 말대로 친구로 지내자."

장은 성덕의 손을 잡았다. 섭정으로 한 나라를 통치하는 자답지 않게 소탈한 기운이 느껴졌다. 그런 통 큰 마음이 사람들을 끌어 따르게 하는 것인지도 몰랐다.

"성덕이 잘 익은 머루주를 가져왔다. 이 술로 형제의 의를 천지신명께 고하자."

붉은 술을 모두의 잔에 가득 채우고 술잔을 머리 위로 치켜든 아좌가 맹세했다.

"천지신명께 고하노니 이 술로 형제의 의를 다지고자 합니다. 앞으로 형제의 의를 배반하는 자는 길 가다 벼락 맞게 하소서."

맹세를 한 아좌가 단숨에 술잔을 비웠다. 성덕과 장도 뒤를 따랐다. 술잔을 내려놓은 아좌가 회심의 미소를 지었다.

"성덕, 집에 소서노 할머니 칼 있지. 그거 장에게 빌려줘라."

성덕이 난색을 표했다.

"그 검은 나라의 신물입니다. 제 마음대로 빌려드릴 수 없습니다."

"성덕답지 않게 왜 이러나. 내가 빌려달라고 했지 달라고 했나. 동생의 신분을 증명하고 위해만 사라지면 다시 돌려줄 걸세. 장아, 그렇지?"

아좌가 장을 보며 눈을 찡긋했다. 장은 고개를 끄덕였다.

"나, 백제 태자 아좌의 이름으로 보증서겠다. 그런데도 빌려주지 않겠다면 성덕 아우와의 관계를 다시 생각해봐야겠네."

잠시 눈을 감고 생각에 잠겼던 성덕이 말했다.

"형님을 믿고 빌려드리겠습니다. 대신 말씀하신 것을 글로 남겨주십시오."

아좌가 고개를 끄덕였다.

"다른 부탁이 있습니다. 지난 번 말씀드렸던 것처럼 제 모습을 그려주십시오."

"내일 고원으로 내려가겠네. 그림 그릴 채비를 하게."

"고맙습니다."

술판이 무르익었다. 섭정의 탈을 벗은 성덕은 장과 별반 다를 바 없는 소년이었다. 성덕의 이름을 부르는 것이 어렵지 않게 느껴지면서 친근감이 들었다.

"아좌 형님은 형님이기 이전에 내 스승일세. 형님에게서 나라의 법도와 백제의 전통을 배웠네. 그러나 그런 것보다 그런 모든 지식과 지위를 낙엽처럼 떼어내 버릴 수 있는 형님을 진정 존경하네."

"성덕, 취하고 있네."

성덕을 말을 들은 아좌가 웃었다.

"정말입니다. 형님을 보면 마음이 편합니다. 꽉 막힌 조정에서 꽉 막힌 사람들과 꽉 막힌 일을 하다 형님을 보면 숨통이 트입니다. 그게 제가 여기를 찾는 이유입니다."

유불선을 통달하고 천하 사람들에게 천재라는 평을 듣는 성덕. 그가 존경하는 아좌. 때로 모자란 듯하고 때로는 미친 듯하지만 아좌는 허물을 벗고 하늘을 나는 매미였다.

"형님, 왕평 스승님의 소식은 들었습니까?"

아좌의 얼굴에 어두운 기운이 스쳤다.

"해씨를 제외한 칠족의 군사를 모으고 있다는 소문입니다."

말을 들은 아좌가 입으로 가져가던 술잔을 내려놓았다.

"막아야 한다."

"배는 백제 사람들이 가지고 있습니다. 아스카를 지키는 군사는 대부분 육군입니다. 만약 백제를 친다면 바닷길을 이용하는 스승님을 막기는 어렵습니다. 너무 걱정하지 마십시오. 소문에 불과할 뿐입니다. 배들은 내해를 나가지 않았습니다. 대규모 선박이 내해를 빠져나갔다면 백제정청에서 봉화를 올렸을 것입니다."

석양이 내리며 노을이 하늘을 태웠다. 화제를 바꿔 성덕과 담소를 나누면서도 아좌의 얼굴은 밝지 않았다. 장은 혼자 있을 선화가 걱정됐다.

"취했습니다. 저는 고원에서 별을 보며 자겠습니다. 형님도 이만 쉬십시오. 장아, 만나서 반가웠다. 내일은 네 이야기를 듣고 싶구나."

가볍게 장의 어깨를 안았다 놓은 성덕이 뿔피리를 불었다. 어디에 숨어 있었는지 네 명의 군사가 금칠을 한 가마를 들고 왔다. 가마에 오른 성덕이 피리를 불며 산을 내려갔다.

"장아, 너는 선화가 새기려는 남자가 누구인지 아느냐?"

내려가는 성덕의 가마를 보던 아좌가 물었다.

"모릅니다."

"나와 가보자. 조각을 완성했을 것이다."

장은 관솔불을 들고 아좌의 뒤를 따랐다. 숲은 조용했고 어둠은 깊었다. 선화의 모습이 보이지 않았다. 불빛을 비추자 조각의 얼굴이 드러났다.

"누구의 얼굴이냐?"

용춘의 얼굴이 아니었다. 낯익은 모습인 듯했지만 누구의 얼굴인지 알 수 없었다.

"모르겠습니다."

장의 대답을 들은 아좌가 혀를 찼다.

"네 얼굴이다. 몰랐느냐?"

장은 가슴이 쿵하고 내려앉는 것 같았다.

"네가 신라 군사들을 죽였으니 이제 공주는 돌아갈 곳이 없다. 앞으로는 네가 공주를 사랑하고 지켜줘야 한다."

장은 믿기지 않았다. 어떻게 세상에서 제일 예쁜 신라의 공주가 자신을 사랑한다는 말인가. 아좌의 말이 꿈같았다. 장은 석상의 얼굴에 다시 불빛을 비춰보았다. 믿기지 않았지만 분명 자신의 얼굴을 닮았다.

언덕을 오르다 움집 뒤에서 선화를 발견한 장은 가슴이 쿵쾅거렸다. 술이 취해 일찍 자야겠다며 아좌는 가던 걸음 그대로 언덕을 올라 사라졌다. 장이 다가가자 선화가 얼굴을 돌렸다. 더 가까이 가자 집으로 들어갔다. 장은 닫힌 문 앞에 앉아 대나무 대롱을 타고 흘러내리는 물소리를 들었다. 밤하늘에 총총한 별들을 바라보던 장은 일어나 자신의 집으로 갔다. 정과 망치를 꺼내들고 전에 보아두었던 흰 바위로 갔다.

"쉽습니다. 바위를 뚫어져라 들여다보면 바위에 사랑하는 사람 얼굴이 나타납니다. 그 얼굴만 빼고 나머지 부분을 떼어내면 됩니다."

장은 아좌의 말을 되새기며 바위의 얼굴 부분을 들여다보았다. 온천에서 목욕을 하고 여장을 한 선화는 선녀 같았다. 장은 바위에 정을 댔다. 떨어져나가는 돌조각을 보며 장은 선화와 같은 것을 느꼈다. 사랑은 아픔이었다. 사랑은 기쁨이었다. 사랑은 아픔이고 기쁨이었다. 동틀 무렵 장은 선화의 움집을 찾았다.

"선화님, 일어나셨습니까? 보여드릴 게 있습니다."

장이 조각한 얼굴을 본 선화가 장의 손을 잡았다. 장이 선화의 몸을 안았다. 사랑은 꿈이었다. 사랑은 실재였다. 사랑은 꿈이고 실재였다. 붉은 해가 하늘로 오르며 석상 앞에 굳어 있는 두 사람을 비췄다.

아침을 먹은 아좌가 고원으로 내려갈 채비를 차렸다. 장이 아좌를 따랐다. 뒤에 남아 머뭇거리는 선화에게 아좌가 말했다.

"그림 그리는 것을 보고 싶지 않습니까? 같이 가시지요."

세 사람은 어깨를 맞대고 언덕을 내려갔다. 꽃 진 나무에 새잎이 나고 있었다. 장은 스치는 잎을 손으로 만졌다. 아이 살처럼 부드러웠다. 꽃이나 사람이나 물결이나 모두 마찬가지다. 옛것이 지나 새것이 오지만 새것은 옛것을 닮는다. 고원으로 내려오자 풀을 다듬어 길을 만들고 군사들이 양쪽으로 도열해 섰다. 길 끝에 비단으로 휘장을 친 막사가 보였다. 은은한 빛 그늘 속에 앉아있던 성덕이 아좌 일행을 보고 밖으로 나왔다. 아이 두 명이 따라 나왔다.

"공주께서도 오셨습니까?"

성덕이 선화에게 인사를 했다. 엷은 색 비단옷에 허리띠를 두르고 긴 칼을 찼다.

"어떤 모습을 보이기 원하느냐?"

붓을 든 아좌가 물었다.

"어떤 모습으로 보이십니까?"

"불안하다."

성덕은 호족들을 누르고 왕권을 강화하려 애쓰고 있었다. 아좌의 말을 들은 성덕이 웃었다.

"그렇게 그려주십시오."

"양옆에 왕자들을 세우자. 불안해도 안정되게 보여야 하지 않겠느냐."

"그러십시오."

힘없는 왕권이 불안하다면 오히려 아좌가 더하겠지만 아좌는 불안해하지 않았다. 왕권 같은 것에 마음을 두지 않기 때문이다. 그리기 시작한 아좌는 붓을 멈추지 않았다. 뙤약볕 내리쬐는 벌판에서 한식경이 지나도록 군사들은 미동도 않고 서있어야 했다. 성덕 옆의 어린 두 왕자도 눈 꼬리를 세우고 눈동자를 하늘에 둔 채 자세를 흐트리지 않았다. 선화의 흰 피부가 발갛게 익어갔다. 장은 그림보다 선화의 얼굴에 눈을 두었다. 시선을 눈치 챈 선화가 얼굴을 붉히며 고개를 숙였다. 장이 옷깃을 잡아끌었다. 나무그늘 아래서 장이 말했다.

"형님께 부탁해서 선화님도 채색한 그림을 그려달라고 할까요? 서기의 그림은 단색이니까요."

"장공께서 새겨주신 조각으로 충분합니다."

선화가 웃었다. 장도 실없이 웃었다. 하늘을 보니 구름 한 점 없이 맑았다. 햇빛을 받은 산천의 나무와 풀과 꽃들도 맑게 반짝거렸다. 먼 곳에서 말발굽 소리가 들렸다. 벌판을 가로지르는 노란 먼지를 일으키며 말 한 마리가 달려왔다. 병사들이 호위대형으로 산개했다.

"전령이다!"

말머리에 흔들리는 기가 보였다. 급하게 달려오는 전령을 보니 왠지 모를 불안함이 일었다. 장은 선화의 손을 놓고 막사로 갔다. 성덕 앞에 무릎을 꿇은 전령이 고했다.

"구다라 항에 백제 배들이 모여 일제히 출범했습니다."

"백제를 향했느냐?"

"아닙니다. 내해로 들어오고 있습니다."

"내해로?"

그림에 색을 입히던 아좌가 붓을 놓고 물었다.

"그렇습니다."

"왜 내해로 들어오느냐?"

성덕의 질문에 전령은 답하지 못했다. 성덕이 아좌의 얼굴을 쳐다봤다. 아좌가 눈을 감자 온 들판이 정적에 잠겼다.

"해씨 부족이다."

한숨을 토하며 아좌가 말했다.

"왜 해씨 부족에게 갑니까?"

"해씨 부족을 치면 왜에 있는 백제계와 백제의 실권을 장악한 해씨는 원수지간이 된다. 왜 조정은 백제계가 따르는 왕평 스승을 제압할 수 없다. 자연히 왜 조정과 백제 조정도 대립하게 되고 원하든 원하지 않든 왜 조정은 왕평 스승의 군사를 지원하는 입장에 서게 된다. 지금은 해씨를 따르고 있지만 백제에 있는 칠족들도 자신과 같은 성씨를 향해 창을 겨눌 수는 없다. 왜의 해씨를 치면 백제의 해씨를 고립시킬 수 있다."

핏빛 하늘을 보며 왕평 스승이 계획했던 것이 이것이었는가. 같은 동족을 죽여서라도 뜻을 이뤄야만 하는가. 장은 마음이 아팠다.

"아스카의 군대를 해씨 부족에게 보내려면 얼마나 걸리느냐?"

"사흘 걸립니다."

"늦다."

다짜고짜 군사가 쥐고 있던 말채찍을 빼앗아 말에 오른 아좌가 말의 배를 찼다. 장도 옆에 있는 말을 타고 아좌의 뒤를 따랐다. 뒤에서 부르는 소리가 들려 바라보니 선화가 장을 쫓아오고 있었다. 장이 외쳤다.

"선화님은 여기 계십시오. 위험합니다."

"저도 가겠습니다."

말하는 사이 아좌의 말이 멀어졌다. 장은 선화와 함께 아좌의 뒤를 쫓았다.

아좌의 죽음

눈이 내리던 나라 항에 비가 내리고 있었다. 파도가 높았다. 바다로 나가려는 배들이 없었다. 아좌가 눈에 띄는 가장 큰 어선에 올라갔다. 벌써 소문이 퍼졌는지 어부는 해씨 부족에게 가려하지 않았다. 아좌가 칼을 뽑았다.

"나는 백제의 태자 아좌다. 출범하면 이 보검을 네게 주겠다. 출범하지 않으면 이 칼로 네 목을 베겠다."

눈치를 살피던 어부가 줄을 풀었다. 제방에 몇 번 제 몸을 부딪친 배는 어렵게 뭍에서 몸을 뗐다.

"돛을 올려라."

아좌가 칼을 들어 지시했다. 푸른 칼날을 타고 빗방울이 뚝뚝 떨어졌다. 머뭇머뭇 돛이 올라갔다. 거센 바람을 맞은 배는 파도를 오르고 떨어지며 구절양장 험한 산길을 가듯 나아갔다. 선화를 찾으니 기둥을 붙잡고 버티고 있었다. 눈이 마주치자 미소를 지어 장을 안심시켰다. 금방이라도 부서질 듯 요동치면서도 배는 나아갔다. 칼을 칼집에 꽂고 먼 바다를 보며 생각에 잠겨 있던 아좌가 장을 불렀다.

"장아, 스승님을 잡아야 한다. 스승님을 잡지 못하면 난국을 수습할 수 없다. 할 수 있겠느냐?"

한 번도 거역하지 않았고 거역을 생각지 않았던 스승이었다.

"만약 내가 잘못되면 네가 스승님을 막아야 한다. 어떤 명분으로도 동족이 동족과 싸우는 일은 있을 수 없다. 할 수 있겠느냐?"

장은 무겁게 고개를 끄덕였다.

"하겠습니다. 저도 청이 있습니다."

"말해라."

"스승님을 용서해주십시오."

아좌가 한숨을 쉬었다.

"용서하고 말고 할 것도 없다. 그분은 어머니 외에 세상에서 나를 제일 사랑하는 분이시다."

손을 들어 눈가의 빗물을 훔친 아좌가 고개를 돌려 바다를 바라보았다. 말이 그친 바다에 바람소리만 들렸다. 장은 수련을 생각했다. 아버지가 같은 두 아들이 각기 다른 어머니를 떠올렸다. 장에게는 어머니만큼 소중한 여자가 생겼다. 장은 비틀거리며 선화에게 갔다. 경황 중에 항구에서 떼놓지 못하고 온 게 잘못이었다.

"부탁이 있습니다. 선화님. 배에서 내리지 마십시오. 위험합니다."

따뜻한 눈으로 장을 바라보던 선화가 말했다.

"말씀대로 하겠습니다. 장공께서도 약속하십시오. 다치지 않겠다고."

"알겠습니다."

해씨 항 앞바다에 범선들이 모여 있었다. 멀리 해씨 부락 쪽을 보니 빗줄기를 뚫고 연기가 피어올랐다.

"서둘러라."

아좌가 어부를 다그쳤다. 모두 하선했는지 범선에 사람이 보이지 않았다. 배가 닿기도 전에 아좌는 배에서 뛰어내렸다. 장은 선화의 손을 한번 꼭 쥐었다 놓고 아좌의 뒤를 따라 달렸다. 부락이 가까워지면서 아우성 소리가 들렸다. 전쟁의 신음소리였다. 다가가는 아좌와 장을 향해 병사들이 창을 겨눴다.

"나는 백제태자 아좌다. 길을 터라."

병사들이 머뭇거렸다.

"길을 트지 않는 자는 참수로 다스리겠다."

병사들이 길을 비켰다. 아좌와 장은 계속 달려 나갔다. 목책 앞에서 밀고 밀리며 칠족과 해씨 부족이 격렬하게 싸우고 있었다.

"장아, 스승님을 찾아라."

뒤쪽 목책이 뚫렸는지 칠족의 병사들이 물밀듯 쏟아져 들어왔다. 몰려오는 군사들 속에서 장은 왕평을 찾았다. 갑옷을 입었지만 분명 스승이었다.

"형님, 뒤쪽입니다."

아좌도 왕평을 봤다. 둘은 병사들을 피해 목책을 넘자마자 왕평에게 달려갔다. 대장을 향해 달려오는 아좌와 장을 본 병사들이 몰려왔다.

"나는 백제태자 아좌다. 길을 터라."

아좌의 외침은 전쟁의 소음 속에 묻혔다. 아좌를 향해 창이 찔러왔다. 장이 그자를 벴다. 다른 창이 장을 향해 찔러왔다. 어렵게 창을 피한 장이 그자를 찔렀다. 칼을 뽑자 핏줄기가 얼굴에 뿌려지며 물씬 피 냄새가 풍겼다. 장은 눈을 가로막는 피를 소매로 훔어 털어냈다. 그러는 사이 병사들이 장을 에워쌌다. 아좌가 보이지 않았다. 다급해진 장은 사납게 칼을 휘둘러 적을 물리쳤다. 멀리 장과 떨어져 한 무리의 병사들에 포위된 아좌의 모습이 보였다. 베고 또 베며 장은 아좌를 향한 길을 텄다.

"왕평 스승님, 왕평 스승님."

병사들의 무리 속에서 아좌가 외치는 소리가 들렸다. 부르는 소리를 들었는지 왕평이 아좌를 쳐다봤다.

"왕평 스승님. 왕평…."

갑자기 아좌의 외침이 끊겼다. 번갯불처럼 하얀 충격이 장의 머리를 스치고 지났다. 분노가 천둥처럼 장을 덮쳤다.

"비켜라. 이놈들아…. 그분은…."

장은 닥치는 대로 눈에 보이는 모든 몸뚱이를 자르며 나갔다.

"백제의… 너희들의… 태자이시다."

사나운 기세에 놀란 병사들이 쪼개지는 대나무처럼 길을 텄다. 트인 길 끝에서 장은 아좌를 보았다. 아좌의 몸에 창이 꽂혀 있었다. 관통된 창을 타고 물 흐르듯 피가 흘렀다.

"형님."

아좌의 몸이 오래된 담장이 허물어지듯 천천히 땅에 쓰러졌다.

"형님."

장은 피투성이가 된 아좌의 몸을 안았다. 뒤에 서 있던 병사가 오열하는 장을 향해 창을 겨눴다.

"창을 치워라."

왕평도 창에 꽂힌 아좌를 봤다. 다급하게 다가와 아좌의 맥을 잡았다. 전쟁의 소음이 끊겼다. 숨을 몰아쉬던 아좌가 말했다.

"스승님, 해씨를 죽이지 마십시오."

아좌의 눈을 들여다보던 왕평이 말없이 고개를 끄덕였다. 하염없는 눈물이 흘러내렸다.

"장아, 이 칼 어부에게 주어라…. 태자의 약속이다."

그 말을 끝으로 아좌는 숨을 놓았다. 식어가는 아좌의 몸을 쓰다듬으며 왕평과 장은 오열했다. 눈물을 그친 왕평이 장 앞에 무릎을 꿇었다.

"당신 때문이야. 당신의 더러운 집착이 형님을 죽인 거야."

장이 싸늘한 눈으로 왕평을 노려봤다.

"왕자님, 이제 백제의 왕권을 지키실 분은 왕자님뿐이십니다."

처음으로 왕평은 장을 왕자라 불렀다.

"안 해. 난 안 해."

장이 외치는 순간 칼을 든 왕평이 자기 목을 그었다. 썩은 짚단이 쓰러지듯 왕평이 아좌 옆에 몸을 뉘였다.

"스승님, 스승님."

장은 믿기지 않았다. 눈물도 나오지 않았다. 백제로 가려던 사람, 가지 않으려던 사람 모두 죽었다. 머나 먼 왜까지 와서 장이 의지하던 두 사람이 한꺼번에 죽었다. 소리만으로 오열하는 장의 어깨를 누군가 잡았다. 선화였다. 장은 부끄러움도 잊고 선화의 품에 쓰러져 엉엉 울었다.

장이 상주가 돼 아좌와 왕평을 묻었다. 왜 조정에서는 아스카에 묻기를 원했지만 장은 삼존불상 앞에 두 사람을 묻었다. 이미 진 꽃과 아직 지지 않은 꽃으로 산은 알록달록했다. 흐르고 흐르는 눈물 속에서 꽃빛이 흐리게 어룽졌다. 사람이 가건 가지 않건 풀과 나무는 무성하게 자랐다. 인간의 정을 모르는 풀과 나무에게서 장은 살의와 두려움을 모두 느꼈다. 무덤 앞에 앉아 하염없이 풀을 뜯어 날리는 장을 선화가 지켜보았다. 말없이 장과 함께했다. 피고 지는 꽃, 흐르며 사라지는 물소리를 같이 보고 들었다. 장은 왕이고 백제고 상관없이 이렇게 뜬구름처럼 살고 싶었다. 아버지 성왕을 잃은 아버지의 마음을 알 것 같았다.

성덕이 찾아왔다. 호위 없이 혼자 왔다.

"장아, 내가 머루주를 가져왔으니 오늘은 실컷 취해보자. 공주께서도 이리 오시지요."

호들갑스럽게 말했지만 장은 성덕의 얼굴에서 나쁜 소식을 읽었다. 그림을 그리던 날 고원을 달려오는 말발굽 소리에 묻어나던 불안과 비슷한 느낌이었다.

"좋지 않은 소식이 있다."

혼자 웃고 떠들다 얼큰하게 술이 오른 성덕이 결심한 듯 말했다.

"왜의 소식을 들은 해씨 부족이 왕씨 일족을 몰살했다. 애석한 일이다. 왕인박사를 비롯해 수많은 천재를 배출한 명문가가 하루밤 사이 명맥이 끊어졌다. 소식을 들은 왕진이 청장께서 슬픔을 이기지 못하고 숨을 놓으셨다. 원래 노환 중이셨지만…."

장의 머릿속으로 왕진이와 함께 보았던 바닷가 백사장 파도가 몰려오다 포말로 사라졌다.

"해씨의 분노는 그쯤에서 그치지 않고 있다. 태자가 해씨 부족 몰살에 동조했다는 이유를 내세워 왕을 유폐시키고 목씨 부족을 치기 위해 칠족의 군사를 모으고 있다. 목왕비도 목씨 부족에 몸을 피신했다는 소문이다."

"형님은 해씨 부족을 지키기 위해 갔다."

"안다. 해씨는 자신들을 위해 이 상황을 정치적으로 이용하고 있다. 피와 공포를 앞세워 혹시 발호할지 모를 칠족들을 미리 누르려는 것이다. 해씨 일각에서는 왕까지 폐위시키려는 움직임이 있지만 해진 왕비가 반대했다고 한다."

아좌는 삼존불상의 얼굴을 완성하지 못했다. 완성되지 않은 검은 바위 속에 해진의 얼굴이 숨어 있었다. 그 얼굴이 장과 수련의 목숨을 위협하고, 그 얼굴이 지금은 아버지 왕을 지키고 있고, 그 얼굴이 아좌가 사랑한 얼굴이었다.

"아스카 조정에서는 어찌 할 생각이냐?"

"쳐들어온다면 막아야겠지만 치고 올라갈 생각은 없다. 우마코 대신이 목씨 일족을 살리기 위해 사신을 보냈다. 저들이 왕평 스승의 수급을 요구할지도 모른다."

속이 타는지 성덕이 머루주를 사발에 부어마셨다.

"나쁜 소식이 하나 더 있다. 용춘이 신라로 떠나며 배 한 척과 편지 한 통을 남겼다. 남겨둔 배에 공주를 태어 보내지 않으면 다음 달 대규모 신라의 군사로 왜를 치겠다는 선전포고가 적혀 있었다."

성덕과 장이 선화의 얼굴을 쳐다봤다. 선화가 눈을 피해 먼 하늘을 바라봤다.

"왜 조정에서는 어찌할 생각이냐?"

장이 물었다.

"백제가 위협이 되는 상황에서 신라와 전쟁을 벌이고 싶지는 않다. 만에 하나 백제와 신라가 동맹이라도 맺어 왜로 쳐들어오면 정국은 수습할 수 없는 지경이 된다. 조정에서 결정을 내리기 전에 확인해야 할 사실이 있다."

성덕이 선화에게 물었다.

"공주께서는 장을 사랑하십니까?"

"네, 그렇습니다."

순간의 머뭇거림도 없이 선화가 답했다. 사발 째 술을 비운 성덕이 말했다.

"장아, 나는 네 뜻에 따르겠다. 너와 나는 친구다. 친구의 여자를 빼앗는 남자가 되고 싶지 않다. 네 뜻이 무엇이든 나는 우마코 대신을 설득하겠다. 취했나 보다. 이만 가야겠다."

성덕이 돌아갔다. 초승달이 밝았다. 소쩍새가 울었다. 둘만 남은 선화와 장은 달을 바라보며 소쩍새 울음소리를 들었다. 선화가 먼저 입을 열었다.

"예쁜 꽃이 열매를 맺었습니다. 목욕하고 싶은데 같이 가주시겠습니까."

선화를 취하지 못한 용춘은 '예쁜 꽃이 열매를 맺지 않았다' 고 했다. 장은 선화의 말뜻을 알아들었다. 장은 말없이 선화 뒤를 따랐다. 꽃이 다 지고 잎이 무성한 목련은 신비로웠다. 목욕을 마친 선화는 여장을 했고 선녀처럼 아름다웠다. 둘은 선화의 집에서 함께 잤다. 선화의 몸에서 땀이 얼굴에서 눈물이 흘렀다. 장은 선화를 꼭 끌어안았다. 손을 놓으면 아픈 꿈처럼 멀리 사라질 것 같았다.

다음날도 그 다음날도 선화는 여자의 옷을 벗지 않았다. 장과 선화는 모든 것을 잊고 사랑했다. 나무그늘 아래서 꽃 덤풀 사이에서 흐르는 온천에서 장은 선화를 안았다. 선화가 잠든 밤이면 장은 홀로 일어나 선화의 얼굴을 보며 생각하고 또 생각했다. 대나무 대롱을 타고 흐르는 물소리를 듣고 또 들었다. 선화를 보내지 않으면 신라군이 쳐들어올 것이다. 선화를 보내면…. 생각하고 싶지도 않았다. 선화를 보내면 둘의 사랑은 끝이었다. 용춘이 아니라도 선화는 신라의 왕자들을 생산하다 죽을 것이고 장은 그런 선화를 그리워하다 죽을 것이다. 깊은 밤 땅이 울었다. 땅은 위로 아래로 좌로 우로 정처 없이 흔들렸다. 우는 땅은 무서웠다. 놀란 선화가 눈을 떴다. 장은 선화를 안고 대나무밭으로 갔다. 촘촘히 얽힌 대나무 뿌리는 지진에도 쉽게 갈라지지 않았다. 땅의 울음을 따라 화산도 그렁그렁 울었다.

"산도 주인이 죽은 것을 아는 것 같습니다."

장은 아좌에게서 화산의 전설을 들었다. 부족간의 반대로 사랑을 맺지 못한 두 남녀가 화산에 몸을 던져 죽었다는 이야기였다.

"내일이 벌써 보름입니다."

두 사람의 마음을 아는지 모르는지 달은 조급하게 차올랐다.

"아무래도 내일은 신라로 떠나야 할 것 같습니다."

장은 달을 봤다. 달 속에 죽었다는 왕진이의 얼굴이 보였다.

"세상은 모순투성이다. 그렇지 않느냐…"

왕진이라면 이 문제를 어떻게 해결했을까. 장은 왕진이를 따라 백사장에 글을 쓰듯 밤하늘에 글을 썼다.

〔선화를 보내지 않아야 한다. 두 사람의 사랑을 위해〕

〔선화를 보내야 한다. 왜를 구하기 위해〕

장은 보이지 않는 하늘에 사선을 그었다. 새로운 두 개의 문장이 생겼다.

〔선화를 보내지 않아야 한다. 왜를 구하기 위해〕

〔선화를 보내야 한다. 두 사람의 사랑을 위해〕

첫 번째 문장에서는 답을 찾지 못했다. 장은 두 번째 문장을 흘 었다.

"네, 신라로 돌아가십시오."

긴 생각 끝에 장이 말했다. 장은 빈 하늘에 울려 퍼지는 왕진이의 목소리를 들었다.

두 배는 동시에 나라 항을 출발했다. 신라로 가는 배에는 선화가 타고 있었고, 백제로 가는 배에는 장이 타고 있었다. 두 사람의 마음을 아는지 모르는지 바람은 순조로웠고 물결은 잔잔했다. 장은 뱃전에 서서 저 편 배에 실려 흘러가는 선화를 보았다. 어선들을 비키며 두 배는 앞서거니 뒤서거니 했다.

"용춘을 가까이 하지도 멀리 하지도 마십시오."

마음이 아팠지만 장은 선화에게 그렇게 말해야 했다.

"덕만공주가 두 사람 사이를 걱정하게 해야 합니다."

미우나 고우나 왜에서 선화의 허물을 덮어줄 사람도 용춘이었다. 앞서나가던 신라배가 서행하다 장의 배가 가까워지자 호흡을 맞춰 나아갔다. 장을 발견한 선화가 웃었다. 물빛처럼 맑은 얼굴, 장은 그 얼굴을 다시 찾겠다고 결심했다. 왜를 떠나기 전 성덕은 장에게 소서노의 검과 아좌의 검을 주었다. 유언에 따라 장이 어부에게 준 아좌의 검을 성덕이 황금을 주고 다시 사들였다.

"약속해라."

소서노의 검을 주며 성덕이 말했다.

"살아라. 꼭 살아야 한다."

장은 성덕의 손을 잡는 것으로 말을 대신했다. 보퉁이에는 해진을 닮은 목각인형이 있었다. 아좌의 움집에서 유품을 정리하다 발견했다. 여인 인형이 하나 더 있었는데 장은 그 인형이 목왕비라는 것을 알 수 있었다. 해씨 항을 지날 때 장은 아좌가 죽던 모습이 떠올라 반대편 바다로 고개를 돌렸다. 흔들리며 배는 왕평스승과 함께 반야희 왕비께 제를 올리던 바다를 지나갔다. 이 바다를 지나온 지 얼마 되지 않았는데 너무도 많은 일들을 겪었다. 바다를 지나며 왕평과 품었던 많은 생각이 물거품처럼 사라졌다. 온 길을 다시 지나며 장은 기억들을 지웠다. 앞만 보자 마음을 다잡았다. 불빛처럼 흔들리던 노을 위로 어둠이 몰려왔다. 밤이 되면서 배들은 거리를 두었다. 얼굴이 지워지고 흐릿한 형체만 남았지만 두 사람은 선실로 들어가지 않았다. 밤의 갈매기 울음소리를 들으며 장은 보이고 보이지 않는 선화의 모든 것을 가슴에 새겼다. 새벽 무렵에는 해무가 껴서 한 치 앞을 분간할 수 없었다. 장은 아좌가 만든 소리 나는 화살 효시로 선화의 배를 구다라 항에 인도했다. 어부들이 물을 싣는 동안 둘은 해무 속에서 포옹했다.

"곧 찾으러 가겠습니다."

"죽으나 사나 저는 장공의 여자입니다."

선화가 장의 꺼칠한 얼굴에 자신의 얼굴을 부볐다. 선화의 입술은 달콤했다. 장이 먼저 포옹을 풀었다. 구다라 항을 떠나면 두 배는 각기 다른 길로 가야 한다. 해무가 걷혔다. 장은 신라로 향하는 배가 투명한 햇빛 속으로 나가는 것을 지켜보았다. 선화도 장도 이별을 말하지 않았다. 선화의 배가 한점 점으로 사라지자 장은 자신의 배를 백제로 몰았다.

서동요

기벌포 항의 경비는 삼엄했다. 왜에서 들어온 배는 철저한 검문검색을 받았다. 장의 배는 무역선이었다. 장은 상인으로 위장해 백제 땅을 밟았다. 바람 부는 모래땅에 해당화만 지천으로 피어 장을 반겼다. 성안으로 들어선 장은 멀리 떨어져 왕평의 집을 보았다. 대문을 가로질러 나무를 쳐 출입을 막았다. 주인 없는 집 지붕에 이름 모를 풀만 무성하게 자랐다. 장은 아미지의 집을 피해 돌아갔다. 아미지는 장을 왕평의 조카로 알고 있었다. 성을 빠져나온 장은 용화단의 근거지였던 웅의 집으로 갔다. 쑥대밭이 된 마당을 보며 장은 집이 비었음을 알았다. 한쪽이 떨어져나간 부엌문이 바람 불 때마다 삐걱 소리를 내며 울었다. 불기 없는 아궁이 위에 차가운 먼지가 쌓여 오래 전에 집이 비었음을 말해주었다. 웅의 집을 나온 장은 시장으로 갔다. 시장에서도 용화단 깃발을 발견할 수 없었다. 장은 풍물을 놀며 물건을 파는 아이들을 불러 웅의 소식을 물었다. 아이들은 모르쇠로 일관했다. 시장을 나오는 장의 뒤를 왈짜 둘이 따라붙었다. 하나가 장의 옆구리에 비수를 들이댔다.

"어떤 놈이기에 웅을 찾느냐."

"나다. 껵쇠. 장이다."

"대장…."

껵쇠는 장의 손을 끌어 인적 드문 뒷길로 인도했다.

"웅 두목과 지명스님은 여기 없습니다."

"어디 있느냐?"

사방을 살핀 껵쇠가 목소리를 낮춰 말했다.

"해씨가 목씨를 친다는 소식을 듣고 용화단은 모두 목씨 부족을 돕기 위해 떠났습니다. 저만 시장 아이들 때문에 남았습니다."

"지명을 찾을 수 있느냐?"

"찾을 수 있습니다."

껵쇠는 장에게 목씨 부족까지 가는 길에 장이 서는 곳과 날짜를 알려주고 패랭이 하나를 건넸다.

"장이 서는 첫날 마을 입구 장승에 붉은 줄을 묶고 장에 들어가 패랭이를 쓰고 풍물을 구경하고 있으면 다가오는 사람이 있을 것입니다."

껵쇠와 헤어진 장은 다음 장이 서는 곳으로 발걸음을 재촉했다. 마을마다 소나무 껍질이 벗겨지고 부황 든 아이들이 우글거렸다. 임박한 내전 때문인지 마을에 장정들이 보이지 않았다. 먹을 것, 입을 것 없어 피폐한 백성들은 엎친 데 덮친 격으로 찾아든 전쟁 소식으로 공황상태에 빠졌다. 악에 받친 백성들이 하늘에 삿대질하고 왕을 욕했다. 장은 밤을 도와 달렸다. 내전부터 막아야 했다. 새벽 무렵 천하대장군 목에 붉은 줄을 맨 장은 초조한 마음으로 풍물이 서기를 기다렸다. 전쟁의 소문 속에서도 아침 장터는 활기를 띠었다. 국밥을 먹던 장은 뿔피리 소리를 들었다. 장은 사람들이 모여들기를 기다렸다 사람들 속에 섞였다. 용화단의 방법은 주도면밀했다. 자신을 감춘 상태에서 상대를 탐색할 수 있었다. 풍물을 보고 있는 장의 손에 말랑말랑한 손 하나가 들어왔다. 어린 사내아이였다. 장은 아이가 끄는 데로 아이 손을 잡고 걸었다. 아이가 손을 놓은 곳에서 장은 지명을 보았다. 눈을 마주친 지명이 뒤돌아 걸었다. 사람이 없는 곳에서 둘은 서로를 끌어안았다.

"명아."

"장아. 어서 가자. 지광스님과 네 어머님도 와 계시다."

"어머님이…"

지명을 따라 장은 계곡을 탔다. 산 입구에서 울기 시작한 휘파람새 울음소리가 산등성이를 타고 산꼭대기로 올라갔다. 산마루 아래 작은 절 한 채가 숨어 있었다. 보일 듯 말 듯한 보리수 꽃 아래 피어오른 모란이 타는 듯 붉었고 대웅전 옆 배롱나무는 아직 꽃이 보이지 않았다. 마른 가지를 더듬는 장의 눈에 흰옷 입은 여인의 모습이 보였다.

"어머니…."

"장아…."

수련 뒤에 지광이 서 있었다. 장은 대웅전 앞마당에서 큰 절을 했다.

"고생 많았다."

"식사는 했느냐."

"예, 먹었습니다."

"아좌태자와 은솔 왕평이 죽었다는 소문이 사실이더냐?"

장은 왜에서 있었던 일들을 이야기했다. 선화에 대해서는 말하지 않았다.

"해씨 부족의 움직임은 어떻습니까?"

장이 물었다.

"병력을 모으고 있다. 곧 목씨를 칠 듯하다."

"용화단이 목씨를 지원하기 위해 삼삼오오 짝을 지어 이동하고 있다."

지광의 말에 지명이 덧붙였다.

"해씨와 목씨를 제외한 나머지 육족은 어떻게 하고 있습니까?"

"사태를 관망하고 있지만 결국 해씨를 지원할 것이다."

"명아, 용화단 인원이 모두 몇 명이나 되냐?"

"약 이백 명 정도 된다."

"아직 해씨가 움직이지 않았는데 미리 움직이면 풀을 건드려

뱀을 놀라게 하는 꼴이 된다. 이동을 중지시키고 은밀하게 사비성으로 모이게 해라. 폐하를 구하는 게 더 급하다."

장의 입에서 폐하라는 말이 나오자 수련이 떨리는 시선으로 장을 바라봤다.

"시간이 없습니다. 저는 지금 목왕비님을 뵙고 오겠습니다."

급하게 나오는 장을 수련이 따라 나왔다.

"장하게 컸구나. 장아…. 몸조심해라."

"걱정하지 마십시오. 어머니."

수련의 손을 놓은 장은 산길을 달려 목씨 부족에게 갔다. 경계의 경비는 삼엄했다. 장은 아좌의 칼을 넘기고 유언을 전하러 왔다고 말했다. 잠시 후 장의 무장을 해제시킨 호위가 장을 목왕비에게 인도했다. 왕비는 갑옷을 입고 있었다.

"말해라. 내 아들이 어떻게 죽었느냐?"

장은 아좌의 최후에 대해 말했다. 해진과의 관계에 대해서는 말하지 않았다.

"태자는 해씨와의 싸움을 원하지 않았습니다."

"내가 청한 싸움이 아니다. 저들이 원하는 싸움이다. 내가 어떻게 하기를 바라느냐?"

아들의 죽음을 확인하고서도 왕비는 울지 않았다. 일국의 국모다운 풍모가 있었다.

"각 부족장들에게 해씨에게 협조하지 말라는 편지를 보내십시오."

"해씨 부족의 전력만으로도 이미 목씨를 능가하는데다 저들은 위사부 병력까지 갖고 있다. 그런 편지가 오히려 저들을 자극하지 않겠느냐? 현 왕비는 해진이다."

"해씨 병력이 해씨 부족을 떠나지 못하게 하겠습니다. 왕비님 께서는 목씨 병력을 침현에 이르는 고개에 배치했다 고개를 넘는 위사부 군사를 제어하면 됩니다. 해씨 수뇌부만 제거하면 위사부 군사들은 왕비님을 따를 것입니다."

"어떤 방법으로 해씨가 출병하는 것을 막으려 하느냐?"

한 식경이 넘도록 장과 목왕비는 숙의를 거듭했다.

"마지막으로 묻겠다. 너는 누구냐?"

장은 주머니에서 아좌가 새긴 목각인형을 꺼내 목왕비에게 건 넸다.

"저는 왜에서 태자님을 형님이라 불렀습니다. 위덕왕 폐하가 저의 아버님입니다."

놀란 눈으로 장과 인형을 번갈아 바라보던 목왕비가 신음하듯 말했다.

"닮았구나. 닮았다."

장의 얼굴을 쓰다듬는 왕비의 눈에 눈물이 그렁그렁 맺혔다.

"이름이 무엇이냐?"

"장이라고 합니다."

"장아, 앞으로 나를 어머니라 불러라. 네 말대로 하겠다. 준비 가 되면 연락을 취하도록 해라."

"예, 어머님."

장은 큰 절을 하고 왕비가 마음껏 울 수 있도록 서둘러 처소를 빠져나왔다. 푸른 하늘을 보며 목왕비를 지키겠다고 맹세했다. 절에 돌아온 장은 목왕비가 계에게 쓴 서찰을 지광에게 넘겼다. 계는 성왕의 아들로 위덕왕의 동생이었다.

"사비가 비면 스님께서 지명과 용화단을 이끌고 계의 사병과 연합하여 폐하를 구출하셨으면 합니다."

"어떻게 사비의 위사부 군사를 빼낼 계획이냐?"

"이이제이, 신라의 군사를 이용할 생각입니다."

"신라 조정이 네 뜻에 따르겠느냐?"

"따르도록 하겠습니다. 지금 서라벌로 출발하겠습니다."

"갈 길이 멀다. 저녁 준비를 했으니 식사를 한 후에 출발해라."

급히 나가려는 장을 수련이 잡았다. 장은 수련과 함께 식사를 했다. 수련이 숟가락을 놓고 장이 먹는 것을 지켜보았다.

"어머니도 드세요."

"나는 많이 먹었다."

장이 숭늉을 마시는 것을 본 수련이 장에게 물었다.

"풍문으로 네가 신라의 공주와 사귄다는 이야기를 들었다."

장은 놀랐다. 발 없는 말이 천리 간다더니 소문은 빠른 것이었다.

"… 사실입니다."

수련이 보이지 않게 한숨을 쉬었다.

"사랑의 인연은 어쩔 수 없는 것이다만⋯. 공주 때문에 위험한 서라벌에 가려는 것이냐?"

"공주 때문이기도 하지만 백제 때문이기도 합니다. 어머니, 너무 걱정하지 마십시오."

"알았다. 부디 몸조심해라. 어미가 너를 기다리고 있다는 것을 잊지 마라."

장은 수련에게 큰 절을 하고 절을 떠났다. 산 아래까지 지명이 배웅했다. 어디서 구했는지 말을 준비해 두었다. 장은 말을 타고 밤길을 달렸다. 머리 위로 밤하늘의 무수한 별들이 발 아래로 들판의 풀들이 바람처럼 스쳐지나갔다. 사랑의 인연은 어쩔 수 없는 것이다만⋯. 귓가를 울리는 바람 속에 수련의 목소리가 들렸다. 말을 달리며 장은 어린 나이에 한번 남자를 만나 홀몸으로 자식을 키운 어머니 수련의 일생을 생각했다. 아버지 위덕왕을 구해 다하지 못한 사랑을 나누게 하리라 결심했다. 국경 근처에서 말을 버렸다. 생각보다 국경의 경비는 허술했다. 백제를 넘은 장은 소로를 택해 서라벌로 갔다. 마음은 급했지만 몸을 허술히 할 수 없었다.

"왜에서 선화공주가 돌아왔다지."

서라벌 월성 밖의 주막에서 요기를 하고 있는 장의 귀에 선화에 대한 이야기가 들렸다. 장은 귀를 세웠다.

"돌아오자마자 용춘공 집을 방문했다는군."

"용춘공도 왜에 가지 않았나?"

"왜에서 무슨 일이 있었던 모양이야."

"아무래도 나라에 경사가 있을 듯하네."

불국사에 몸을 숨긴 장은 날이 밝기를 기다렸다. 선화와 만나기로 한 곳이었다. 선화는 불공을 핑계로 신라에 돌아온 다음날부터 불국사를 찾겠다고 했다. 용춘과 선화의 소문을 들은 장의 마음은 초조했다. 여기는 신라고 선화는 신라의 공주였다. 선화의 사랑을 믿지만 자기 뜻대로 살 수 없는 게 왕족이란 것을 장도 어렴풋하게 깨달았다. 날이 밝았다. 구름이 해를 열었다 가렸다 하더니 여우비가 내렸다. 맑은 햇빛이 비칠 때 계단을 올라오는 선화의 모습이 보였다. 장은 숨어있던 숲에서 나와 탑 뒤에 섰다. 장을 보고도 못 본 양 선화는 무심하게 대웅전 계단을 올라 불공을 드렸다. 잠시 후 시종들을 대웅전에 남겨둔 선화가 계단을 내려와 뒤뜰로 갔다. 장도 몰래 뒤를 따랐다. 아무도 없는 곳에서 둘은 포옹했다.

"기다렸습니다."

"일이 있어 늦었습니다."

"시간이 없습니다."

사방을 두리번거리던 선화가 장독대로 가 빈 항아리에서 옷을 꺼내 장에게 주었다.

"이 옷을 입고 오늘 저녁 저를 찾아오십시오. 화랑 '현'이라고 자신을 밝히시면 됩니다. 저는 궁성의 별궁에 살고 있습니다."

선화가 흙바닥에 궁성의 약도를 그리고 자신이 사는 곳을 표시했다.

"아시겠습니까?"

장이 고개를 끄덕였다. 미소를 지으며 장을 보던 선화가 장의 볼에 입 맞추더니 뛰다시피 온 곳으로 돌아갔다. 장은 선화가 준 옷을 가슴에 품고 비가 내렸다 그쳤다 하는 산길을 내려왔다. 외진 주막을 찾아들어 옷을 갈아입고 매무새를 다듬었다.

약속한 시간에 장은 선화를 찾았다. 문을 지키고 있는 병사에게 화랑 현이라고 하자 곧바로 시녀 하나가 나와 선화가 있는 곳으로 안내했다. 둘만 남자 선화가 뜨겁게 장을 안았다.

"보고 싶었습니다."

헤어진 지 얼마 되지 않았지만 몇 년이 흐른 듯했다. 선화를 안은 손에 힘이 들어갔다. 장은 선화에게 백제에서 있었던 그간의 사정을 알려주었다.

"언제 덕만공주를 만날 수 있습니까?"

"조금 더 기다리셔야 합니다. 아직 중신들을 만나고 있습니다. 제가 중요한 사람을 소개하겠다고 했습니다."

날이 완전히 어두워지자 밖에 나갔다 온 선화가 말했다.

"이제 만날 수 있습니다."

장은 선화의 뒤를 따라 신라 궁성을 걸어 덕만의 집무실로 갔다.

"누구냐? 못 보던 화랑이다."

장을 본 덕만이 물었다.

"시종들을 물리쳐주십시오."

덕만이 시종들을 물리치자 선화가 말했다.

"제 정인입니다."

선화의 말을 들은 덕만의 눈 꼬리가 위로 올라갔다.

"신분이 어떻게 되느냐?"

"백제의 왕자, 장이라 합니다."

장이 답했다. 숨을 막는 듯한 침묵이 감돌았다. 장을 노려보던 덕만이 선화에게 물었다.

"소문을 듣고도 설마 했었다. 사실이냐?"

"사실입니다."

선화가 말했다.

"왜 내게 데려왔느냐? 내가 호위를 부르면 이 자는 죽는다."

"그러면 저도 죽습니다."

선화가 무릎을 꿇으며 품에서 비수를 꺼내 발 앞에 놓았다.

"나를 협박하는 것이냐?"

"왜 저를 미워하십니까? 제가 사랑하는 사람은 용춘공이 아니라 이분입니다. 저는 언니의 사랑을 위해 용춘공을 피해 다녔습니다. 언니는 공명정대한 분이십니다. 이제 제 사랑을 이루게 해주십시오."

말을 하는 선화의 눈에서 눈물이 그치지 않았다. 흔들리는 선화의 어깨를 보는 장의 마음이 처연했다. 망연히 허공에 눈을 두고 있던 덕만이 말했다.

"눈물을 그쳐라. 장공께서도 이리 앉으십시오."

자리에서 일어난 덕만이 장에게 의자를 권했다.

"내가 어찌 도와줬으면 좋겠습니까?"

긴 한숨 끝에 덕만이 말했다. 장은 자신이 처한 상황을 솔직히 말하고 신라군이 해씨 부족이 다스리고 있는 침현을 압박해줄 것을 부탁했다.

"왜 신라가 이익도 없는 일에 군사를 동원해야 합니까?"

덕만은 바늘도 찔러도 피 한 방울 흐르지 않을 것 같은 여자였다.

"제가 비용을 치르겠습니다. 실제 전투는 없을 것입니다. 해씨 부족을 압박하기만 하면 됩니다."

"제 결혼 선물을 주신다고 생각하세요."

듣고 있던 선화가 말참견했다. 눈물이 그렁한 눈에 웃음이 겹쳤다. 노려보던 덕만이 실소했다.

"장공께서는 잠시 나가계시겠습니까."

장이 밖으로 나가자 덕만이 선화에게 물었다.

"나는 그렇다 쳐도 신라 왕실의 누가 네가 백제의 왕자와 결혼하는 것을 허락하겠느냐?"

선화가 품에서 종이 한 장을 꺼냈다. 노래가사가 적혀 있었다.

선화공주님은

남 몰래 시집가 놓고

서동을

밤에 몰래 안고 간다

"시장 아이들을 통해 이 노래를 퍼뜨리신 후 정숙치 못하다는
이유를 들어 저를 쫓아내시기만 하면 됩니다."

가사를 읽고 있는 덕만의 손이 가늘게 떨렸다.

"서동이 누구냐?"

"장공께서 어려서 마를 팔았다는 이야기를 들었습니다."

"나도 여인이고 네 마음을 안다. 하지만…. 후회하지 않겠느
냐?"

"후회하지 않습니다."

선화가 꺼내놓았던 비수를 품에 갈무리하며 말했다.

"알았다. 네 말대로 하자."

덕만의 말이 끝나자마자 선화가 덕만을 안았다.

"언니, 고마워요…."

"그동안 못되게 굴었다. 용서해다오."

덕만이 선화의 등을 토닥이며 말했다. 자매는 끌어안은 채 눈
물을 흘렸다. 덕만이 돕더라도 선화에게는 가야 할 먼 길이 남았
다.

서동요는 잔물결이 파도가, 파도가 해일로 커지듯 퍼져나갔다.
하나가 흥얼거리기 시작한 노래를 열 아이가 따라 부르더니 도성

전체에 노래 소리가 들렸다. 주막에 머물고 있는 장도 흘러 다니는 서동요를 들었다. 사랑을 위한 일이지만 마음이 아팠다. 이어 선화공주에 대한 나쁜 소문이 퍼지기 시작했다. 오두품 하급관리와 정분이 났다느니 화랑을 처소로 불러들였다느니 근거 없는 소문이 마른 들판에 불붙듯 번졌다. 소문의 끝에 공주가 궁에서 쫓겨난다는 소리가 들렸다. 다음날 궁인인 듯한 자가 장의 방문을 두드렸다.

"내일 새벽 공주께서 서문으로 쫓겨 날 것입니다."

새벽 서문이 열리고 평복을 입은 선화가 걸어 나왔다. 시녀 몇이 눈물을 흘리며 선화를 뒤따랐다. 돌아선 선화가 그들을 궁으로 돌려보냈다. 마지막으로 궁을 바라본 선화가 뒤돌아 발걸음을 옮겼다. 장은 말을 끌고 멀찍이서 선화를 따라 걸었다. 수양버들을 사이에 두고 장과 선화는 나란히 걸었다. 외성을 벗어나 사람이 드문 곳에서 두 사람은 말을 나눴다.

"마음을 아프게 했습니다. 죄송합니다."

"재미있었는걸요."

눈물을 지운 선화가 웃음을 지었다. 장은 선화를 뒤에 태우고 말을 몰았다.

"모레 신라의 군사가 침현으로 출병합니다."

선화가 말했다. 장은 말의 배를 찼다. 모레라면 시간이 많지 않았다. 선화의 신분패를 확인한 국경의 신라병사가 말없이 장과 선화를 통과시켰다. 장은 왔던 길을 되밟아 산사로 갔다. 공주는 장의 손을 잡고 가파른 산길을 올랐다.

　눈앞에 선화를 보면서도 수련은 믿기지 않는 듯했다.

　"정말 이분이 신라의 선화공주님이란 말이냐?"

　"이제는 공주가 아닙니다. 어머님, 선화라 불러주십시오."

　선화가 수련에게 큰 절을 올렸다. 밖으로 나온 장은 지명을 만났다. 지광과 함께 용화단을 이끌고 사비에 갔던 지명이 돌아와 있었다.

　"계 숙부께서 사병을 동원하시겠다고 하더냐?"

　"목숨을 거는 일이기 때문에 결심이 필요하다고 하더라."

　"무슨 뜻이냐?"

　지명이 머뭇머뭇 말했다.

　"만약 폐하께서 돌아가시면 누가 왕위를 잇게 되느냐고 물으셨다."

　"성공하면 폐하 다음에 숙부께서 왕위를 이으시게 될 것이라고 말씀드려라. 장이라는 무지랭이는 왕위에 관심이 없다고 말씀드려라."

　지명을 배웅하고 장은 수련과 선화에게 돌아왔다. 벌써 친해진 듯 두 여인은 손을 맞잡고 이야기를 나눴다.

　"목씨 부족에게 가야 합니다. 어머님께서 선화님을 돌봐 주십시오."

　급하게 나가는 장의 뒤를 수련과 선화가 따라 나왔다.

"다치지 마십시오."

"무사히 돌아와야 한다."

산 아래를 향해 뛰면서 장은 궁을 버리고 낯선 백제 땅에서 자신을 기다리게 된 선화를 생각했다. 말을 타고 달리자 자신의 허리를 안고 국경을 넘던 선화의 온기가 살아나는 듯했다. 왕평 스승은 싸움에 임해서는 삶을 잊어야 한다고 가르쳤다. 어머니와 선화, 삶을 잊기에는 사랑하는 사람이 너무 많았다.

아버지와의 만남

신라의 대규모 군사가 침현으로 이동한다는
정보를 접한 해씨 부족은 혼란에 빠졌다. 침현은 해씨의 근거지였
다. 해씨 부족은 백제 조정에 전령을 보내 지원을 요청했다. 내신
좌평 해연이 칠족에게 동원령을 내렸지만 목왕비의 편지를 받은
칠족은 이런저런 핑계를 대며 출병을 미뤘다. 다급해진 조정에서
는 수도를 지키고 있는 위사부 군사를 침현으로 진군시켰다. 장이
전한 신라의 출병 소식을 들은 목씨 부족은 마을을 비우고 밤을
이용하여 초령을 점거하고 군사를 배치했다.

초령은 침현에 이르기 위해 넘어야 할 고개로 산세가 험준했
다. 침현에 다다르기에 혈안이 된 위사군은 변변한 정탐도 없이
고개로 들어섰다. 위사군을 이끌고 있는 자는 위사좌평 해충이었
다. 해충은 해씨 일족의 이남으로 칠남매 중 삼남과 사남도 위사

군에 가세했다. 위사군은 한 줄 뱀처럼 구부러지며 가파른 산길을 올라왔다. 후군이 산길에 들어섰을 때 기다리고 있던 목씨의 군사가 동시에 전군과 후군을 쳤다. 목왕비와 장은 해충이 지휘하고 있는 중군을 맡았다. 갑작스런 공격에 당황하던 위사군이 해충의 지휘에 따라 방패를 앞세우며 산길로 올라왔다. 목씨 군사들이 준비해둔 바윗돌을 굴렸다. 바윗돌에 이어 비 오듯 쏟아지는 화살이 위사군을 덮쳤다. 조용하던 산속이 바위에 치이고 활 맞은 병사들의 비명과 말울음 소리로 순식간에 아수라장으로 변했다. 활에 이어 창부대가 사냥감을 몰 듯 산 위에서 아래로 일렬로 위사군을 향해 진격했다. 창을 피해 나오는 자들을 이선에 대기하고 있던 칼 부대가 참살했다. 백제 최강의 전력을 자랑하는 위사군이었지만 기동력과 지휘 체계를 잃은 산속에서 힘 한번 제대로 쓰지 못하고 일방적으로 몰렸다. 절벽 끝까지 몰려 더 이상 물러설 곳이 없음을 안 해충이 앞으로 나서며 외쳤다.

"어떤 놈들이냐? 어떤 놈들이기에 위사군을 치느냐?"

장이 앞으로 나서 대응했다.

"나는 위덕왕 폐하의 아들 백제 왕자 장이다. 내가 든 검은 대백제국 소서노의 검이다. 이미 전세가 기울었으니 항복해라. 항복하면 목숨은 살려주겠다."

적장을 발견한 해충이 칼을 휘두르며 달려들었다. 몇 번 해충의 검과 부딪히던 소서노의 검이 해충의 가슴을 찔렀다. 장이 해충의 목을 잘라 하늘로 치켜들었다. 병사들의 함성이 터졌다. 투구를 벗은 목왕비가 창부대 뒤에서 나와 장 옆에 섰다.

"나는 목왕비다. 백제의 자랑스러운 위사군이 어찌 역적들의 주구가 되려 하느냐. 병장기를 버리고 항복해라. 항복하면 과거를 묻지 않고 모두 용서하겠다."

하나둘 창과 칼이 떨어지는 소리가 들리며 위사군이 무릎을 꿇었다. 위사군을 수습한 장과 목왕비는 해충의 목을 긴 창에 꽂고 포로로 잡힌 삼남과 사남을 앞세워 침현으로 진격했다. 앞에 신라군을 두고 뒤에 위사군과 목씨군을 맞닥뜨린 해씨 부족은 과거를 용서하고 목숨을 살려주겠다는 목왕비의 말에 쉽게 문을 열었다. 대승이었다. 망루에 오른 장은 하늘을 향해 여섯 대의 효시를 쏘았다. 화살이 날아가는 하늘에 아좌의 얼굴이 스쳐 지나갔다. 화살 소리를 들은 신라군은 군사를 돌려 돌아갔다. 장은 전열을 추스르자마자 다시 사비로 진격했다. 왕을 구출하기로 한 사비의 소식이 궁금했다.

해씨 일족의 몰락을 안 백성들이 길거리로 나와 환호하며 장의 군대를 반겼다. 장이 위덕왕이 숨겨둔 왕자라는 소문이 백성들의 입을 타고 물결처럼 퍼져나갔다. 백성들은 먼 옛날 태자 창의 이름을 부르듯 장의 이름을 연호했다. 장은 진군 속도를 빨리 했다. 군대는 아무 저항도 받지 않고 사비강을 건넜다. 몇 년 만에 찾아오는 고향땅이었다. 수련이 장을 떠났을 때 장도 고향을 떠났다. 강변에 지명이 기다리고 있었다.

"폐하는 구출했나?"

"구출하지 못했다."

지명이 고개를 저었다.

"거사가 실패했나?"

"거사는 성공했다."

계의 군대가 궁의 정문을 치고 용화단이 내전을 쳤다. 내전은 해진이 위덕왕을 유폐시켜 놓은 곳이었다. 용화단이 내전으로 몰려갔을 때 내전에는 아무도 없었다. 궁을 점거한 계의 군대가 궁의 내부를 샅샅이 수색했지만 어디에서도 왕과 왕비는 발견되지 않았다. 시녀들을 심문한 계의 아들 선이 단서를 찾았다. 왕과 왕비는 강 건너 별궁으로 피신했다. 왕비가 여름에 피서하는 곳이라 비궁이라 불렸다. 사방이 트여 수성에는 적합하지 않은 장소였다. 계의 군대와 용화단은 강을 건너 비궁으로 몰려갔다. 왕과 왕비는 비궁에 있었지만 안으로 들어갈 수가 없었다. 대낮에도 불을 환히 밝힌 비궁 곳곳에 마른 장작과 기름을 쌓아놓고 성벽에 '들어오면 왕은 죽는다' 는 글귀가 적힌 깃발이 나부꼈다. 장은 지명과 함께 비궁으로 갔다. 전쟁을 목전에 둔 비궁은 피기 시작한 온갖 꽃들로 화사했다. 성벽을 따라 심은 탱자나무가 하얀 꽃을 피운 채 완강한 가시를 세웠다. 장은 계에게 절했다.

"수고했네. 조카."

계 옆에 용맹해 보이는 계의 아들 선이 있었다. 장은 선과도 인사를 했다.

"계집이 왕의 목숨을 담보로 농성을 하고 있네."

세력을 잃은 해진은 왕비에서 계집으로 전락했다. 인사를 마친 장은 선과 함께 비궁 앞으로 갔다. 탱자나무 꽃과 낮은 성벽 뒤 궁에 한 번도 얼굴을 보지 못한 아버지가 있었다. 선과 장이 포로로 잡아온 해씨의 삼남과 사남을 앞세우고 성문 앞에 섰다.

"해씨 부족은 이미 왕의 군대에 점령됐다. 항복하라. 항복하면 목숨만은 살려주겠다."

바람을 가르는 화살소리가 들렸다. 선이 땅바닥에 엎드렸다. 뒤이어 날아온 화살 두 대가 삼남과 사남의 가슴에 박혔다. 가슴에 박힌 화살 끝에서 공작새 깃털이 바람에 흔들렸다. 선은 땅을 기어 목숨을 구했다. 화살이 스치고 지나간 선의 얼굴에 핏방울이 방울방울 맺혔다.

"해씨 가문에 항복이란 없다. 항복한 자는 해씨가 아니다."

여자의 날카로운 목소리가 허공을 울렸다. 성벽 위에 활을 들고 갑옷을 입은 여인이 섰다. 장은 그녀가 해진이라는 것을 알았다. 화가 복받쳐 군대를 진군시키려는 선의 팔을 장이 잡았다.

"제가 해보겠습니다."

장이 성문 앞에 서서 하늘을 향해 검을 들고 외쳤다.

"이 칼은 소서노의 검이오. 국법에 따라 백제 사람은 소서노의 검을 든 자를 죽일 수 없소."

장의 말이 끝나기도 전에 화살 한 대가 날아와 장의 발끝에 박혔다.

"이제 내게는 나라가 없다. 한 번만 용서하마. 돌아가라."

활시위가 다시 장을 향했다.

"나는 왜에서 아좌태자와 함께 지냈소. 왕비에게 유언을 전하고 싶소."

아좌의 이름을 들은 해진이 멈칫하더니 천천히 활을 내렸다. 성문이 열렸다. 장은 홀로 성문으로 걸어 들어갔다. 성을 지키고 있는 친위대는 장의 무장을 해제하지 않았다. 장 앞에 갑옷을 입은 여자가 섰다. 남자보다 큰 키에 칼을 벼린 듯한 기상이 서려 있었다. 아좌의 손을 통해 화산에서 수없이 본 그 얼굴, 해진이었다.

"말하라."

"태자는 왜의 해씨를 지키기 위해 싸우다 돌아가셨습니다."

"들었다."

담담하게 말하는 해진의 태도에 장은 일순 말문이 막혔다.

"태자의 유언이 무엇이냐?"

"태자는 국내의 해씨가 타 부족과 싸우는 것을 원하지 않았습니다."

"그러려고 했으나 저들이 먼저 싸움을 걸어왔다."

장이 가슴에서 목각 인형을 꺼냈다. 인형을 받아든 해진의 눈에 물기가 맺혔다 사라졌다. 찰나의 순간에 쇠를 뚫고 나오다 증발하는 이슬 같았다.

"태자께서 왕비님이 부왕과 함께 행복하시라는 말을 전하라 했습니다."

장은 거짓을 말했다. 멍한 표정으로 하늘을 바라보던 해진이 한숨을 토했다.

"유언은 그것이 다냐."

장이 고개를 끄덕였다.

"그럼, 이제 내가 묻겠다. 너는 누구냐?"

"저는 왜에서 태자님을 형님으로 모시며 살았습니다. 폐하의 아들이지만 아마 폐하께서는 저를 모르고 계실 것입니다."

대답을 들은 해진의 표정이 사납게 일그러졌다.

"폐하께서 여인의 몸을 취하셨단 말이냐?"

되묻는 해진의 목소리에 분노와 질투가 담겼다. 부들부들 몸을 떨던 해진이 갑자기 칼을 뽑아 장의 목을 겨눴다.

"칼을 넣으시오. 왕비."

해진 뒤로 한 사람이 다가왔다. 장은 처음 아버지를 보았다.

"칼을 넣으시오, 왕비. 당신의 뜻에 따르겠소."

말없이 위덕왕을 노려보던 해진이 칼을 칼집에 넣었다.

"들어오너라."

왕을 따라 들어간 침소에서 장은 큰절을 했다. 한시도 몸에서 떼지 않았던 아버지의 부러진 칼을 몸에서 풀어 왕 앞에 놓았다. 칼을 들고 보던 왕이 장의 얼굴을 찬찬히 살폈다.

"수련이 아들을 낳았더냐?"

"예, 그렇습니다."

"수련은 잘 있느냐?"

"예, 건강하게 잘 있습니다."

왕의 눈에서 눈물이 흘렀다. 장은 아버지의 얼굴을 보았다. 미워하기도 하고 그리워하기도 했던 그 얼굴은 꿈속에서 마음속에서 그리던 얼굴을 닮았다.

"아좌가 죽었다는 소식을 들었을 때 나도 죽으려 했다. 다행히 하늘이 나를 버리지 않았구나."

왕은 노쇠했다. 젊어 사랑하는 아버지를 잃고 나이 들어 자식을 잃은 왕의 어깨에 슬픔이 오랜 세월처럼 쌓였다. 왕이 장의 손을 잡았다.

"아들 노릇을 하지 못했고, 아비 노릇도 하지 못했다. 여인 하나 제대로 품지 못했고 지켜주지도 못했다. 너는 그렇게 살지 말거라."

장은 대답하지 못했다. 왕이 옥쇄를 꺼내 장에게 주었다.

"이제 돌아가거라. 해진은 위험한 여자다."

"항복하면 왕비님도 목숨을 구할 수 있습니다."

"그녀는 차라리 죽음을 택할 것이다."

"그럼, 폐하께서는…."

"내 걱정은 말거라."

아버지를 걱정하는 아들의 눈을 들여다보던 왕이 크게 웃었다.

"너는 정말 나를 닮았구나."

왕은 웃음을 그치지 않았다. 웃음소리에 젊어 전쟁터를 누비던 기상이 스며 있었다.

"수련에게 미안하다고 전해주거라."

성문을 나서는 장에게 왕이 말했다. 옥쇄를 들고 나가는 장을 해진은 막지 않았다. 장을 보낸 왕이 침소로 들어갔다. 왕을 따라 침소로 들어온 해진이 갑옷을 벗었다.

"약속을 지키시겠죠."

"지키리다."

왕도 웃으며 옷을 벗었다. 왕과 왕비는 벌거숭이가 되어 침대에 누웠다. 왕이 왕비를 안자 왕비의 얼굴에 행복한 미소가 번졌다.

"이 일이 그렇게 어려웠습니까?"

"내가 어리석었소."

감고 있는 해진의 눈에서 눈물 한 가닥이 주르륵 볼을 타고 흘렀다. 눈을 감은 해진의 몸 위로 왕의 몸이 올라갔다. 해진이 눈을 감은 채 머리맡에 타고 있는 등불을 들어 바닥에 던졌다. 천을 타고 오른 불길은 순식간에 침소를 에워쌌다. 불길 속에서도 왕은 왕비를 껴안은 손을 풀지 않았다. 너울거리는 불길 속에서 왕은 왕비를 사랑했다.

불길이 치솟는 것을 본 장은 성문을 향해 뒤돌아 뛰었다. 장의 뒤를 따라 군사들이 성문으로 몰려들었다. 성문은 쉽게 열렸다. 성안을 지키고 있는 친위대는 이미 모두 자결한 뒤였다. 침소로 뛰어들려는 장을 지명이 잡았다. 장은 아버지를 외치며 울었다.

군사들이 강물을 길어 불을 끄려 했지만 기름과 쌓아놓은 장작에 붙은 불은 꺼지지 않았다. 불은 피어오르던 여름 꽃을 태우며 하루 동안 탔다.

목왕비와 장은 함께 상을 치렀다. 위덕왕과 해왕비의 뼈는 분리되지 않았다. 이승을 떠나는 순간에 사랑하는 남자를 껴안은 해왕비는 사랑하는 남자와 함께 묻혔다. 장례가 끝난 후 장은 옥쇄를 목왕비에게 넘겼다. 목왕비는 장이 왕위를 잇기 바랐다.

"저는 왕이 되고 싶지 않습니다. 계 숙부가 왕위를 잇게 해주십시오."

계는 세 번을 고사한 후에 왕위를 물려받고 혜왕이 되었다. 혜왕은 역적을 물리치고 왕권을 세우는 데 공을 세운 장에게 땅과 재물을 내렸다. 장은 자신이 받은 땅을 용화단에게 주고 선화와 함께 신라로 갔다. 재물을 실은 마차를 지명과 용화단이 사자사에서 신라 궁중까지 호위했다. 선화의 아버지 진평왕과 마야부인은 장을 사위로 맞았다. 월성에서 혼례를 치루고 사흘을 보낸 장은 선화와 함께 왜로 떠났다. 소서노의 검을 성덕에게 돌려주고 둘은 아좌의 땅에서 살았다. 장과 선화가 왜로 함께 가기를 원했지만 수련은 지광과 백제에 남아 상처받은 아이들을 돌보며 살았다. 수나라로 유학을 떠난 지명은 용맹정진하여 고승이 되었다. 혜왕이 일찍 죽자 아들 선이 왕위를 이어 법왕이 되었지만 호족들과의 다툼으로 즉위 5개월 만에 살해되었다. 다급해진 조정에서는 왜에 있는 장에게 배를 보냈다.